阎正绘事50年友朋纪念展文集

阎正 著

文化艺术出版社
Culture and Art Publishing House

图书在版编目（CIP）数据

文代当风 / 阎正著.
-- 北京：文化艺术出版社，2014.7
ISBN 978-7-5039-5813-7

Ⅰ．①文… Ⅱ．①阎… Ⅲ．①散文集－中国－当代 Ⅳ．① I267

中国版本图书馆 CIP 数据核字（2014）第 142652 号

文代当风——阎正绘事50年友朋纪念展文集

著　者	阎　正
责任编辑	金　燕
封面题字	石　鲁
装帧设计	王少宏
设计制作	深圳市雅晟文化传播有限公司
出版发行	文化艺术出版社
地　址	北京市东城区东四八条52号（100700）
网　址	www.whyscbs.com
电子邮箱	whysbooks@263.net
电　话	（010）84057666（总编室）　84057667（办公室） 　　　　84057691－84057699（发行部）
传　真	（010）84057660（总编室）　84057670（办公室） 　　　　84057690（发行部）
经　销	新华书店
印　刷	深圳市国际彩印有限公司
版　次	2014年7月第1版
印　次	2014年7月第1次印刷
开　本	787×1092毫米 1/16
印　张	20.75
字　数	220千字
图　片	388幅
书　号	ISBN 978-7-5039-5813-7
定　价	118.00元

版权所有，侵权必究。印装错误，随时调换。

编辑委员会

主　　任　阎　正

副 主 任　麦永潮　　万利群

委　　员　杨　嘎　　关　红　　郭帅鹏　　杜若菡

　　　　　　张　凌　　Q.Angelina.Hui　张伟超

工作人员　赖国义　　杨国强　　侯雪微　　伍娜伟

　　　　　　杜秀保　　姚国福　　王文强　　陈焕英

　　　　　　陈小青　　周柱权　　谢满桃　　罗焕如

　　　　　　徐雪馨　　潘崇睿　　陈玉媚　　徐荫豪

鸣谢：北京中艺艺术基金会

序一

深圳是一座只有 34 年历史的新城。今天大多数工作、学习、生活、创业于深圳的，多为外来移民，其中不乏有才学、有涵养的文化人。如今已年过古稀的阎正先生即是其中的佼佼者。作为一位品德高尚、学养深厚的艺术家，客居深圳十数年间，阎先生念兹在兹，为深圳文化的繁荣做出了许多有益的事情。

2003 年，深圳确立"文化立市"战略，文化建设开始进入全方位、大规模发展建设时期。先后提出了"实现市民文化权利、弘扬国家文化主权"、"建设创新型、智慧型、包容型、力量型城市文化战略"。经过十多年的耕耘，深圳被联合国教科文组织授予"设计之都"、"全球全民阅读典范城市"称号。创办了"文博会"、"深圳读书月"、"深圳关爱行动"、"创意十二月"、"市民文化大讲堂"等文化品牌，创作了一系列文艺精品。在这些非凡的创造过程中，凝聚着一批批文化人的追求、梦想和汗水。阎正先生参与了其中的许多活动，发挥了骨干作用。

诚信是中华文明的传统美德，诚信也是阎正先生风雨艺路 50

年的一贯美德。这份美德成就了他的挚友遍天下，也成就了他的艺术收藏令人震撼和惊叹。尤其值得称道的是，阎正先生的收藏绝不是金钱所堆砌而成，完全是特定历史时空内友谊情谊凝结而成。阎正先生数十年如一日含辛茹苦呵护守卫，将这些珍贵的艺术品完整地保存下来，今天又集中呈现在社会面前，供世人共赏，实在令人钦佩。当我们有幸饱览舒同、石鲁、启功、何海霞、周汝昌、叶访樵、张义潜、王子武、王明明、王西京、郭子绪、何家英、李孝萱等大师巨匠亲题上款的画作时，我们都不得不由衷地感慨老先生的交游之广、感慨老先生这份艺术情怀的坚贞和不易。

甲午季夏八月，"知遇知音——阎正绘事50年友朋纪念展"即将在北京保利艺术博物馆开幕，谨致祝贺以为记！

王京生（深圳市委常委、宣传部长）

序二

  阎正先生，我与其相识有42年了，可以说是非常熟悉的老朋友，熟悉到不能再熟悉的地步，在旁人面前，我多尊称其为"阎老师"；在私下，对他的称谓，北方话叫"爹"，书面语称为"父亲"，雅尊"家严"，软语叫"爹地"，洋叫法"PAPA"。无疑，阎正先生是我此生所遇最重要的男人！

  2014年，按中国历法计算，父亲虚岁72岁了，他大我整整30岁，也就是他而立之年有的我。古语："人生七十古来稀。"旧时因生活和医疗条件差，活到70岁者都是稀罕事；今天，医学进步，社会发展，人至70岁离开繁琐的工作岗位，一切悠闲生活的到来，方才若人生的新开始。

  父亲算是继承了祖父的衣钵，一生和文字打交道。除文字之外，书画是其最大爱好，片刻未曾停止收集、创作，可谓一生沉浸其中。当下社会高速发展，人人被商业狂潮裹挟，求财、发财成为人们的高热追求。而父亲却一生爱画如命，从商业赚钱的角度，他绝对是人生的"失败者"。但若是从艺术创作和书画收藏的角度看，他绝对是"人至山巅我为峰"的大成就者。目下，从纽约到伦敦，从北京到香港，拍槌之声此起彼伏，中国书画的价格早已经以百万、千万，甚至亿元为单位了。而父亲50年花费半世心血，一生情谊，聚攒以千数计的书画精品，且其一生收藏和钱没有半点的干系，这没有沾染星点铜臭的艺术收藏当世无二。年少时，我和父亲开玩笑，说他的收藏不过都是些"秀才人情纸半张"。待自己年过不惑，方体味父亲之不易和他的执着，同时亦钦佩他及他数十年间的那些旧友故朋透过绵绵薄纸和悠悠墨香所传递的中国传统文人的隽雅怡情。张义潜先生为父亲画过一幅《雄鹰》，画作右下方压角处钤盖"一文不值"、"千金不卖"朱白二印。一文不值，千金不卖，中国文人的高洁，对"朋友"二字的理解，让我恍然间明白"羊角哀与左伯桃"绝非旧日掌故，而是中国人骨脉基因里天带的情怀。

今天的画太贵了，贵到造币厂打开印刷机，电脑数控印刷都赶不上画作同等尺寸下放大出来的金钱货币体量堆积，所以从2000年以后，父亲越来越少去见自己那些时刻挂怀的故友旧朋，一者因为很多人西游，触景伤怀；二者因为他的这些友朋多已如日中天，父亲怕给朋友添麻烦。现在想来，他一直都惦记和怀念那些与他意合情投的挚友良朋。我向父亲建议：您既然那么怀念他们，何不把他们赠您的情谊展览给更多的世人观瞻，也让后来人知道那些如雷贯耳的艺术家们的别样情怀。

整理遴选展品时，父亲像摆弄自己最心爱玩具的孩童，一幅幅、一件件，左不舍、右难割，每幅都是他的至爱。他告诉我，一个展览才能选几十张画，他们很多人一个人画给我的都不止百幅，没法选啊！言语中透出无尽自豪。打开画筒，父亲说："这是明明的，从第一张赠我的画稿起所有的全部都在，一张不落。""焰，你看，这是你义潜伯伯的画，我20年都没再舍得打开看，怕脏了画。纸多新，就像昨天画的。"爱画者，念友者，不过如此，我扭头擦去眼角的泪。

《文代当风》，父亲50年艺坛友朋的故事，一定会被那些有朋友的人永远传颂。

感谢所有为此次展览付出辛劳的朋友们。

望野 甲午年五月端午拜记

目录

文代当风 /1
——忆石鲁先师一段小事

天上人间 /21
——忆何海霞老人

百岁怀沙 /35
——记文怀沙老人

末路英雄 /43
——忆李青萍老人

心中佛陀 /59
——忆启功先生

感动上帝 /65
——记刘石平老人

经典永恒 /81
——忆王盛烈先生

金戈铁马 /87
——许勇画展观后感

悠悠岁月 /93
——张仁芝白描

长安布衣 /103
——忆张义潜

不负此生 /127
——记王子武

飒飒西风 /139
——忆王朝瑞

七尺男儿 /147
——记赵华胜

河汉无极 /169
——追思白庚延

白纸青天 /197
——记郭子绪

都市深山 /215
——记邹传安

大匠之门 /227
——致易洪斌

西望长安 /243
——记王西京

松风明月 /259
——王明明白描

真水无香 /277
——何家英白描

大疆无界 /295
——漫话李孝萱

我找了个夹子，把石鲁的条幅中堂挂了起来，真委屈了这个"巨人"，矮小的房间使"他"连腰也直不起来，即便是如此，陋室一纸悬挂，也满壁生辉了。

真要感激仓颉老祖宗，他发明了这种神奇的字，只有寥寥四个，就使我魂牵魄萦，辗转难眠，忘掉了一切。

石 鲁 (1919—1982)

原名冯亚珩。四川仁寿人。早年就学于成都东方美专。1940年赴延安入陕北公学院，从事版画创作，后专攻中国画。1959年创作《转战陕北》，名声日隆。后与赵望云创立长安画派。擅长人物、山水、花鸟。曾任中国美术家协会常务理事，中国书法家协会常务理事，陕西省美术家协会主席，陕西省书法家协会主席，陕西省国画院名誉院长，中国画研究院院委等职。

文代当风

——忆石鲁先师一段小事

1980年，李苦禅、杨萱庭与国务院有关领导在"阎正藏画展"石鲁作品前留影

前不久，《北京晚报》《郑州晚报》先后刊发了张黎至前辈所写的文章《千古一谜》，勾起了我一段心酸而又难以忘怀的记忆。

1975年的9月，秋风萧瑟，万木肃杀。我那时正在河南豫北的一个县城里容身。

刚刚下过几场雨，天气骤然转凉了。我从机关里下班回家，路旁原来被风聚起的树叶又被风翻卷起来，成堆成团地哗哗响着，伴随着人的脚步向前滚动。我下意识地感到这落叶的命运多像人哪，它完全受着风力的支配，一会儿被重重叠叠地刮成团、凑成堆，一会儿又被吹乱卷起，飘忽不定地

20世纪70年代，作者阎正在石鲁住处门前

扬开了去，更不知又要落到一个别处的什么地方……

我心烦意乱地走进那个叫"柴火胡同"中的一个小院里，一间被别人当仓库的小屋安着我的家。

邻居胖嫂正在收着绳子上晾干了的衣裳，她见我回来，像是自言自语，又像是对我说："老天爷又给穷人捎信了！"

"可不是，天凉了。"我随口答着，一头钻进自己的小屋里。

冰锅冷灶，火又灭了。"这个该死的煤火，三天两头总是灭，从来都没有烧旺过，这几年的煤矿也不知道都挖出些什么煤？我真怀疑都是矸石。嗨！反正洗衣做饭都是女人的事，等着老婆回来再说吧。"我懒洋洋地横躺竖卧摆在了床上。

"砰砰！"外面响起两下敲门声，我懒得搭理，扭转身子脸朝了墙里。

"砰砰！"又是两声，真烦！老婆这一段好像看出我的愁烦，老是没事找事地穷开心，也不看是什么时候？女人哪，真是的！

不料邻居胖嫂在外面骂上了："你死了吗？你家来客了，怎么也不开门？"

我没好气地问："谁？"

"哦（我）！"一个操西安口音的人回答。

我忽地一下坐起来，这年头西安谁会来这个偏僻的县城找我呢?

"准又是外调的。"我心里暗自思忖着,下床拉开了门。

外边站着孝良。

我惊魂未定地问:"你怎么蒙来的?"

"进屋再说。"孝良推着我走进屋里。

"这个时候你不在家老实待着,跑出来干啥?"我埋怨着他。

他笑了,"你别愁眉苦脸地瞎埋怨,一会儿就该给我磕头作揖了。"

我疑惑不解地望着他。

他仍然笑容可掬,返身从带着的提兜里取出一个纸包,晃了晃说:"给你捎来一样东西!"

我起初并不感兴趣,能捎个什么稀罕东西呢?

孝良不再说话,他小心翼翼地把包打开了,原来是一张叠着的字。

然而,当他把字幅一折折展开,"石鲁"两个字跳进我眼帘的时候,我顿时心头一亮,愣了,呼吸也几乎停止了。

我迅速反应过来,一把抓住了孝良,千里迢迢来送这难得的字,多好的朋友啊!

"你这家伙,刚才还差点给我拒之门外呢!"孝良说。

"我认罪,我低头!"对刚才的大意不恭,我真有些抱歉了。

"光认罪不行,买酒去吧!"孝良摆起了架子。

"酒现成,一会儿再去买只烧鸡,我们这儿的道口烧鸡还挺有名。"我迫不及待地想先看这字,央求着孝良将这字幅全展开了。

这是一幅六尺长的中堂条幅,上面写着四个金石味极浓

《文代当风》
石鲁 书

的大字："文代当风"，左首题"阎正同志赏 石鲁"。

看着这震撼人心的大字，我的一切苦闷烦恼刹那间化为乌有，被抛到了九霄云外。

这条中堂像秋天里的春风，给我带来了一种无法形容的

石鲁住处的屋顶

温暖、快乐。

瞬间，我忽然看见了那位灰发苍苍的老人，在阴暗的屋子里，挥毫为我书写这幅字的情景，百般难言之情一股脑儿涌上心头……

老婆下班了。

她不懂画，也不懂字，但她却知道石鲁。去西安她还随我去看过老人两次，我和石老在一起的照片也都是她拍的，看到这意外飞来的石鲁书幅，她也兴奋得有些语无伦次了。

不知道她词不达意地都说了些什么，问了些什么。我只顾看着字，还有那枚用笔画出来的极美的印章——有鹅蛋那样大小，长长的，圆圆的，无规无矩的。

"呦！我该做饭了，你们先聊。"妻想起了她的责任，慌忙出屋，钻进我们挨着房边用半截砖垒的小厨棚。

我被她的惊悟喊叫提醒了，赶忙说："现在生火得弄到猴年马月，去去，先买只烧鸡来，要大的。"

妻从窗外透过的欢乐眼光霎时失去了光泽，但也只不过是刹那的一闪，她马上又恢复了原来的样子，顺从地答应着提篮子走了。

这时我才意识到，我刚刚下了一道多么浑的命令。我那可怜的三十八块五啊早就花完了，离开工资还要再等三天，这几日茶饭都是将就着凑合，突然让妻去买烧鸡，拿脸给人家呀！我不由得暗暗叫苦。

难为妻子"巧媳妇逼做无米之炊"。她回来了，采购的东西可真不少，除了一只烧鸡外，还有一包花生米、一包炸小鱼，外搭几个烧饼。

她还是那副无忧无虑的样子，根本看不出刚作过什么难。我真佩服她驾驶生活小船的本事，无论怎样的风雨，她都能硬给我把八处漏水的船堵住。

"还愣什么?!掌柜的，赶快摆桌子呀！"她催促着我。

我算什么掌柜的呀！这回轮到我顺从了，慌忙从床底下拉出了小桌子，又从窗台上提过前几天朋友们来喝剩下的半瓶二锅头说："先喝这半瓶吧！"

孝良似乎看出了我的窘况，那整瓶酒还不知在哪个商店里摆着哩，他体谅地说："足够了，喝不了多少。"

他坐下以后，我找了个夹子，

20世纪70年代末，作者阎正与妻子安玲、儿子望野合影

把石鲁的条幅中堂挂了起来,真委屈了这个"巨人",矮小的房间使"他"连腰也直不起来,即便是如此,陋室一纸悬挂,也满壁生辉了。

孝良喝了一口酒说:"石老交代不要挂,悄悄留着就是了。"

"我知道,我只挂一会儿,让我好好看看,随后就放起来。"我答应着。

孝良剥了一粒花生米,眼睛直直地看着我问:"老兄没看出什么名堂吗?"

"什么名堂?"我一直只是看字,没有过多地想什么弯弯绕绕。

"石老让我告诉你,这是一个谜,猜着了就猜,猜不着就算了,但绝不可示人。"

石鲁

孝良的几句话使我恍然从梦里惊醒,我才发现"文代当风"四个字似乎从文理上不大通顺。开始怎么就没有想到呢?我真笨!转过脸来问他:"好像是有点名堂,你说是什么意思呢?"

"石老又没告诉我,我怎么知道。"孝良说。

我回头又看了一会儿,实在是猜不出这字幅包含着什么。

妻又端一盘拍黄瓜进来了,提醒我说:"你发什么呓症,快陪着孝良吃啊!"

我魂不守舍地捡了条小鱼,一点点剥着,慢慢向嘴里填着,脸又歪到了墙上。

屋里安静极了,妻不再多言,默默地蹲在外面厨棚里熬汤。

作者阎正与妻子安玲、儿子望野合影

孝良打破了沉默:"我琢磨着石老是不是说你的文章当为一代风流,鼓励你的意思?"

我摇摇头说:"不会,石老那样大的文采,不会写这样晦涩的词句。"

孝良赞同地说:"有道理,你看该怎么解释?"

我一时无言以对。过了好大一会儿,我说:"既然是谜,还得在谜上动脑筋。"

"你慢慢动吧。我太乏了,今晚我到哪儿休息?"孝良喝了最后一口酒。

"我办公室有地方,离这儿不远,你吃了饭再走!"

没等我话落音,妻已经把面汤端进来了:"别慌别慌,还没吃饭呐!"

"不吃了,咱们走吧!"孝良站起了身。

我们俩默默地在小街上走着,寒意已经很浓了,我脑子完全陷入字的迷魂阵里,全忘了只穿了一件衬衣出来。

安置好孝良的住处,他送我出来,嘱咐道:"明早记着把字摘下来,别找事啊!"

我点了点头,返身回家。

我走得很慢,不知道怎么走进了小屋。妻已经铺好了床,她嘟囔着说:"你怎么连个外衣也不穿?!冻病了又是我的事。走这么长时间!"

我和衣躺到床上,眼睛又专注到"文代当风"这四个字上来,苦苦揣摩着,仍百思不得其解。

妻突然问我："回头孝良走，给石老带点什么？"

"带点酒，带几斤香油、几只烧鸡，其他你看着办吧！"我随口答道。

"说得轻松，拿来！"妻子伸出了手。

"什么？"我迷茫地瞪着眼睛。

"老头票！不给钱，我去劫路啊？！"

我猛醒了，才想起晚上买东西的事，忙问："你刚才去哪儿弄来的钱？"

"嫁给你这甩手掌柜的，我不想办法，你的脸往哪儿搁？"

我恍惚记得她往对面胖嫂屋里咕唧了一会儿，邻居真好，没少麻烦人家。不过妻子也不错，她当时要给我来两句，我就会当场出丑。现在更得恳求她了："明天无论如何要给石老带点什么，你再想点办法吧！"

"有这句话就行，睡吧！"妻满意的说道。

我重新倒头躺下，不由想起朋友们说："日本人的生活方式，是挣多少花多少，挣不到想花也要花，过了今天不说明天的。"妻真像个日本女人，我下意识地冒出了一句："日本女人哪！"

"什么，日本女人？还法国女人哪！"妻翻身坐了起来，"就你这鳖窑窝，穷得老鼠都不来，就咱俩将就着过吧。睡觉！"她"啪"地一下子拉灭了电灯。

1975年，阎正与三个儿女

《梨花一枝春带香》石鲁 作

我让她噎了几句，哭笑不得，睡意全消了，又板起了丈夫的尊严："把灯拉着，神经病！"

"你神经还是我神经！"妻又拉了下灯绳，不再理我。

这一次是彻底安静了。

秋风丝丝地拨弄着窗棂上的破纸，窗外偶尔传来两声"嘟嘟"的秋虫叫，一切都被梦的世界裹去了。此时此刻，唯有我一个人还伴着凄凉的夜，在看那墙上挂着的中堂条幅。

20世纪80年代初，作者阎正撰写《石鲁传奇》

真要感激仓颉老祖宗，他发明了这种神奇的字，只有寥寥四个，就使我魂牵魄萦，辗转难眠，忘掉了一切。

我看着看着，那个"当"字化成了老人慈爱的脸，他仍翘着山羊胡子，眯缝着诡秘的眼睛，似乎在嘲笑我的蠢笨。

"真是个笨蛋！"我自己暗暗骂着。

夜风从破窗洞里钻了进来，15瓦的小灯泡，轻轻地晃动起来，昏暗的光摇曳着，感觉墙上的字义更加扑朔迷离："到底是什么意思？什么意思呢？"

不知不觉之中，我也随那梦界而去。

孝良要走了。

我拿出了妻子准备好的东西，两个小塑料桶分别装着酒和香油，还有两只烧鸡，一点苹果、梨之类的准备让孝良带着路上吃。

孝良倒也干脆，除了酒以外，其他一概拒绝接受。

我解释说："不是给你的，是让你带给石老的。"

妻在一旁敲边鼓："麻烦你给捎去，这么远，让你受累了。"

孝良诙谐地说："正因为是捎给石老的东西，我才收下这酒。烧鸡石老不吃，我带到路上也贪污了。"

妻急了，"就是让你吃的。你吃一半，给石老带一半。"

孝良推让着："这两天不是都吃过了，哪能没足没尽呢？"

石鲁

我拭探着问："那，香油……"

孝良爽快地一摆手，"别婆婆妈妈的了，你这日子我也看得出来，弄点油不容易，你们就自己慢慢吃吧！"

孝良的固执使我又感动又沮丧，妻还是死活给他往包里塞了只烧鸡。他违抗不了这盛情，笑着说："好好，我带这一只，带上、带上。"

妻借来了两辆自行车，我们送孝良到车站。

火车又误点了，误一个多小时，我们彼此都不再说话，相对无言，默默地等着火车的到来。

车开了过来，孝良才想起了什么，趁着车冲人乱的嘈杂大声对我说："这年头多谨慎点啊，那字可千万不要再挂，记住啊！"

我眼眶湿了，紧紧地拉住他说："你来去匆匆，什么东西都不带，我真是不好意思……"

他拱着手说："心领了，心领了！"

我看妻和他的眼睛里都噙着泪珠，大家彼此说不出更多的话来，此时的一切言语都变得多余了。

这风风雨雨患难中的友谊，比金子还要珍贵啊！

孝良走了之后，我再没有轻易拿出这幅字来，但总像中了魔一样，脑子稍得空闲，就要寻思上一阵，有时还像破字谜一样问几个较知近的朋友，然而他们看着我写出的这个谜面，都丈二和尚摸不着头脑，既不知这谜的背景，又不知出自何人之手，胡连八扯，哪里猜得中！

不久，我的老父亲从东北回来，我又升起了一线希望，我家老爷子在新中国成立前曾担任七八家报纸的总编辑，是个"喝"了一辈子墨水的人，我想他应该能解得了这个谜。

作者阎正与父亲及妻子安玲在豫北

夜阑人静，妻顶上门，我把石鲁这幅字挂了出来。

不出意外，父亲马上为之倾倒，赞不绝口。

当我把孝良的话如实告诉他，他也暗暗点头说："这句话没有出处，像是个谜。"

"石老要说个什么意思呢？"我问。

父亲沉思了一会儿，说："一时还不得而知，叫我慢慢想想！"

一连几日，父亲比我中魔更甚。他深居简出，茶饭不香，苦苦地破解着这个难以捉摸的谜。他从古词古诗、寓言典故，各个角度能想的都想了，毫无线索。到了晚上，他一支烟接一支烟地抽着，烟蒂乱七八糟扔了一地，我从一丝的希望中落入失望的泥坑。

我甚至对父亲有点不满意了："搞了几十年的文字和新闻，也曾辉耀一时，竟和我一样不中用，徒有虚名耳！"

不过，事情总有转折，蓦地，"山重水复疑无路，柳暗花明又一村"。

一天半夜，父亲猛然说道："我猜着了！"

当时我正处于一种迷迷糊糊的半睡状态，他一喊不打紧，把我吓了一跳。

父亲像小孩一样披衣下床，连声说着："把字挂上，快挂上！"

我赶忙拉灯，妻已从小床上起身开箱拿字了。

父亲抽出一根烟，点着了火，兴奋地说："石鲁的意思其实很明白，只是我们不着边际地瞎猜，反被他绕住了。"

我急切想知道答案，迫不及待地问："您说是什么意思吧？"

父亲指了指字幅说："你看，这'文代当风'其实就是'当代文风'四个字，不过石鲁有意识地把它颠倒着写了。"

我还是不大明白。

父亲哈哈大笑起来，"谜底不就在这纸上摆着吗？！叫'当代文风，乱七八糟'！"

"当代文风，乱七八糟！"我重复着这个解释，忽地一下，眼前豁然开朗，父亲像从迷魂阵里将我一把拉出来一样，峰回路转了。

这真是"踏破铁鞋无觅处，得来全不费工夫"。到底还是老姜辣呀，我怎么就没往这方面猜呢？

父亲可能意识到我的潜台词，高兴地说："你小子鬼还鬼不过老头，来吧，陪老头喝两盅吧！"

《泼墨华山》石鲁 作

妻为难地说："爸，酒倒有，只是家里啥菜也没有剩，天又这么晚了……"

"不要不要，有块咸菜就行。"老人那兴奋劲并不亚于破译了哥德巴赫猜想。

我只好拿出酒瓶，先给老人家倒上一杯，又从厨棚里取来一块芥菜疙瘩，陪着父亲坐在桌旁。

不一会儿，妻从外面气喘吁吁地跑回来，从怀里掏出两块兔肉。她大概不忍心老父亲看我们这种寒酸生活，喝这种连口菜也没有的酒，跑到桥头上去了。

"这么晚还有卖东西的呀？"我问道。

妻子笑了笑说："有是没有，我去敲开卖兔肉大爷的门，就剩这么两块，三毛钱便宜给我了。"

"行行，就这挺好，咱爷仨可以好好庆祝庆祝了！"父亲露出说不出的惬意。

遵照老人的吩咐，我和妻也一人倒了一杯，伴着他喝这场最简单也最值得回忆的一次酒。

三巡过后，父亲的脸色变得严肃了，他望了望墙上的字，感慨地说："石鲁才真称得起是个豪杰，不怕死的豪杰！这个关头，他敢写这样大胆的话，难得！要好好珍存，今后不要再叫别人看，也切不可再与外人谈这件事了。"

我这时才冒了一身冷汗，前几天找人破谜多愚蠢啊！一旦被人测破，于我不过如此，但牵连到石老，又要给他添加多少罪名啊！

从那以后，我再没有把这字幅拿出来，也再没有和任何人谈过这件事。

……

几年以后，我又见到了石鲁。闲聊之中，旧话重提，我问起"文代当风"的谜底,他笑而不答,我想了想似有道理。谜这东西,说破了也就乏味了。究竟石鲁的本意是什么,或许就是这个意思,抑或还有其他含义,也许别人会有更准确的解释,倒不如各做各的理解,那么就永远谜下去好了。

其实,石鲁本身就是一个谜,谜中之谜他留下了很多,别人也询问过类似问题,他一概不做正面回答。有一次,他

《春在枝头红似花》
石鲁 作

【上、中、下】
1982年，作者阎正、安玲夫妇与石鲁夫人、儿女石果、石丹

被缠得脱不过了，便摆摆手答道："留给后人说吧！"

1981年5月9日于北京西四

附记：

在30多年后的2009年，吾儿望野在《藏仓者寿》一文中也提到了石鲁先生这幅《文代当风》。摘录如下：

父亲朋友甚多，但对其影响最大的，莫过于石鲁先生。我福缘浅薄，没机会见到石鲁先生本人，但母亲陪同父亲在石鲁先生最后审定父亲手撰《石鲁传》稿件时留下的照片，我却看过无数次，每看照片都为其神采折服，有惊其为天人的感觉。《石鲁传》一稿耗费父亲十数年最旺盛的精力神思，所以家人和我有机会听父亲讲述过石老无数的传奇故事，石鲁的名字也深深地印入我的脑海。我10岁左右时还自己涂鸦妄想为父亲的《石鲁传》画封面，等到年长后读石鲁先生的《学画录》及其他文稿，细看他的画集，包括详观当年石老手泽赠予父亲的绘画、书法作品，才发现他的确是个传奇人物……父亲同石鲁先生相识于20世纪60年代的"文革"狂潮中，父亲讲过的石老传奇故事，给我印象最深刻的就是20世纪70年代初，石老托人从西安专程送一幅大书法中堂到父亲下放的县城——四个如斗大字"文代当风"，并嘱咐好好保存，勿与人观。父亲和祖父对

1982年,石鲁审阅阎正所撰《石鲁传奇》

这四个字的意思揣测多年,后理解到这四个字是那个年代石老对文坛混乱状态极度不满的宣泄。我后来读石老的文稿集,发现在1977年6月2日石鲁先生写给华君武、王朝闻、蔡若虹转呈中国美协的信函材料中,最后录有一首词,《残鱼志》:"水浪花风,几时游,华发卷忧忡。一行亚当空,日头红。心肝抛了人何重,文代当风。不经沧海难为水,再上高山更一峰,几只狗咬春花浓。""文代当风"赫然其中。从这词中能清晰感受到石老对那个特殊年代的人生感受,同时也能体会出石老对狂吠春花的恶犬们的不屑。石老当时赠给父亲"文代当风"中堂,并嘱妥善保存,看来是别有深意啊!

原文载《国家艺术》2009年第3期,《收藏界》同时刊发那时何老生活极为艰苦，住处狭窄，经济据拮，还要侍候一个长年卧床的老伴，让人看了不禁心寒。但何老性格开朗，处世豁达，他那种乐天派的生活态度，时时感染着我，让我学会了用乐观面对一切，以至于在以后漫长的岁月中受用无穷！

何海霞（1908—1998）

名瀛，字海霞，以字行。北京人。早年师从张大千学画。1946年随张氏入川写生。1956年调入陕西美协从事专业创作，为长安画派代表画家之一。1983年任陕西省国画院副院长，不久调北京中国画研究院工作。代表作有《西岳峥嵘何壮哉》、《陕北清秋》、《看山还看祖国山》等。

天上人间
——忆何海霞老人

何海霞与作者阎正合影

认识何海霞老人很早，大概是20世纪60年代中期，当面看他挥毫，闲暇陪他聊天，可惜那时太年轻，少不更事，很多神来之笔的绘画过程，精辟独到的谈话内容，随着年代久远，渐渐淡忘了。今翻看旧画，勾起不少往事。雪泥鸿爪，岁月留痕，想起多少记下多少，也算一段难得的回忆。

20世纪60年代初，我住西安西郊，与画家翟荣强毗邻而居，他那时正跟叶访樵先生学花鸟，我便经常和他一起到叶老家，最早听到何海霞的名字，即出自叶老之口。后来才知道，何老与叶老，一个画山水，一个画花鸟，当年在西安画坛都是举足轻重的人物。那时接触老人们非常容易，任何人都有机会和条件，只是大多数人没当回事罢了！

我不然，有这个千载难逢的求教机遇，便经常奔走于二老之间。当时叶老住庙后街，何老住香米园。庙后街紧邻广济大街，在市中心，我们去得多一些；香米园比较偏僻，又要沿着西稍门城墙根走好大一段路，相对去得就少一些，但总还是隔长补短去一趟。那时何老生活极为艰苦，住处狭窄，经济拮据，还要侍候一个长年卧床的老伴，让人看了不禁心寒。但何老性格开朗，处世豁达，他那种乐天派的生活态度，时时感染着我，让我学会了用乐观面对一切，以至于在以后漫长的岁月中受用无穷！

第一次遇到何老便一见如故。整整一个下午，主要是我讲，讲我的祖籍，讲我的父母，讲我的家庭变故。何老静静地听着我这个二十挂零的毛头小子侃侃而谈，时不时插上一两句话，对我的家庭遭遇和苦难，给予了无限同情，要我自强不息。从此，我与何老成了忘年之交。

在我起身告辞的时候，何老说："第一次来不能白来。"说着走到他蜗居角落一个巴掌大的小桌前面，一口气画了两幅荷花，一幅红荷，一幅白荷，在红荷上题道："相怜得莲，相偶得藕，阎正同志留念，何海霞"。我是意外收获，喜不自禁，笑着说："只知道您画山水，不知道荷花也画得这样漂亮！"他正色道："这是我老师给我的看家本领，只是不常画罢了！"那一刻我并非理解他话里的含义，也未多想他的老师是谁？只是千恩万谢地告辞了。

以后见面多了，我才知道何老是北京人，客居西安。那时好像要把他调回去，据何老说北京来人找到石鲁先师要拿李琦做交换，李琦当时刚刚画过《主席走遍全国》，红极一时。可能是石老不同意，还是什么原因，总之没谈成，直至

《凉思》何海霞 作

30年后的90年代中期，何老才奉调回京。在何老离开西安时，我有幸参加了一个很小范围的宴会，为何老送行，这是何老回京前的最后一顿饭。当时王西京也在场，正吃饭中间，他指着远处一个人说那是贾平凹，便点头打了招呼。我远远看着，这是唯一一次见贾平凹，以后再未见过，此乃题外话了。

何老画画与众不同，非常干净，不但画面干净，工具干净，画画的过程也非常干净，干净到令人不可置信的程度。按常理画山水浓墨重彩，脏是不可避免的，以后的岁月我更是见过无数画山水的，一个比一个脏。有一位老兄甚至大言不惭地对我说："山水结构五颜六色，我画山水都是脏着画。水是陈年老汤，只往里边添水，从来不换，水里什么颜色都有，涂起来才色彩丰富。为什么叫涂鸦？就是这意思！"此种理由听起来似乎有道理，我却不敢苟同。因为我见过画山水不脏的，再大尺幅、再多色彩的山水也不脏，那就是——何海霞。

记得何老每次画画之前，在干净的盘子碟子里，根据画的内容，倒出相应量的墨汁，挤颜料也是一样，赭石、花青之类，用多少挤多少，然后落墨皴擦着色，画完了，盘子里的墨汁颜料也基本用完了。临近结束往往将残存的一点墨汁混同剩余颜料，将大羊毫蘸饱，往画面上一烘一染，大功告成。碟干盘净，一切如初，像没画过一样。

一次次这样的过程从我眼前闪过，在心中留下了深刻印象。每当看到后来的画家，墨汁一倒半碗，颜料一挤一片，画完不管剩多少，无论颜料墨汁，通通冲刷掉了，让人看着心痛，也有不洗不刷的，这次画完下次再用，但是墨不亮，颜色也不新，如画花卉便混浊，色彩也没那么漂亮。更有人画画带标志的，画还没画完，手上胳膊上，甚至脸上衣服上，到处都沾满了墨和颜色，这样的人出去好认，一看就知道是

"画家"。

今天回想起来,也许当年生活困苦,画画不易,何老是出于节省的原因,但慢慢条件很好了,何老依然如故,无论到任何地方,给任何单位任何人画都一样,哪怕裁下的一张小纸片,抹上几笔变成一张小品,决不浪费,这已经成了一种习惯。我接受这种传统,延续了老人无声的影响,即使应酬写画,每次一定把墨汁用完。(当然,书家的养墨不在此例。)扩大到日常生活的用水用电,也决不浪费,这与小气无关,应该是一种美德。记得一位大名鼎鼎的书法家给我讲了一段刚出道时的糗事。他第一次住宾馆,一间房一天200多块,住一夜几乎是一月的工资,于是愤愤不平了。不能白住!于是他把室内的电灯全弄亮,几个水龙头全打开,他不能睡,不然一觉睡醒200块钱没了,于是床上地下打滚翻跟头,水"哗哗"地流着,他来回折腾着,一晚上没睡!他够本了,但第二天活动一天都无精打采。我想这事要说给何老,非骂死他不可!他那时年轻,但这不是理由,根子是一种心态,节省不是节省自家,资源是社会的,心态正了,那种莫名其妙的作为便无从发生。学习节俭,于公于私,是何老给我人生上的第一课。

何老作画,功夫了得。有一次,我俩正聊天,他儿子何纪争来要他画一幅手卷,何老应承着将一卷宣纸接到手里,我四下看看,狭窄的蜗居,仅有的小桌,这样长的纸,真不知他如何画?不料何老根本没起身,只是让纪争搬个小凳摆在他身边,放上倒好墨和颜色的小碟。然后把两腿分开,将

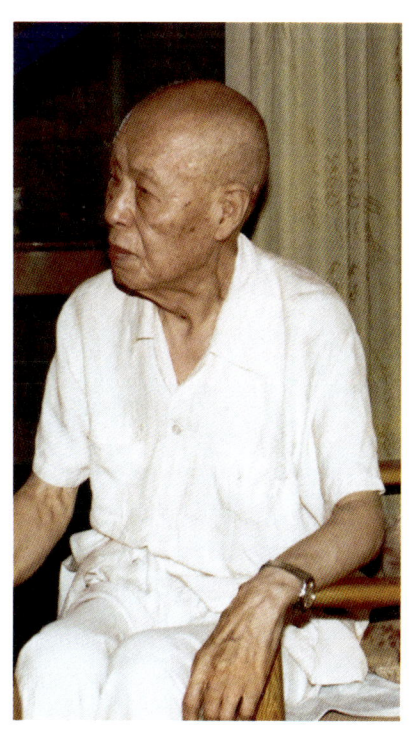

晚年何海霞

《太华松》
何海霞 作

纸铺在腿上,一边由纪争拿着,一边由他左手握着,纸完全腾空,开画!画一会儿,让纪争扯一下;再画一会儿,再扯一下。他画得很快,皴擦点染,不到40分钟,一幅山水手卷画完了,快不足奇,关键是腾空在腿上作画,软笔在软纸上画出铁线、斧劈皴擦是何等功力?!今生今世只此一次,真开眼了!

有一次,我陪父母去看何老,他与家父很是投机,谈到兴奋处,何老一口气给家父画了两幅画,一幅《竹梅图》,一幅《太华松》。老父亲乐得合不拢嘴,临送出门,家母装作生气地说:"哼,画两幅都题给臭老头,不说题一幅给我!"何老趴到家母耳边说:"老嫂子,我那两幅画得都不好,是糊弄老头的!改天给您画张好的气气他!"老父亲听见放声大笑,一圈人都笑了!

看起来说笑话,何老可是认真了!没多久,他托人捎信,让我去取给老母亲的画,我却迟迟没去。原因说来也很简单,每次去都要坐无轨电车到西稍门,再走段城墙根小路才到何老家,记不清那时忙什么,总之始终没去取,后有人说我是为省那8分电车票钱没去,那时生活困难得很,也许吧!

困难的时期并不缺少欢乐,与何老在一起的日子常常就是欢乐的。有一次我去看他,正好有一个青年人先在那里了,何老给我介绍说："这是我的学生李世南，我们经常在一起合作画点什么。"我仔细端详李世南，长得白白净净，很文气，不讲话，笑着点点头就算打招呼了。我说："嚯，长得真漂亮！"何老说："你也不丑啊！"我说："不行不行！比起他我差远了！"这也是我唯一次见李世南。几十年后，他和王子武与我又都曾在深圳客居，我和子武倒经常见面，一起给福田美协当顾问，李世南似乎不太顺，还有记者为他写过一篇文章，标题好像是"一位画家的命运"，替他鸣不平。可能我去时，他已经走了，总之再没见过他，以至于后来看到他谢顶的照片我都不敢认，照片中的人和我所见过的英俊青年怎么也对不上号。尽管他当时没怎么讲话，都是何老与我在说，但那次聚会的印象实在太深了。那次聊天我讲到自己少年时学说相声，何老讲他也说过相声；我说我修过铁路，他说他也修过铁路，于是有了共同话题，云里雾里有说有笑地聊了几个小时。我那时正在焦枝铁路上，何老以前修的是宝成铁路，他讲到当年在山里放炮崩石头，一放一排一排的炮像花朵一样极为壮观，听那些铁道工装铁轨、砸铆钉，一镐下去，"啾"的一声，这"啾"一声，那"啾"一声，像鸟叫一样，美妙极了！后来，我把何老讲的这些事当作素材，放在我写的相声《第一书记》里，其中说到"山花烂漫，鸟语花香"，用炮花、炸药味形容花香烂漫，用砸道轨发出的声音形容鸟叫，在舞台上演

《梅竹图》何海霞 作

20世纪80年代,阎正看望何海霞老人时合影

出,赢得强烈的效果!唯有那一次何老没有画画,也唯有那一次是我记忆最深刻的一次!

如今提起"张大千",妇孺皆知,大小拍卖会只要列名单总少不了张大千、齐白石、徐悲鸿,或徐悲鸿、齐白石、张大千,名气之大,影响之深,有目共睹。何海霞原是张大千的高足,在所有张大千的弟子中绝对是出类拔萃的佼佼者;然20世纪六七十年代甚至到80年代,在中国都很少有人知道张大千,何老在我们多年交往中也是绝口不提,直到70年代后期无意之中,他提到了张大千的名字,我第一次听到很新鲜,竟提出了张大千是谁的幼稚问题,何老说是他的老师,顷刻间油然而生敬意。慢慢地了解多了,才知道作为老师的老师,张大千是那样一位了不起的泰山北斗,不能不佩服何老的守口如瓶,鉴于那个特殊的年代,何老也是为我好,才避而不谈这位中国画坛的卓越人物。

1976年以后,何老讲张大千多了起来,他怀念青城山与张大千朝夕相处的日子,他跟随大师一起画写生,搞创作,大师忙不过来,他为张大千代笔。许多年后,我拿几幅署名张大千的山水小品请他鉴定,他自己也分不清哪是他画的,哪是老师画的了。因当时要画的人多,他常常代笔画好,张大千题字钤印后送出,几可乱真!我发现何老的书法也属张大千一脉,即使何老题写张大千的款也毫无问题,难怪叶老后来对我说:"阎正啊,你何老师哪点儿都好,就是仿张大

《张良庙》何海霞 作

千不好，弄得现在都分不出真假了！"由此可见何老的艺术水平很早就达到一个相当高的境地，但我要说明一点，何老仿张大千与现在的书画造假绝对是两个概念，何老当年代笔只是代为张大千应酬，纯属朋友之间的交往，而当下书画造假进而牟取暴利与前述事实不可同日而语。至于有些人别有用心地制造假画，与何老何干？！

我们交往的那个年代，生活非常艰苦，尤其是画家的生活，如没有正常收入，那更是苦不堪言，哪里有今天所谓的"画家"风光？但那年代的画家是真画家，而今天的画家甚至名家常常因利益驱动混进书画圈里，其实有一些是伪画家、假画家。明眼儿人一眼即可看透，不必点破就是。

20世纪六七十年代中，我上山下乡到了农村，这段时日逢年过节，我往往攒些粮食换成肉、油、粉条之类带去西安看望这些画家师友们，那时，画家的头是张义潜，我带去的东西总是由他分配，如果条件宽裕，我总会让义潜召集大家到饭店吃上一顿饭。印象最深的一次还请上了张义潜的母亲，气氛非常活跃，其他包括有何海霞、叶访樵、张义潜、王子武、吴三大等十几个人。那次是在东亚饭店，因距义潜家近，我和义潜等人陪着老母亲走过去，画家中唯叶老年龄最大，便雇了一辆三轮车拉上，其他何老等人都是随着三轮车走过去的。那顿饭花了80多块钱，今天说来惭愧，与眼下随便一次宴请相比如九牛一毛，但当年对于这些画家朋友来说，已相当奢侈了！吃完饭临走时，画家们都过意不去，何老说："阎正，今天来我家吧，给你画张画！"其他人都几乎说着同样的话，我笑着说："这次时间紧，明天要赶回去，下次再去家吧！"何老坚持着："不行，其他人都可不去，你要来我家一趟！"实在推辞不过，我跟着何老回到香米园，何老进门不等喘息，直接到画桌前，不大工夫，画了一幅桂林山水，上题："江似香罗带，一水碧玉簪。丙辰冬，阎正同志西安相聚，无以为赠，写此留念，何海霞，时年六十又九。"

其实那年月画是最不值钱的东西，不是真爱没人要它！不少后来的名家，当年吃朋友一顿饭，给人家画张画。大都不经意地随手送人，甚至被人丢掉也是常有的事，我却一张一张都保存了下来。

何老给我画画的时候不少，每次见面都要画上一两幅，对我而言，他更多是演示给我看，让我领会画画的精髓，他是山水画家，自然给我画的多是山水。记得有一次他给我演示破笔山水，一张四尺三开的小纸，他拿过一支大抓笔，在报纸上把笔毛叉开，然后蘸浓墨在纸上拧滚了两下，又蘸赭石皴染，远山用花青烘托，再换小笔勾勾点点，不出10分钟，一幅苍苍莽莽的"张良庙"跃然纸上，神了！还有一次是1976年10月，刚打倒"四人帮"，我去看何老，何老非常兴奋，马上为我画了一幅《华山西峰》，尺幅不大，却极为精致，上题："华峰柱天地，山河尽开颜。阎正同志留念，何海霞。"2011年，"歌德拍卖"的挚友王晓文要我拿几幅带上款的名家名作参拍，说这样绝对保真的东西能提高公司形象，也算是帮忙，给他们站站台，撑撑场子，不是为了卖。鉴于朋友情面，我拿了几件作品，其中就有这幅《华山》。

《华峰柱天地山河尽开颜》何海霞 作

开拍当日，我和儿子、儿媳都到了现场，儿子不知啥时拿了个牌子，把凡是我拿出去的画都举了回来，尤其是何老这幅《华山》，四尺四开的尺幅已经举过百万，儿子要105万，对方似乎是志在必得，又举110万，儿子再晃了一下牌子，拍卖师喊出115万的数字，对方向我这边扫了一眼，旁边有人跟他说了什么，他才愤愤地放弃了。过后晓文见我说："阎老怎么都让儿子举回去了？人家买主意见可大了！"我连连说："对不起！不是只站站台面吗?! 我儿子就怕画丢了，所以都举了。如果给你们添了麻烦，费用我出。"但心里一块石头落到了地上，总算朋友情谊保住,何老的画也保住了！

1995年，我主持"港澳"拍卖，那时中国的拍卖刚刚起步，大家还不知拍卖是怎么回事。我把杨仁恺、刘九庵、秦公、秦征、章津才、朱乃正等以及后来的画界明星白庚延、郭子绪、张宗宪、范迪安、何家英都请去了。我宁可奔波征集，却不肯拿自己的藏画。有人拿来一件何老的《九门口望长城》，我喜出望外，专为这幅画写了一篇《从〈九门口望长城〉说起》的文章，谈到我与何老的交往。后来，我与何老在北京一次拍卖会的预展上见面，他见到我很激动，抓住我的手久久不松，我抓得更紧，很珍惜那见面的一瞬。他看着我说："小阎正今非昔比了！"我说："在您面前还是个无知的孩子！"他问到我父亲，我说已走了几年了，他骤然神色黯淡，好大一会儿，像是自言自语："我也80多岁了！"那是我最后一次见到老人。

不久，海南省成立文物商店，要找个名家题匾，我想到了何老，正好白庚延出画集也想请何老给封面题个签，我因杂务脱不开身，让小儿子代我赴京去双榆树寓所找何老，一个如同我当年20岁的孩子拿着我的信函去找绝对是大师巨

何海霞题"颜正小兄留念"

匠的老人题字。何老身边的人说何老封笔了，不写字，一口回绝，然而何老听到儿子的介绍立即说："阎正的儿子来找我，一定要题！"据儿子回来描述，何老答应以后，拿笔的时候，那毛笔坚硬如铁锥，足足在水里浸泡了半个多小时都没泡开，老人真的是封笔很久了！笔化开之后，何老一口气写了好几幅"海南省文物商店"，告诉儿子让我回来挑，儿子顺便转达了白庚延的请求，老人却拒绝了，他说："白庚延的山水画得很好。他是王颂余的学生，这书名只能王颂余来题，我题有夺爱之嫌！"儿子回来转诉给白老师，白老师感慨不已！何老虽说没给白庚延题签，却又在册页上给我题了"神游天地"四个字，上款题："颜正小兄存"。以前给我画张小画也是这种题法，赐我照片也是这种题法，按说半个世纪的忘年之交该不会记错，不知为何将我的姓氏由"阎立本"的"阎"改成"颜真卿"的"颜"？是说我的字写得不好，让我好好练字吗？权当如此吧，我就拼命练字，老人已去了天国，这样的谜就只能留在人间了！

2013年12月13日凌晨4时

我很理解老人的寓意，他渴望和谐，与事无辩无争，正像他写的一副对联："岂能尽如人意，但求无愧我心"。一个人生来世界上，想面面俱到让任何人都满意是决不可能的，只要无愧自心就行了。

文怀沙（1910— ）

斋名燕堂，号燕叟，笔名王耳、司空无忌。生于北京，祖籍湖南。著名国学大师、红学家、书画家、金石家、中医学家、吟咏大师、新中国《楚辞》研究第一人。现为燕堂诗社社长，上海大学文学院名誉院长，西北大学"唐文化国际研究中心"名誉主席、中国诗书画研究院名誉院长等。

百岁怀沙
——记文怀沙老人

文怀沙与作者阎正合影

文老怀沙,1910年生于北京,到2010年刚好一个整数,满满一百岁。

今天资讯发达,言论基本自由,曾有"文化人"著文对文老年龄提出质疑。偶与犬子私聊,小儿说:"文老年龄不是问题,由年龄引起的攻击更不值一驳,只要把柳亚子、郭沫若、沈尹默等人20世纪40年代前后所赠文老的诗词拿出来,文老本人无须说话,观者就一目了然了。因文老生于1910年,40年代亦不过30岁上下年纪,与前述名人交往,还属正常。若将年龄推后十年,那么文怀沙只有十几二十岁,一个乳臭未干的毛头小子与当时的文坛巨擘做文字交往,便有点荒唐，也根本不可能，孰真孰假，立即泾渭分明。何况除了上述几位，与文老交谊深厚者还有胡风、艾青、钱钟书等人，倘若仍均在世，都应过了百岁界线。"

文怀沙20世纪50年代就以《楚辞》研究闻名宇内。岁月流逝，世纪变换，今日更堪为一代英豪大匠，位列艺坛当之无愧，我以为早没必要再论究年龄几何了。1910年也好，1920年也罢。毕竟文老年龄做这有心探讨生命长度的"文化人"的祖父是够了。

用文老近书所言"何以息谤，曰无辩"，善哉！

至于"国学大师"一说，我与文老相识有年，知道他头上"顶戴"不少，尽管老人家常常口无遮拦，但从未在他嘴里听讲过这个头衔。什么是"国学"、什么是"大师"，如何定位？我搞不懂。我只知这年头一切都廉价，"大师"帽子满天飞，"院长""会长""主席""教授"马路扫。冷不防像我等鼠辈也会得到一顶"大师"帽子，我即使"正经八百"地对人说："谁喊我大师就等于骂我！"人家照喊不误，照"骂"不误！我等按年龄、资格、经历在文老面前如泰山杯土，尚且有人封赏，那么称老人家"大师"，有何不可？我们不妨理一下文老的头衔：北京大学、清华大学、北京师范大学、中央美术学院、中央音乐学院、北京中医学院、汕头大学、黑龙江大学等多所大学教授、客座教授、顾问；上海大学文学院名誉院长、陕西省震旦汉唐研究院终身院长等，这些都是足金足赤

2001年，文老与作者阎正在深圳

2003年元月，文老与周韶华、作者间正在关广富画展研讨会上

货真价实的成色。如果较起真来，文老还够不上大师资格吗？何况一切称谓本不是无缘由凭空就喊起来的，当今书坛的领袖人物王学仲先生在写成"灵光鲁殿，屈子前身"八个篆书赠词之后，明明白白地写上"文丈国学大师，后学王学仲敬篆"。中国书协主席沈鹏先生在赠书上款称怀沙先生文宗，另一位书坛大家欧阳中石对联曰"不衫不履，非陌非阡"，上联落"文老夫子教我"，下署"中石再拜"。这一批头衔题款决不是心血来潮、空穴来风大笔一挥的戏言。

其实文怀沙在青年时代即经史百家、汉魏六朝文学、历代诗词歌赋，包括金石、书法、美术、音乐、戏剧以及佛学等无不涉猎，尤以早期研究《楚辞》闻名于学界，创立"宝学"、东方美声学，在文学、历史、教育、艺术、医学、哲学等领域卓有建树，享有盛誉。他出版了新中国成立后的第一本《楚辞》专著《屈原〈九歌〉今绎》，并撰写了《屈原集》、《屈原〈离骚〉今绎》和《屈原〈九章〉今绎》。古典文学家瞿蜕园先生在他的《楚辞今读》一书中称许"文怀沙与郭沫若、游国恩三人，在《楚辞》研究中三足鼎立，超过了以往两千年的研究成绩"。20世纪50年代新中国成立之初，文怀沙

文怀沙与作者阎正合影

还应中央人民广播电台之邀,开辟了一个每周一次,长达四年之久的"中国古典文学讲座",在此同时,他还主编了新中国成立后的第一套"中国古典文学研究丛刊",开创了以全新思想观点研究中国古典文学的先河。这个讲座和这套丛书在当时乃至以后都产生了广泛而深远的巨大影响。

学者傅光称文怀沙是"以第一流大手笔,放出第一流大眼光,终成就第一流大文章"。老作家峻青赞文怀沙"勤奋好学,聪颖过人"。大批评家孙美兰誉"九七高龄燕叟沙翁,其书画艺术精品,博采中国古文字精华,熔甲骨、金文、楚简、古篆隶于一炉,返璞归真,自创新理异态。余久久面对观之、赏之、思之、冥之,不禁雀跃而起,赞曰'拙为何之极,奇乃正之华'"。

上述成就不知算不算"国学"范畴?而这些成就在老人家一生文耕中顶多只能是"小荷才露尖尖角",大面积的荷塘莲藕还没能顾及。文老和我在深圳散步时曾讲:"我一生最满意的事,是写了最短的文《正清和》,全文加注释33个字'孔子尚正气,老子尚清气,释迦尚和气,东方大道其在贯通并弘扬斯三气也'。"这里边没提到前面几篇著作,也未提到其他洋洋大观的作品,文老任何一个领域的著述都够个中人们看一阵子的了。众多行家里手的评价褒奖就更数不胜数,要想全部抄录,一本杂志也难容得下,这一切的一切还不够"大师"资格吗?今天在中国,如果文怀沙称不起

"大师"，我想不出还有谁能称得起。既然"国学大师"没有硬性指标，也找不到个颁奖单位，那就是老百姓封的，"老百姓"的另一种叫法是"人民"，文怀沙就是"人民的国学大师"了！照我看一个大师都嫌少，多加几个文老也承受得起。

文老与唐国强伉俪、阎正、刘亚谏合影

其次说到文老爱看美女，此乃人之天性，世上所有的男人，谁能说不爱美色呢？我也爱。爱美之心人皆有之嘛。记得1975年，北京画院、中央美院一大批画家在辉县太行山，我负责接待。一天晚上，张仁芝和我聊到文怀沙的两句诗："平生只有两行泪，半为苍天半美人。"我特别喜欢，来了兴头，专门让张仁芝给我写了一帧横幅，此乃35年前的事，以后与很多书家、画家提及过这两句诗，没有一个不喜欢的。1979年认识白庚延，直至他去世，这两句诗他写了不下几十幅，很多人要。我甚至给自己搞了个专题收藏，专写这两句诗。粗略算一下，30多年时间里为我挥毫写过此句的书家、画家有张仁芝、吴三大、郭子绪、石宪章、白庚延、王海、梁岩、邢士珍、冯志福、柴建方、何家英等，够出一本集子的了，唯独没请文老写过，从来我也没问过，至今也不知道这两句诗准确不准确！总之，诗是美好的，很容易让人产生共鸣。

近几年来，文老一直提倡"正清和"，拥护和谐，推崇向善，歌颂仁义道德，写了不少"正清和""家和万事兴""上善若水""仁者无敌""厚德载物""天地人和"等字幅，我

阎正绘制《群贤毕至》巨作，文老题字并即兴评介

很理解老人的寓意，他渴望和谐，与事无辩无争，正像他写的一副对联："岂能尽如人意，但求无愧我心。"一个人生来世界上，想面面俱到让任何人都满意是决不可能的，只要无愧自心就行了。

前些时候发生的"倒文事件"，不少人都替文老捏了把汗，毕竟年事太高，能经得住这样的打击吗？我小他30岁，心胸也算可以，但相比起来远不如他，我与朋友们讲："如果换成是我，一定会被打翻在地，不死也会扒层皮。"文老百岁高龄经受这样的狂风巨浪，他的生命之舟竟能挺过来并安然无恙，真是个奇迹！也许有了文老的榜样，今后再遇到任何意外时，我也一定能像文老一样坚强超脱，大度能容，逢凶化吉。记得当时高玉涛社长与我和张仃提出发一期专刊，刊名就叫《保卫文怀沙》，但讨论来讨论去，考虑到当时正在风口浪尖上，双方情绪都很激动，只会火上浇油，于事无补，思来想去，终于放下了。今日再来回顾这些事，就没那许多激烈的言辞，淡淡地平和地谈，这也符合文老的心意。其实早在五六年前，文老就写了一副对联："多得少得何必争，利归天下；大事小事原无论，心在人民。"前后小注上又写道："昔耀邦同志撰联曰：心在人民，原无论大事小事；利归天下，何必争多得少得，余以为胡公心在人民，天下归心；天下者，人民之天下也，故从胡公志，为之更定其辞，谨写奉为胡公九秩寿。胡公虚怀若谷，必莞尔于九天之上也。"

那时是2005年，深圳肖永坚先生搞了一个很漂亮的书画院，整个一座掩映在荔枝林中的小白楼给了我们。他邀我做院长，文老为名誉院长。文老还给画院起了一个非常生涩奇特又非常有意义的名字。那时我们朝夕相处，经常在一起吃饭、聊天、散步，文老每每高谈阔论，引经据典，出口成文，使我等后辈受益匪浅。文老的道德文章，行为举止，处处显露着他的亲近仁和。

百岁文老，世纪沙翁，仁者无敌。化干戈为玉帛，乃大智大勇。千字小文，不及敬仰之心者万一。借胡耀邦同志"赠文怀沙先生诗"，权作小忆：

骚作开新面，久仰先生名，
去岁馈珠玉，始悟神交深。
君自九嶷出，有如九嶷云，
明知楚水阔，苦寻屈子魂。
不谙燕塞险，卓立傲苍冥，
闭户惊叶落，心悲秋早零。
心悲不是畏天寒，寒枝翻作艳阳春，
艳阳之下种桃李，桃李芬芳春复春。
哲人晓畅沧桑变，一番变化一番新，
如今桃李千千万，春蕾一绽更精神。

诗文精彩至极，贴切至极。愿文老沙翁青春不老，从2011年一岁伊始，再活一百年。

《情系八荒》
文怀沙 书

2010年12月4日于深圳振董叩首

李青萍曾被送上刑场，她不知她是被拉去陪绑，也没有想到她的生命会不会结束。那是个天近黄昏的时刻，在刑场这种阴森恐怖的地点，一般人此刻的心情状态不言而喻，而她却恰恰相反，她看不到阴森，看不到恐怖，她看到的是即将落下的红日和落日映衬下的树林及飞鸟，她挣脱不了被捆绑的双臂，却情不自禁地扬起头，喊出一声："太美了！"她身边的人一定认为她疯了，这哪里是上刑场，简直就是拉她出来观赏大自然的日落美景！

李青萍（1911—2004）

湖北荆州人。1931年考入武昌美术专科学校。1932年由武昌美专校长唐义精推荐到上海新华艺术专科学校学习，1935年毕业，留上海闸北安徽中学任教。1937年在新华艺专研究生班攻读西画。

末路英雄

―― 忆李青萍老人

青萍老人93岁了,像她那样的高龄真不容易,她不是健在,只是活着,在幻影般期待中活着。

几个月前,深圳摄影家张之先匆匆电话约我,我刚从外地回来,便赶去见他,他拿出来一堆照片和一份材料,义愤填膺地讲述着李青萍的成就和遭遇。这是我第一次听到这个名字,李青萍难以置信的坎坷遭遇让我热血

李青萍

沸腾,又像脑袋上挨一闷棍,蒙了。之先要我提供北京油画界的人士,他想去寻求更多的支持和帮助,我立即给他开了个名单:闻立鹏、潘世勋、王征骅、杜健、苏高里,几位30年前与我共过患难的油画界权威。至于要我写点什么,我不敢写,我没有资格写这位比我母亲年纪还大得多的画坛名宿,更何况她的遭遇是如此奇特,闻所未闻,最终能够解决她问题的,还应是官方高层,否则便只能是几声凄厉,几声抽泣而已。最终我虽然写了一篇,也只是借题发挥,诉一诉心中的不平和压抑。

近日，张之先突然拿出一本文字，里面全是当今有影响的画家、评论家、文人所写李青萍的文章，有周韶华、水天中、鲁虹、严善錞、胡洪侠诸君。我拜读着这些激扬的文字，彻夜失眠了。

李青萍究竟是何许人，她的自述和简历写得非常清楚，有必要摘录几条：

1926年参加徐向前夫人黄杰组织的第一个妇女协会。

1937年研究生毕业。马来西亚驻上海领事馆招考艺术人才，李青萍在一千多名报考者中脱颖而出，位居榜首，被聘为吉隆坡坤城女中艺术部主任。

1936年与刘海粟、司徒乔等人在马六甲、槟城、暗邦举办联合巡回画展。

1941年受陈嘉庚先生委托，接待并协助徐悲鸿在南洋举办抗日义展。时任"抗敌后援会艺术校联部"副主席的李青萍以细腻忘我的工作态度，赢得了徐悲鸿的赞赏，亲自为她画油画肖像表示谢忱（原画现收藏于北京徐悲鸿纪念馆）。在徐的建议下出版《李青萍画集》，由胡愈之主编，徐悲鸿亲题书名、作序并为其选辑。

1943年，母校为她举办画展，刘海粟参观后说："今之西画引进中国，只有你与我为先驱。"

同年冬，应中日协会，邀赴东京、大阪、横滨等地举办画展，被日本文艺界誉为"中国画坛一娇娜"。

1946年，齐白石在北京六国饭店参观她的画展后，挥毫题词"李青萍小姐画无女儿气"，宋庆龄、郭沫若、柳亚子、田汉对她的画都大加赞扬。

1947年夏，在上海因拒绝送画给当局，被国民党以"汉奸罪"关押9个月，后无罪释放。

《李青萍画像》 徐悲鸿 作

　　1948年，先后在镇江、苏州、扬州、杭州、南京、安徽、汉口等地举办画展。

　　同年，应宋庆龄基金会之邀，在香港筹资举办义展。

　　同年，应胡文虎之邀在台北、台中、台南为修建孙中山纪念碑亭举办义展。

　　1949年回到荆州，在沙市为救助贫民举办义展。

　　同年，经郭沫若介绍到重庆，为重庆"9·2"大火赈灾义展。

徐悲鸿绘李青萍肖像速写

1950年，调中央文化部艺术处，与田汉、徐悲鸿、梅兰芳等艺术家共同筹办"全国艺术资料展览大会"。曾一起受到国务院总理周恩来的宴请。

李青萍老人的前半生，如果凭资格、身份、成就，现存于世的大牌画家，没有几个人能与之相比；论年龄、论辈分，可分伯仲的更是寥寥可数。

评论家严善錞说："李青萍——这位曾经被誉为'中国画坛一娇娜'的杰出女画家，在20世纪的中国美术史上，应当有她显著的位置。"

这个"应当"只是美好的愿望，但她没有。我查阅了近50年来的众多典籍，鲜有李青萍的名字，仿佛中国画坛根本就没有这个人似的，更不要说显著的位置了。

按理说她是艺术界的前辈，是泰斗级的人物，即便被打倒，像其他那些大师，复出后仍赫赫有名。但她不是，她所有的记录均不在案，没有人知道她是谁？她做过什么？获得过什么荣誉？这样一来，她也就远不比当代二三十岁的歌星、影星。即使在美术圈里，她别说比北京、上海的大画家，甚至连一般地域性的"斗方画家"也不如。她没有"名气"、没有"影响"、没有画室、没有画集……她什么都没有。她仅存的最后一批作品，用她的床挡在身后的柜子里，靠她的伤病之躯护卫着，这是她的唯一了，生命的唯一，价值的唯一。如若这批作品再散失，她真的就一无所有，说什么都没有用了。等于空空来到这个世界上，历经磨难，然后烟消云散，好像没有在这个世界上走过一样。她像是意识到了这一点，为这批作品对任何人都充满着怀疑，乃至带一点敌意。

尽管她是一个不平凡的伟大女性，她的名字也毫不响亮；尽管她曾经是那样的辉煌耀眼，如今却只有包括我在内的一小撮人知道，我还是刚刚听说。尽管我看她如同牛羊看星星，看不懂，看不清，望尘莫及，但我和所有为她打抱不平的人都比她的名气大，在李青萍老人身上一切都颠倒了。

湖北省美协主席周韶华说："李青萍是荆楚儿女的骄傲，是祖国人民的骄傲，李青萍的泼彩图是中华民族艺术殿堂的瑰宝，是中国现代美术史的瑰宝。"这话讲得很对。但我又大不以为然，我倒觉得李青萍是荆楚的伤痛，是我们国家的遗憾。就是这样一位美术界先驱，竟然在自己的出生之地，受尽非人磨难。"海外关系复杂""特嫌""反革命""右派"，帽子换了一顶又一顶，就是不想让她头上没有东西。她被监视审查管制，解除管制、逮捕、获释，再被劳教，解除，再被批斗，直至沦落到卖冰棍、拾垃圾、流浪、乞讨的地步，任何人都可以往她身上吐口水，任何人都可以打一拳甚至踹上一脚，只要她不死，"革命者"便绝不放过她！这段经历在她的生命中耗去了35年。江湖上说"再过18年又是一条好汉"！她两条好汉的时间就这样被毁灭了。我不知人的忍耐限度有多大？她竟然忍受了下来。毕竟是真艺术家。这位奇女子挨批斗时，被架着"飞机"的手在背后仍然比比画画着她想象中的图像，她似乎忘记了地点场面，竟敢露出"幸福"的微笑，毫无疑问又要遭到现实中的一顿饱拳，鼻口穿血，再一次被打倒在地。最不可思议的是，李青萍曾被送上刑场，她不知她是被拉去陪绑，也没有想到她的生命会不会结束。那是个天近黄昏的时刻，

李青萍作品

在刑场这种阴森恐怖的地点，一般人此刻的心情状态不言而喻，而她却恰恰相反，她看不到阴森，看不到恐怖，她看到的是即将落下的红日和落日映衬下的树林及飞鸟，她挣脱不了被捆绑的双臂，却情不自禁地扬起头，喊出一声："太美了！"她身边的人一定认为她疯了，这哪里是上刑场，简直就是拉她出来观赏大自然的日落美景！我不是在杜撰小说，这是李青萍真实的遭遇，谈不上她怕死不怕死，在那种境遇下，死与不死对于她已无足轻重，这是一个真正大艺术家的淳朴反应，置生死于度外，也只有李青萍，才能在那种时刻发出那样的喊声。她的苦难太多太多，就这样断断续续，被掩埋长达半个多世纪，但她到底没有死。近一个甲子轮回，平常的人可以又活过一次了。我们何来的骄傲之有？

据当事人之一的鲁虹先生说："1986年销声匿迹35年的李青萍'重现江湖'之后，成了热门话题，一位在街头经常可以看到的卖冰棍拾垃圾的老太婆竟是被埋葬已久蜚声中外的大画家。国务委员宋健得知此事后，还就提高李青萍待遇的问题作了重要批示，不过，由于人为的原因，对李青萍的推介突然冷了下来。原来，在李青萍的事情被广泛宣传后，以往整过她的人为了保全面子，竟然向省里相关部门打报告，说李青萍仍为'特嫌'，不宜进一步宣传，而相关部门也不做认真调查便下文，明令对李青萍的宣传要降温，虽然此事很快被国务院侨办下文所批评，但冷下来的事再也热不起来了。"

什么是"特嫌"呢？就是"特务嫌疑"。这个"头衔"在20世纪50年代非常可怕，也无人敢保，但在过了35年之后，这个罪名就值得考虑了，1/3世纪的时间，她既无电台发报，又没写过泄密书信，嫌疑还存在吗？但就是这两个字，再次把刚要振翅高飞的李青萍"软着陆"下来，转眼又是18年，不死不活到如今。人们不妨设身处地地想一下，后18年比前35年更难过，前35年李青萍是在没有希望中度过，没有希望就什么都不想，心里倒干净。后18年有了希望，希望总是遥遥无期的幻影，心里反倒不清净了。几个人仅仅为了自己的面子，非但没有忏悔，没有不好意思（并没有谁追究什么），竟再一次将一位国家难得的"名宿"，置于不死的死地，不死是画家自身的胸怀和耐力，心眼稍小一些的，早去马克思那里报到了。当时的省委书记关广富曾亲自去看望她，关心她。国务委员宋健又作了批示，政治上恢复了公职，被任命为县政协副主席，享受副县级待遇，有些人甚至说："一个拾垃圾、卖冰棍的老太婆也和我平起平坐了，还要怎么样？"殊不知，李青萍的垃圾不是她自己要拾的，冰棍也不是她自己想卖的，论资格她在全国政协当个什么也绰绰有余，她要的不是这个，她要的是艺术上的彻底平反，她要的是让她的艺术重新走出去，现实中竟不可能。"解冻"后再遭冷落，鲁虹讲了一句最准确的话："冷下来的事再也热不起来了。""明日黄花"不值钱，奈何！

　　李青萍93年的跌宕岁月，她为了心中的艺术抛却了除去生命之外的一切一切，她被剥夺了做人的权利，却依然"贼心不死"，她还要画，这即是一些当事人所看到的"文革"中这位捡垃圾的老太婆特别钟爱垃圾堆里的纸板、纸盒、废广告色之类的东西，那是她绘画的主要材料。在那种境遇下她还画画？真是疯了。其实她非常清醒，是我们疯了！

　　李青萍不死，并又被热心人翻出来，是她的幸运，也是中国画坛的福气。正因为这些热心人，我们才有可能来评价她、议论她、研究她、珍惜她。她确实是一个极为罕见的特例，鲁虹说："在中外艺术史上，像李青萍这样的故事绝无

李青萍作品

仅有,因为这是一个特殊的时代造成的特殊个案。"水天中说:"她是中国现代文化史、政治史、法制史的研究对象。作为一个被侮辱、被迫害的艺术家,她遭遇的每一片段都值得人们研究、追问和思考。人类文化史上,特别是现代中国文化史上,命运坎坷的文化人大有人在。但像李青萍这样的遭遇,确实使人叹为观止。通过研究李青萍,可以更深地了解20世纪中国政治、文化生活。"

我觉得李青萍的悲剧在于她的经历复杂,性格内向,为人倔强,长相漂亮,让人倒霉的几大要素,她全具备了,悲剧是注定了的!

说来也不奇怪,文化艺术界有数不胜数的名人遭受挫折,首先是出了名的人,或十几年、几十年,然后遭遇一段坎坷。李青萍太冤枉,她是在刚解放,不等人们知道她、了解她就先在"特务嫌疑"审查中倒下了,接着是一连串的政治旋风,把她死死地卷住,让她始终未能喘过一口气来。她倒下的时间又特别长,早于胡风,平反又晚于任何一个与她命运相同的人,在那个年代,凡露有她蛛丝马迹的文字资料都会被抹掉,怎么还可能留存她的所谓艺术档案?人们不了解她的一切,也在情理之中了。解冻后她轻松了一段日子,仿佛又有了第二个春天,她那时已经76岁,年纪也不算小了,但看到省美协的人来,高兴得手舞足蹈,赶忙把画拿出来给人家看,热情得像个小孩子。

她曾像杜鹃啼血一样在炎炎的烈日下叫喊着"冰棍"、"冰棍",她曾像乞丐一样在臭气熏天的垃圾堆上翻捡着垃圾,她活着是为了能熬到像 1986 年那样的日子，搞展览，让人看，她和大家一起享受艺术中的美妙！但这好日子太短，瞬间一闪又消失了，她再一次被搁浅。

按理说，她已经看到了人生的曙光，从 1986 年开始，她满可以享受 20 年或更长的她应该享受的幸福时光，她仍然没得到，尽管这一次不同，不再受迫害，但软刀子杀人，效果相同，只不过如同凉水煮鱼慢慢死就是了，我不相信李青萍还能有第三个春天。

长时间的政治煎熬，摧毁了她的人生，如果她那也算"人的生活"的话。所幸没被摧毁的是她的天性和才华，她才能稍一复苏就一鼓作气画出了《生的回声》《婚礼》《背影》《热带黎明》等 500 多幅惊人的作品。人们才有可能在今天讨论研究她，更加惋惜她。

特别值得惋惜的是，大陆内地的美术机构和画廊远不如台湾、香港的画廊、拍卖行嗅觉灵敏，在短短的时间内，李青萍的新作被廉价买走、骗走了 300 多幅，掠去了几乎 3/5 还多，一些居心叵测的人和盗贼也将黑手伸向了这位老人，因为他们知道这批作品的价值。不管是廉价买，巧话骗，或者干脆偷，随便一张画拿到"苏富比"就是数万、数十万元，机不可失，时不再来啊！

李青萍的作品尤其是泼彩画，绝对的七彩斑斓，激动人心。它来源于一位叫沙都那萨的印度画家，说是"画家"，其实是在马来西亚打工的一个印度奴隶，在坤城女子中学当清洁工，李青萍偶然从学生那里看到沙都那萨的画，顿时被其倾倒了，马上找到这个人，屈主任之尊，拜清洁工为师，奉为"沙翁"。"下贱"的奴隶被感动了，当即为她示范表演，他将一叠纸铺开在地上，各色颜料倒入几个椰壳，连同椰汁搅匀，屏气凝神，一一向画纸泼去，瞬息之间，神奇的图形在纸上晕开。李青萍从此反复实践，昼夜揣摩，泼彩作品日臻成熟，"出蓝胜蓝"，使之成为她一生的艺术走向。至晚年泼彩则更加变幻莫测，肆意多姿，给人以无与伦比的视觉冲击力，给人以波澜壮阔的心底震撼！我想把她比作梵高！比作毕加索！毫不为过！为什么不能比呢？李青萍从奴隶手中学会泼彩，又经受了漫长的奴隶般生活，在获得解放的新生命伊始，如同飞洒着奴隶殷红的血，苦涩的汗，托起她久久渴望的艺术宫殿！

她现在唯有的心愿如她在自述中所说："我已届93岁高龄，既不求名，也不图利。唯一的愿望是能在有生之年出一本像样的画集，留给后人一点启示，并将仅存的200余幅作品，献给生我养我的祖国，此生足矣。"记得有人曾问她："有什么希望？"她说："没有希望，就想画画。"几十年来没有人理会她，没有人和她说话，她的语言功能已全部退化，我听到她艰涩地说出这8个字，百感交集，眼眶湿了。

朋友说："艺术家是否和耶稣一样，总是被钉在十字架上。人们发现，耶稣就住在隔壁。"

她活到了93岁，按迷信讲是老天爷不忍心叫她去。不忍心把这样一位才华横溢、铮铮硬骨、不屈不挠的女性就这样不明不白地收了去！能让她活到今天，就是让人们为她呐喊，为她争取，为她动容，为她落泪，现在抢救已为时太晚了！

她执着，她挣扎，她钟情，她爱国，谁爱她呢？眼下替她说话的不过是一批画家、文人、书生。我至今才明白，古人为什么说"百无一用是书生"。我仅知道为她伸张正义的有从湖北退休到深圳安居的省侨办干部陈坚，是她和另一位代岳同志最早到李青萍家中探视，第一个走进那低矮潮湿的小屋，看见的是破床上垫着稻草，板结的棉被上补丁摞着补丁，一个小泥巴炉子被铁丝缠了一道又一道，几十年相伴主人的小煤油灯，瑟缩在一把烂竹凳上，饭桌是一块块碎砖垒成的。被邻居从外面叫回的李青萍，穿着一大一小的男式胶鞋，衣衫褴褛得连叫花子都不如，尽管

李青萍作品

她一脸灿烂的笑，迎接着省里的客人，陈坚这位女干部却黯然泪下，立即掏出身上所有的钱塞给了她。嗣后，四年中，年复一年，为李青萍请示，报告，奔波，终于引起了国务院、湖北省委、省政府、荆州地委及江陵县委的重视。再有摄影家张之先为老人鼎立相助，奔走呼号。前面还有湖北的一批艺术家周韶华、尚扬、鲁慕迅、严善醇、汤文选、李世南、聂干因、陈方既、皮道坚、彭德，珠海的魏新、周南海等人，最近有罗工柳、水天中、鲁虹、庄锡龙、胡洪侠等仗义执言之士为李青萍老人的愿望大声疾呼。为了虚张声势，我列了一大堆名单，其实也没几个人，但我想总是一片心意，慢慢会多一片再一片，聚沙成塔，集腋成裘，知道或支持青萍老人的人会多起来的。《深圳特区报》《深圳商报》已率先用整版篇幅报道这件事了，但不能太晚，太晚的抢救恐怕她本人就看不见了。

水天中说："如果忘记了李青萍、沙耆等一批被历史遗忘的艺术家，中国的美术史将是不完整的。"

《李青萍》画集封面及封底样稿

　　当然，也许她本人对世上的一切并不在意，她从心底里早已跳出三界外，不在五行中，任何结果都无所谓了。她唯一看重的是她生命以外的东西：一是出版画集，二是作品归宿。而这两件事实乃小儿科，先说出书，在今天，任何一个人，只要想出，不管是什么水平，有钱立时三刻就可以出，科技的发达，印刷的迅速，在如今出书如出差的年代，区区一本画集可能就是老人的全部，恐怕这也是她一生最奢侈的期望。第二是作品的归属，按老人意愿想捐献给中国美术馆，对方一时还不能收，急也没有用，这能怪杨力舟吗？不能怪！因为美术馆没有钱。现在的规定就是捐赠也要给一定数额的奖金，杨力舟拿不出来。李青萍本人也许并不想要钱，钱对于她这位风烛残年的老人已经毫无意义，受了一辈子罪，即使有了钱，即使现代文明的享受条件付于她，她恐也消受不起，一生苦惯了，让她最后的日子换个环境还可能不适应。再有一条路捐给她的故乡湖北，这其中困难也不小，鲁虹说得很明白："湖北省当地很多著名画家的精品还无处安置。"别说她这个一辈子"特嫌"的"无名之辈"了。

现在有许多人在评价她，推崇她，我前边说过，毕竟只是"一小撮"，在13亿人口的泱泱大国中，仍然很有限，她仍然是"无名"。

我悲哀了。

胡洪侠先生说得好："什么众所周知的原因？其实是众皆不知。由于这个原因，她终身未婚，一生中的哀怨苦痛，谁能知道多少？更多的苦痛是讲也不能讲的。天底下有比她更悲哀的吗？"

我看过、听过、接触过经历无数苦难和遭受苦难的人，但与她相比都是九牛一毛，不在话下！她是真苦，真难。能够想像一个"人"，不必提什么艺术，孤苦伶仃，历遭磨难，受尽屈辱，除了李青萍，谁能忍受得了！按最长刑期20年，她也快坐满了3次，真不如让她一次坐满20年，在里边甚至比在外边好。落个"劳改释放犯"，还有40年平民日子过。

倘若不是李青萍，其他人早也就死掉了。想死什么法都有，然而"死很容易活却难"，李青萍走了后一条艰难的路。

我没有见过这位传奇的老人，据说又瘦又小又黑又驼，但随着我一步步对她的了解体会，她的形象在我眼前逐渐高大。这位极富传奇色彩的女子，便是我心目中顶天立地的英雄！是真正的英雄！人们都以为，像楚项羽力拔山兮气盖世的魁伟大汉才是英雄，我看未必！项羽完全可以渡过乌江，收整旧部，卷土重来。他气馁、懦弱，没有勇气，在乌江边自刎，那胸襟气度比李青萍差远了。李青萍煎熬的一生不亚于轰轰烈烈的壮举，同是楚人，项羽一剑抹过，一切都结束了；李青萍含辛茹苦近一个世纪，活下来就是个奇迹。孰易孰难？每个人都可以设身处地地想一想，一个自杀的懦夫怎比得了一个爱惜生命的勇士？李青萍的一生才是堂堂正正了不起的典范！她是任何天崩地裂都毁灭不了的伟大生命。这就是芸芸众生的主体，从某种意义上说的老百姓的威仪！真该给她树一座碑，讲述她不屈的精神，记载她生命的顽强，然后再论及她的艺术，给世人思考，给后人启迪！

青萍老人已到晚年，按"人生七十古来稀"的老话，是很晚的晚年了，她已是人生的末路，高雅一点说是最后几年，尽可不必回避。我要用撕心裂肺的呐喊，颂扬这位末路英雄！其实她早已无牵无挂，前述众多热心朋友的全部努力，对她个人的血肉之躯已毫无意义，不会有任何改变，即使改变也太晚了，但这些努力对国家、对社会、对后代却意义重大，是功德无量的事。

文章结尾，我突然想起了一首古诗：

> 君王城头竖降旗，妾在宫中那得知。
> 十四万人齐卸甲，更无一个是男儿。

这诗好像是一个嫔妃写的，写罢便殉国了。十四万将士不如一个宁死不降的女子。

生活中人常说，女人总是不如男人，就像女人的专业烹调、裁缝之类，好的厨师和服装师都是男的，实际上是一种偏见。其实男女除了性别以外，各方面都是一样的。从医学上讲，女性对疼痛、饥渴的忍受力甚至比男性还要强，"谁说女子不如男"绝不是用来安慰女性的空话。无论男女，无论从事何种事业，只要有意志、毅力的支撑，就都能创造奇迹。

青萍老人拥抱生命，对命运的抗争，可以讲伸展到了极致！

她的生命之火始终不灭，冥冥之中自有她要等待的原因，但愿她能等到瞑目。人一旦进入这个年龄，咒都咒不死，何况是李青萍！有人说她是九死一生，未必是九死，但她确是死过几次的人。更多的是未知数，只有天知道了。

2003年10月于海口海景湾

附记：

在这篇文章即将付梓的时候，上海美术馆馆长李向阳先生亲自赶到湖北荆州，看望了李青萍，并决定收藏李青萍的作品。

这批作品都是画在旧纸板、包装盒、泡沫板，甚至是在蓝塑料布上，大多支离破碎，小心翼翼方能保证它完整。李馆长慢慢看着，潸然泪下。他激动地说："有些人吸着老百姓的民脂民膏，老人却把腐朽化作神奇！"

他深情地亲吻老人一下，承诺一定趁老人有生之年在上海美术馆举办高规格的李青萍画展，为老人的作品装好镜框，穿上最华贵的"衣裳"，展示给人民大众。

又记：

《李青萍》画集印出后不久，2004年1月29日，李青萍老人走完了94岁人生，带着无限眷恋离开了砥砺她、磨难她的美好人间。

早在1977年,66岁的他,风头正健之时,就自撰其《墓志铭》:

中学生,副教授。博不精,专不透。名虽扬,实不够。

高不成,低不就。瘫趋左,派曾右。面微圆,皮欠厚。

妻已亡,并无后。丧犹新,病照旧。六十六,非不寿。

八宝山,渐相凑。计平生,谥曰陋。身与名,一齐臭。

读后令人捧腹之余沉思,多好的老人哪!

启 功 (1912—2005)

字元白,也作元伯,号苑北居士,别名察格多尔札布。满族,北京市人。中国当代著名书法家、教育家、古典文献学家、书画家、鉴定家、红学家、诗人、国学大师。幼年失怙且家境中落,自北京汇文中学辍学后,发愤自学。稍长,从贾羲民、吴镜汀习书法丹青,从戴姜福修古典文学。他的旧体诗词亦享誉国内外诗坛,故有诗、书、画"三绝"之称。著作等身,主要代表作有《启功丛稿》、《启功韵语》、《古代字体论稿》、《论书绝句百首》等。曾为北京师范大学教授。历任中国政协常务委员,中国书法家协会主席、名誉主席,中国佛教协会、故宫博物院顾问等要职。

心中佛陀
——忆启功先生

启功

启功先生是我国文化艺术界有口皆碑、学富五车、幽默诙谐、极易亲近的敦厚长者。

20世纪70年代中期,源于工作之便,曾与启老有过很多接触。那时我在文化部直属的"文化艺术出版社"工作,经常找启老和舒同、沈鹏先生题写书名,请启老题得最多。如我主编的《中国当代书法大观》、《中国历代书法大观》以及《中国历代画家传略》等都出自启老之手。

那时没有手机,通信工具非常落后,我也常常不经预约,径直闯进"首师大"他的家中,也因此常常吃闭门羹。但只

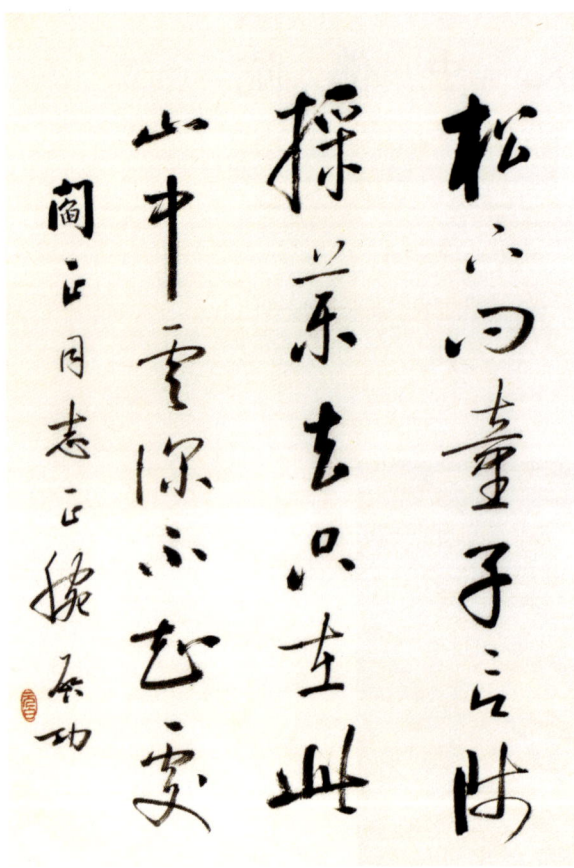

贾岛诗《寻隐者不遇》
启功 书

要他在,总也会立刻放下手边的工作,接待我这个不速之客。我要的题字又常常是立马三刻,急等就取,启老但凡可能也总是尽量满足我,牵纸研墨,即写即拿。记得有一次我临出门,启老突然说:"你来总是给公家要字,下次再来给你写一幅!"听此言我喜出望外,连连鞠躬,但心里还是不敢奢望,老人实在太忙,哪有空闲给我写字呢?这句话已很满足我的非分之想了!孰料,过些时日我又去登门,他外出去了,守门人说:"阎同志请留步,老爷子留个纸包给你,说如他不在,让转交。"我接过纸包打开一看,是启老手迹,上写"松下问童子,言师采药去,只在此山中,云深不知处。阎正同志正腕。启功"我感慨极了,那样一位享有盛誉的泰山北斗,对我这乳臭未干的毛头小子如此厚爱,真让我有点受宠若惊了。

启功先生一生无儿无女,对我们这些年轻后生,真像对待自己的儿女一样,关爱有加。无论什么时候去打扰,从来没有烦过,说话永远是乐呵呵的。表面上看他谈吐诙谐,有时还带有一点调侃味道,仔细品一品,他每一句话甚至是开玩笑,那笑声中都充满了哲理和智慧,正应了老辈讲的"说话听声,锣鼓听音"了!

譬如说姓氏，爱新觉罗、那拉氏等等据说都是满族姓，我在东北抚顺上学时，就有个满族同学叫那九阳，妹妹叫那九玉，他的全称应叫那拉氏九阳，太麻烦了，就简化姓那了。但现在好像又兴烦琐的了，尤其爱新觉罗，在深圳我就碰到好几个，因为是皇家姓，特别是启功也姓爱新觉罗，常常有些搞书法的就在这姓氏上做文章，或说与启功大一辈小一辈，或说是同一辈的，老板们也真买账，一看落款：爱新觉罗某某，顿时肃然起敬，那书法价值便也高出一等。有人问过启老，启老说爱新觉罗不是姓，他姓启名功。按说启功确实姓爱新觉罗，清代皇族后裔，雍正皇帝的第九代孙。那么他对姓氏的抵制，我想一是认为没有必要，二也许反感那些借姓氏故弄玄虚者，是另一种形式的告诫吧！

再说这"几代孙"风气，近些年也甚嚣尘上，不少人总要从自己同姓中攀一个古代大人物，像王羲之啊，范仲淹啊，苏东坡啊什么的，煞有其事地说是人家多少多少代孙。就这事有人也问过启老，启老立刻回答："孙子是肯定的，就不知是多少代了！"其实，那些百般考证的人，即便证实你就是孙子，又能怎样？至于那些"装孙子"的更没必要，我就是我，何苦非要找个背景衬着？像启老这样有据可查的皇家血统尚且不认，那些八杆子打不着的孙子，当着还有意思吗？他祖上若是秦桧，是高俅，你叫他攀他也不攀了。

启老是一个忠厚、善良、爱憎分明的人。也正因如此，在北师大校园内，备受弟子们爱戴、尊敬，见面都称他"博导"。在他被任命为"中央文史研究馆"馆长后，有人祝贺说，这是"部级"呢，启老则利用谐音风趣地说："不急，我不急！真不急！"

启老经常外出讲学，当听到主持人说："现在请启老指示。"他马上会说："指示不敢当，本人是满族，祖先活动在东北，属少数民族，历史上通称'胡人'，因此在下所讲，全是不折不扣的'胡言'……"这样的开场白马上就活跃了会场气氛。

启老的书法端庄、秀丽、朴素、大方，几乎席卷了整个中国。所以模仿启老的字铺天盖地，可以破吉尼斯纪录了！自然，每个人看到启老的书法，免不了都要问上一句："真的假的！"有一次启老去看一个展览，有人指着一幅署他名字的书法问："这幅字是您写的吗？"他看了看说："比我写得好！"扭身离开，但马上又一想，这不明明告诉人家那字是假的，砸人家饭碗吗，于是转回去又说："这字是我写的！"

对于区区小事，他总是一笑了之，不做追究。但遇到原则问题，他却绝不相让，有人请他把假画"鉴定"为真迹并请题跋，他断然拒绝："我做假犯罪，你拿去骗人再犯罪，我等于双重犯罪，我不干！"有人冒充他的名字在假画上题跋，一向笑容可掬的老人恼怒了，在报上严正声明，不要以为在画上有了我的名字你就买，我从今往后不再往别人画上题字了！

早在1977年，66岁的他，风头正健之时，就自撰《墓志铭》：

中学生，副教授。博不精，专不透。名虽扬，实不够。
高不成，低不就。瘫趋左，派曾右。面微圆，皮欠厚。
妻已亡，并无后。丧犹新，病照旧。六十六，非不寿。
八宝山，渐相凑。计平生，谥曰陋。身与名，一齐臭。

读后令人捧腹，多好的老人哪！

2012年在为影响中国收藏界十大经典人物艺术造像时，我写了《为大师先贤写真》一文：

为先贤写真造像，古来有之。

此举最早始于北周，庾信《周国柱大将军纥干弘神道碑》中有"天子画凌烟之阁，言念归臣"之句，可见远唐一个多世纪之前，就已有帝王为纪念贤臣而造像立碑的先例。到唐太宗时代，李世民为表彰辅佐他平定天下的诸多大臣，延续了这种崇重功臣、能臣的精神，在长安城内（太极宫）三清殿旁同样建造了《凌烟阁》，命阎立本绘《二十四功臣图》置于三层阁内，传下千载佳话、万古流芳。

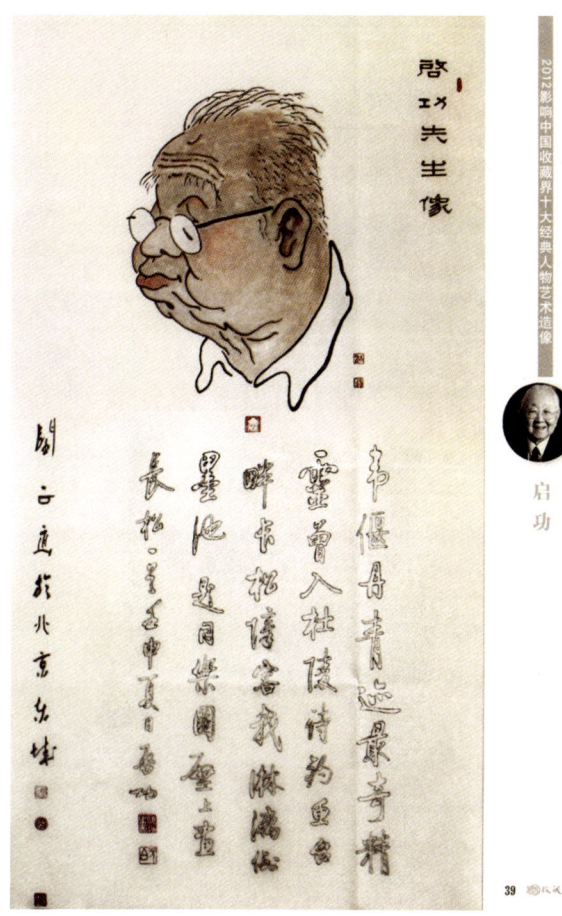

阎正为启功造像

作为画家，我首选启老，我心中的佛陀，历历往事，如影随形，启老的形象，清晰地显现在我面前，焚香沐浴、顶礼膜拜，完成了久有的夙愿。

为一位大师造像是一次精神洗礼，俗话说"予人玫瑰，手留余香"。今画先贤，得其恩泽，大师已逝，音容永存。

造像是我等后人最好的怀念与追思。

2012年10月28日于北京华威里

刘石平是一生砥砺,一生磨练,一生修行,一生积累,是一种矢志不渝的兴趣与爱好。我想起了诸葛亮,如果没有"三顾茅庐"的故事,他只能是躬耕南阳,历史上也就没有了这个人物,诸葛亮的出山,其实是一种偶然。刘石平的出现,也是一种偶然,但没有偶然性,就没有历史,常常偶然中带有必然,刘石平重返画坛,获得他理应得到的了解与尊崇也在情理之中了。

刘石平(1921—)

生于济源市轵城镇。1942年高中毕业后,考入当时中国美术教育的最高学府——重庆国立艺专(中国美术学院前身)学习。

感动上帝

——记刘石平老人

刘石平与作者阎正合影

刘石平先生是一位用绘画和作为感动济源、感动河南、最终感动中国的人。

公元前3000年,所罗门国王曾说:"已有的事,后必再有,已行的事,后必再行,日光之下,并无新事。"

我站在济源太行蟒河口玉皇岭上刘石平老人的"家"。猛然想起这句话,细细地品味着,在此之前,谁的境遇和他一样呢?以前千百年里,有过他这样的人和他这样的事吗?陶渊明?髡残?八大?曹雪芹?都像又都不像!这些都是名留青史的人,是伟大的,而刘石平一点也不伟大,普普通通平凡得再平凡不过了。除了少数人知道他的名字,更早些时甚至一文

朋友们冒雪上山探望刘石平老人

不名,年近九十隐居深山,过着基本上原始的生活。

这是怎样一位神秘人物。

刘石平是幸运的,早在20世纪40年代,他年纪轻轻就考进了当时中国最高的美术学府——重庆国立艺专,受教于潘天寿、林风眠、丰子恺、倪贻德、傅抱石、关良诸先生,与李可染、席德进、吴冠中、苏天赐等师出同门。在今天看来,这是一串令人高山仰止光芒四射的名字汇成的灿烂星河,当年的刘石平则沐浴其中,名师高徒,位列孙山,将他一生的挚爱做了最雄厚的铺垫。

刘石平是不幸的。20世纪50年代后期,正值如日中天大好年华之时,他被错划右派。从天堂跌进地狱,遭受了许多年不公正的待遇,在恶劣的政治环境里,他的名字彻底在人们的视线中消失了,我翻看了最近大部分有关刘石平的报刊报道,都尽量不提这一段生活,或者蜻蜓点水一笔带过,然后用一些美丽的辞藻,淡泊名利,甘受清贫啊,潜心教育,桃李天下呀等轻轻掩饰,其实,在这段漫长时间里,刘石平遭遇了许多难以言表的屈辱与坎坷。这是那个时期中国大部分知识分子无可避免的命运。刘石平绝无例外。也正是那艰难困苦的年月,刘石平被打翻在地并被踏上一只脚,尽管没有永世不得翻身,但当他重新回到"革命队伍"的时候,早已是"无论魏晋,不知有汉",物是人非了!

30年前,我在济源曾见过刘先生两次,也是搞什么展览,其中挂有他的作品,混列在市县级作品之中,既不突出,也不醒目,如同他的为人一样,既不多言,也不多语。大家见个面，点点头，握下手而已，一切都是淡淡的。我那时就听闻刘先生少言寡语，在当时以至于以后的几十年中，始终讲话不多甚至不讲话，真可谓"沉默是金"了！

我没见过年轻时的刘石平，但我想他一定不是我见到时的样子，是命运改变了他的一生，使他变得无欲无求，与世无争，终生孤苦一人。面对大千世界，他几近销声匿迹。美术批评家范洪在推荐张伏山的文章中一开头便写道："画家张伏山先生的艺术，被社会湮没多年，直到今天才引起社会的关注，在张朋、陈子庄、黄秋园、梁崎相继被发现的今天，仍有许多卓有成就的大画家，默默无闻，遗贤乡里。这实在是我们的悲哀，也充分暴露了以前的文化体制存在的缺陷。"这里所指的默默无闻、遗贤乡里的大画家，刘石平就是一个！在那一段漫长的岁月里，受尽人间凄苦的他，从不对人讲诉他的过去，这也是所有采访过他的记者们没有记录下他那段生活的根本原因。我与他匆匆见过几面，亦不愿刻意触碰他那不曾示人的痛处。起码是对老人的一种尊重。过去的就让它过去了，不必再提。近 20 年来，社会上这方面的描述和暴露太多，于事无补，不如放下，按一句时髦话讲叫"向前看"。好在刘石平先生比陈子庄、黄秋园、梁崎、张伏山幸运得多，直至今日还健健康康地活着，直至今日还挥毫不止！这就足够了！谁说老人没有爱？绘画就是老人一生一世的挚爱，大爱无疆，他除去生病卧床之外，几十年没有离开过画，有一个记者曾写道："刘石平又回到学校开始了他的教学生涯，他开始进入了创作的旺盛期。他每天早晨或课余都要到大街或集市上画速写。凡走卒、乞丐、老人、小孩都是他画的对象……"这一段描述是真实的、贴切的，但这时的刘石平只是为了爱去画，决不是为了出人头地或其他，他从苦难

《苏三起解》
刘石平 作

中走来，把全身心的爱都倾注在始自童年就酷嗜的绘画上了。

刘石平先生自己讲述：他从小爱画京剧，正因为爱京剧，他的幼年，也就是20世纪二三十年代，正是京剧鼎盛时期，那时在济源也有京剧，叫作"黄戏"。但县里没有剧院，有的都是民间自发组织的剧团，每逢节日庙会时常演唱，只要有机会，他总跑去看，从不轻易放过。

其实那时他只有几岁十几岁，哪里懂得什么叫戏，只能说是与生俱来的天性，为那些悦耳的唱腔、华丽的服装以及火爆的武打深深吸引着，到了痴迷的程度。

正因为戏看多了，又听大人们不时地讲解，慢慢对戏里的故事也有所了解，什么铁面无私的包拯、寒窑受苦的王宝钏呀，还有赵子龙、穆桂英、黄天霸等，舞台上英俊的形象和优美的动作，深深刻进了他幼小的心灵里。每次看戏回来，他都情不自禁拿出笔来画，凭着记忆和想象去画，画着、画着感觉心里美滋滋的，简直是一种绝美的享受，于是画京剧人物就是刘石平学画的开始。

除了看戏，京剧人物年画对他的帮助也很大。由于京剧盛行，京剧人物印刷品就应运而生，特别是年画，无论书店市场都有销售。他的父亲经常买一些张贴在屋子里，给他的印象很深。另外，值得一提的是那时有一种名叫"哈德门"的香烟，烟盒里装有京剧小画片，彩色精印，十分美观。他积攒了许多这样的小画片，时常拿出来把玩，爱不释手，那是他学画京剧人物的最好范画，直至今日他还念念不忘"长板坡"里赵子龙一手举枪，一手拿马鞭的英武形象。那马鞭和枪什么样，盔甲和靠旗怎么扎，靴子是怎样穿，诸如此类，早在孩提时代他已是谙熟在心了。

随着年龄增长，由小学到初中到高中，功课忙了，画画的时间少了，中学虽有美术课，画的都是静物、风景之类。后来抗战兴起，流亡在外，看戏的机会少了，在学校里无论课内课外，搞宣传，出墙报，刘石平的兴趣自然也转到这一方面来，画出了大量的抗日宣传画。

在我国绘画领域里，历代画家所画的题材大都是山水、花鸟，画人物也都是高人、雅士或仕女之类，似乎这才是传承的正统。即使有画戏曲人物的，如清代苏州的胡三桥，也只是偶尔为之，凤毛麟角，极为稀少。如此种种原因使他对京剧人物逐渐淡忘。

然而禀性难移，刘石平对京剧的爱好始终没有变，非但不变，且与日俱增，他不但学唱，而且学拉胡琴。在学校里，他与爱好京剧的同学们自发组织了京剧社，演唱传统京剧，写到这里我要代上一笔极有意义的小插曲。在"重庆国立艺专"，刘石平与李可染虽不同届，但都是林风眠的得意弟子，所谓名师高徒，两人都喜爱京剧，两人都会拉京胡，两人又都会唱京剧。在一次演唱会上，丰子恺的女儿丰一吟第一次登台演出《王宝钏》，大受欢迎；还有一次刘石平在饭棚里看京剧《乌盆记》，扮演刘世昌的是邹佩珠同学，后来成了李可染的夫人，而操琴的就是李可染先生。李先生不但画画得好，那时才

《醉打山门》
刘石平 作

【左、右】刘石平、叶少兰与作者阎正参加河南电视台《梨园春》栏目活动

【右下】刘石平《赤壁之战》（《梨园春》报纸试笔）

知道他也是一位操琴高手。至于李可染毕业即留校任教，并成为我国画坛上的大师巨匠那是后话，还有前面提到的吴冠中，多年来名扬海内炙手可热。席德进毕业后去了台湾，成为中国台湾最负盛名的头牌画家。苏天赐毕业后任教于南京大学艺术系，后任广州美术学院院长，享誉艺坛。唯有我这篇文章的主人公刘石平，同是天字一号的资格与才华，一生困守"山城"。但这山城不是重庆而是济源。地利及天时、人和三项俱无。英雄暮年走进深山，不被人知，不被人晓，如不是几位热心的领导和朋友发现，如不是济源市几届市委市政府的极力关怀抢救，刘石平这个人和他的名字以及他的作品就彻底湮没在苍茫的大山之中了……

济源市委书记赵素萍和前任市委书记段喜中在当市长的时候就几次和现常委副市长薛玉森到玉皇岭上刘石平的家去看望并明确地表示："刘石平老人是济源的财富，我们一定想方设法通过举办展览、出版画册，让老人的画走出济源，叫响全国。"

我第一次和济源市委常委、宣传部部长李军星在"刘石平艺术研讨会"上畅谈时，就感受到了市委市政府对老一辈艺术家关爱的决心和力度，晚宴时政协主席任传国又反复询问了刘石平老人的各方面情况。时隔一周,在济源龙头企业"予光"的支持下,"予光杯刘石平艺术作品展"在济源大会堂举行。济源市国画院同时成立,刘石平先生被任命为第一任院长。我与李军星部长,河南书画院院长谢冰毅一同为展览剪彩、为画院挂牌,感慨万千。当时的河南省委书记徐光春听到市委市政府的介绍汇报后也特意在济源看望并慰问了刘石平,给老人带来了极大的鼓舞。尽管是迟来的爱,但它宣告了刘石平先生新的生命周期在和谐的时代将迈出隆重的一步!

一个国家、一个省、一个市都有他的标志、象征和品牌。譬如国徽、天安门、华表是中国的标志,二七塔为河南的象征,那么刘石平就完全可以打造成一张济源市的名片。以他的年龄、资历和艺术上的成就,仅存于世的老一辈艺术家能与之匹敌的已寥寥无几,有济源市委市政府的全力举荐,有广大拥戴者众星捧月地摇旗呐喊,刘石平先生苦尽甘来,必将为自己奏出最华丽的一章,刘石平这一生也不枉此行了。

有人成名是因一幅画、有人成名是因一支歌、有人成名是因一首诗,譬如罗中立画《父亲》,德德玛唱《美丽的草原我的家》,未央写"祖国,我来了"!有的人甚至一夜之间(譬如赵本山,春节晚会一个小品)名扬天下!

刘石平不是。刘石平是一生砥炼,一生磨练,一生修行,一生积累,所有这一切也都不是为了出名,是一种矢志不渝的兴趣与

【上、中、下】
济源市委市政府为刘石平举办画展,作者阎正在开幕式上致辞

《唯有黄花晚节香》
刘石平 作

爱好。我想起了诸葛亮,如果没有"三顾茅庐"的故事,他只能是躬耕南阳,历史上也就没有了这个人物,诸葛亮的出山,其实是一种偶然。刘石平的出现,也是一种偶然,但没有偶然性,就没有历史,常常偶然中带有必然,刘石平重返画坛,获得他理应得到的了解与尊崇也在情理之中了。

我们不妨再回放一下刘石平早年生活的镜头:

从重庆沙坪坝穿过两旁低矮的破旧民房,顺着弯弯曲曲的石板小路不久就到了嘉陵江边,渡过江,沿着山路再往前走,约莫七八里路,迎面山坡上竖立着两座高大的石坊,上面刻着斗大的黑色行书字体"国立艺术专科学校"。走上山坡,穿过这个大门,只见前面不远处绿荫掩映下,一片黑色的瓦房,渐渐走近,还隐约听到"叮叮咚咚"的钢琴弹奏声,这里就是抗战时期由杭州艺专和北平艺专合并成立的国立艺专。

1943年秋,22岁的刘石平千里迢迢从河南济源来投考这个学校,有幸被录取,当时的喜悦心情是不言而喻的。然而困难也接踵而来了,他带的路费早已花完,家乡沦陷,信息不通,没有钱,吃饭问题都解决不了,怎能入学呢?连续几天都是向亲朋借贷度日,但终究不是常事。

本来按国家规定,凡沦陷区学生可享受公费待遇,但要等上边批下来才能付诸实施,为解燃眉之急,刘石平只得暂时放弃学业，谋了一份香国寺小学教师职位，以图暂时糊口。不久，国立艺专举办了一次师生作品展，琳琅满目的书画布满展室。有潘天寿、傅抱石、李可染的山水，关良的戏曲人物，刘石平赶去参观，看后兴奋不已，他想想不能再等，毅然辞去教师职位，前往艺专报到，恰好公费很快批了下来，尽管仅能解决吃饭问题，但他已是喜出望外了。

刘石平在艺专是学习西画，他们班的同窗如苏天赐、刘颐勇、陈泽浦、谭训鹄、李宣、何正慈、李承仙、梅先芬等在后来的岁月里，其中几位已成为中国美术界顶天立地的人物。

当时的教室就设在山坡前一片开阔地带，房屋都很简陋，是用竹子和泥灰做的墙壁，一排一排的，教素描的是广东籍的胡善余先生。胡先生为人和善也很严肃，如果你画得不好，他会严厉批评，然后再给你讲。

画素描用的是木炭条，用木炭条画画是可以打掉的。刘石平买不起好素描纸，只能用本地生产的土纸，为了省钱，他每次画完以后就打掉再画，或把纸翻过来再画，如此这般一张纸就可画三四次。开始画石膏像，后来转入画人体，这对同学们来说非常新鲜，模特儿们男女老少都有，上课铃一响，他（她）们就到教室把衣服脱光，在指定位置上摆好姿势。冬天也一样，那时没有暖气，只是在模特儿两边放个火炉，这样要坚持一个课时。西画主要科目是油画，所有油画用具刘石平根本买不起，只好暂时借用同学们的，说实在话，刘石平当时除了吃饭是公费外，平时连一文钱也没有，冬天里也常常穿着草鞋，多亏一位贵阳的亲戚和朋友们接济，才勉强可

作者阎正与两个女儿在刘石平山中的家

以度日。有一位要好的朋友在来信中鼓励他："不要向困难低头，要学宋士杰告状，走着说着！"这句话让刘石平铭刻在心，一次次刻苦振奋，渡过了难关。

学校的寝室是在离教学区不远的一个大院里，他住的那个房间横七竖八放了许多双人木板床，他睡上铺，上下很不方便，同室都是外班同学，很陌生孤独的刘石平常常趴在铺上想家，做噩梦。

这院子后面是厨房，紧接着一个大饭厅，所谓饭厅无非是一个竹子加茅草盖的大棚，每到开饭，许多大木桶盛满了饭，自己舀，平日多是大米饭，饭里有很多草籽；每周改善两次，四川人叫"打牙祭"，可以吃到肉、面条、馒头什么的，这时是刘石平最高兴的时候了。

当然，除了紧张的学习，也有娱乐，那就是唱京剧、演话剧或舞蹈歌曲。他们演过曹禺的名剧《日出》，导演是李朴园先生，当时在重庆的次坪坝连演10余场，场场客满，轰动一时。

人生是那样的微妙神奇与不可捉摸。当年在这块神圣乐土上的艺术家经历了一个甲子的岁月变幻，有的成了新中国成立以后举足轻重的大师泰斗，有的流走海外成为某国某地区的一代宗师，有的改弦更张去做了别的，林林总总但绝大部分已不在人世；至今健在如刘石平者形单影只，隐居深山，远离世俗，无名无利，仍在拉着京胡，唱着京剧，画着自己的挚爱，恐已是这世界上的唯一了。

2000年刚过，刘石平得了一场大病。在恢复间隙，老人由侄儿刘鸿喜陪同到城外山里转转。走到蟒河口玉皇岭上，忽听有人唱京剧《霸王别姬》，对于酷爱京剧大病初愈的老人来说，这唱腔音乐犹如天籁之音，他愣住了，大山里怎会有人唱京剧？循声而下，竟发现一位老农在放录音，这老农叫宗福元，是一位经历过上百场战役的老战士，解甲归田，隐居山林。宗福元子孙满堂，却喜欢独自居住，自食其力，每天在山上山下忙碌。鸡鸣即起，日落而息，老人乐呵呵地说："一年打的粮食三年也吃不完，还是劳动最幸福，最愉快！"老人种树成瘾，20多年来，他把玉皇岭上下披上了一层绿装。宗福元也喜爱京剧，刘石平大他5岁，两位老人攀谈之下，相见恨晚，瞬间成了知己。宗福元邀刘石平来山上住，刘石平也正有此意。宗福元腾出一间房子作为刘砰的画室，很快刘石平就搬进山中。说来也怪，原先刘石平睡前总要吃几片安眠药，然而进到山里之后，每天都睡得非常安稳，身体也日益健壮起来。

原先宗福元买不来京剧磁带，刘石平那里很多，都随他带上了山。济源常委副市长薛玉森听说刘石平住进山里，马上赶去看望，并专门派人去为他修缮了房屋，两位老人说在山里不通有线电视，薛玉森随即又指示有关部门为他们安装了电视接收器，现在两位老人可以自由自在地收看戏剧频道了。

嗣后的岁月里，刘石平与宗福元相依为命，相得益彰，生活充满了和谐欢乐。用刘石平的话说："这里虽然条件很差，但山清水秀，风景优美，他种地我做饭，一个担着挑子能上能下，一个拿起笔来能写能画，他吃了饭去劳动，我上午画画，午休后看书、养花，晚上一起看京剧碟子，生活惬意得很！"有的记者采访时打趣地对一身泥土的宗福元说："你看刘老师

刘石平与阎正观看画展时合影

【上、中、下】
2003年，刘石平、作者阎正陪同领导观看刘石平画展

穿得多干净。"宗老汉笑起来说："我整天和泥土打交道，人家是画家，性质不一样。"宗老汉最高兴的是自从刘老师搬来后，这里一下子热闹了，每个月都会有一群京剧票友追到这里来，让刘老师拉弦过戏瘾，每到这时候他就不去干活了，跟着刘老师一块儿过戏瘾。

市委书记段喜中听说刘石平京胡拉得不错，也曾在看望老人时请老人来一段：刘石平转身取下挂在树上的京胡，欢快的曲调在大山中震荡起来，老人的侄儿刘鸿喜脱口随着琴声开唱，随后，刘石平又自拉自唱了一段《红灯记》，赢得了阵阵掌声。余兴未尽，段书记又随老人来到画室，刘石平乘兴挥毫，瞬息之间，一幅"苏三起解"跃然纸上，令大家叹为观止。

这就是老人的晚年生活，一幅欢乐祥和的田园风情画，两位老汉尽可颐养天年了。

然现实并非到此为止，如若那样也不必我浪费这许多笔墨了。

刘石平是一座艺术金山，属于自己也属于社会与国家。我们如今开采他、挖掘他，决不是要打破老人安详而平静的生活，老人尽可永远在大山里住下去、生活下去，但老人的艺术经历了一个甲子的锻造、锤炼，已达到炉火纯青、出神入化的境地。为了让世人知道，让世人了解刘老，不要让他的作品悄无声息地埋没在大山里，有三个人功不可没，这三个人一个是王全书、一个是王锡柱，一个是任再录。

任再录是济源当地一个中学的党支部书记，喜好京剧，酷爱刘石平的画，多年来在老人生活困苦的时候，经常资助老人，实实在在帮了不小的忙，老人出于感激，也为他画了不少的画，这都符合中国传统的礼尚往来，在艰难的岁月，老人没有什么可以回报的，秀才人情纸半张，只有送画了。今天人们也许会说："任再录这家伙太聪明，太有眼了！一碗面条就能换老头一幅画！"这事说起来也是实情。我要说聪明也好，有眼也罢，那就是任再录。有缘有分，任再录正应了理所当然的福分！

至于王锡柱，曾是济源30年前的宣传部长，按说是我的老领导，后调沁阳任常务副市长，人大副主任，今年70开外早已退休。前年他带了个苗大壮找我，要我收做学生，我说："济源有刘石平，那是多大的画家呀！干吗找我？找刘老师啊！"我这位老领导就认真地把孩子送到了山里，一开始刘老似乎并不愿意，过一段时日，觉得这孩子挺不错，也就留下苗大壮做了关门弟子。王锡柱与刘石平交往越多，就越觉得老先生凤毛麟角，非比寻常，便决心为老人奔走呼号，不能让一位大师级画家就这样被隐埋深山了，刘鸿喜和任再录自然而然充当了王老奔走的左膀右臂。而刘石平老人此时依然"跳出三界外，不在五行中"。对三个人的举动不置可否。冬去春来，他们不断地往返于北京和几个城市之间，单是我的家里他们自己都说不清跑过多少趟了。一开始我激动着又犹豫着，刘老先生本身是金近足赤，绝对坚挺。问题是天下之大，头绪之多，不是我们这些百无一用的书生可以吹动风的！然而，禁不住王锡柱这位老市长的执着、诚恳、无私无畏，我静下心来想，他图什么呢，图名？没有他的，图利？更谈不上，这正是一个老干部的博大胸怀。同时，我看到了济源市委市政府的坚定态度，于是义无反顾地和他们融在了一起。刘老先生终也开始配合，回归三界，走进五行中来。

写到这里就必须要提到河南省政协的王全书主席了，当我们将刘石平的情况报告交到他手上的一刻，他立即给予了极大的支持和关切：首先上报了省委书记徐光春，在徐书记批示过后，马上以河南省政协2009年一号文件下发有关部门，并亲自主持为刘石平先生在河南省博物馆举办了一次盛大的展览。借助皇帝故里祭祖大典的东风，全国政协副主席陈宗兴、罗豪才，河南省委书记徐光春和王全书主席等省市领导出席了开幕仪式，宏大高端的展览轰轰烈烈，在河南产生了巨大深远的影响。继而王全书主席要让刘石平老人更上层楼，把他的展览办到中国最高的艺术殿堂——中国美术馆，此事既成，刘石平老人应该说今生无憾了！

这是一批感动了上帝的人。首先是刘石平本人，再有省政协主席王全书以及省委市委和四大班子的领导们，还有广州军区首长李晓刚、安阳市常务副市长陈明今，当然也有沁阳老市长王锡柱，再有苗哲、李中伟、姚天征、阎雅琴、原聚文、刘鸿喜、任再录、张卫生、徐卫伟、卢晓更、冯淑娟等，所有这些为刘石平呐喊帮助过的人，他们感动了我，也感动了我身后更多的人。我坚信待大山之外都知道刘石平之后，一定会感动整个中国，甚至整个世界。

文字收尾的时候，我想起了百年戏魂翁偶虹先生。翁先生名票出身的大剧作家，一生写戏无数，如《锁麟囊》《红灯记》《将相和》《野猪林》《生死牌》《李逵探母》《夜

王锡柱副市长、任再录、聂文生等及作者阎正探访刘石平老人

奔梁山》等,在当今中国经常上演的剧目中,他的剧本超过了1/3。我觉得刘石平与他有点相像。翁先生写过一篇《自志铭》,容我抄录如下:

也是读书种子,也是江湖伶伦,也曾粉墨涂面,也曾朱墨为文。

甘做花虱于菊圃,不厌蠹鱼于书林。

书破万卷,只青一衿,路行万里,未薄层云。

宁俯首于花鸟,不折腰于缙绅。

步汉卿而无珠帘之影,仪笠翁而无玉堂之心。

看破实未破,作几番闲中忙叟;

未归反有归,为一代今之古人!

我写着想着,这铭文不也正是在说刘石平吗?何等近似,何等相像!刘石平老人,好一个闲中忙叟,好一个泰山北斗,好一个今之古人!

2008年11月12日夜于京华

2009年6月30日再改

展览结束时,他又托人送来一个纸包。我打开一看,是一首古诗,上写道:"烟水苍茫西复东,扁舟又系柳荫中,三更酒醒残灯在,卧听潇潇雨打篷。阎正同志正,乙丑初秋,王盛烈。"顿时让我感动得说不出话来。

王盛烈 (1923—2003)

号橐子。祖籍山东青州。当代现实主义中国画大师,著名美术教育家,鲁迅美术学院原副院长、终身荣誉教授。曾任中国美术家协会常务理事,辽宁中国画研究会会长,同泽书画研究院院长、名誉院长、总顾问,沈阳市政协常委。

经典永恒
——忆王盛烈先生

王盛烈与作者阎正合影

以我的年龄段往上数,老一代人们的记忆中,新中国成立初期有一批经典的美术作品,如,董希文的《开国大典》、黎冰鸿的《南昌起义》、艾中信的《红军过雪山》、罗工柳的《地道战》等等,描绘东北抗联英雄的《八女投江》也是其中之一,它的作者是沈阳鲁迅美术学院的院长王盛烈教授。

少年时代的我随父母从上海、无锡、南京到东北,生活在一个被称为"煤都"的城市——抚顺,就读于第九中学。我天性爱画,班上还有一个叫王世汉的同学也爱画,算我们幸运,班主任许启政老师恰恰是教美术的,无形之中对我二人偏爱有加,后来从许老师嘴里得知,王世汉的叔叔正是大

【上、中、下】
1981年，阎正藏画展在辽宁美术馆举行

名鼎鼎画《八女投江》的王盛烈。抚顺距沈阳大约有八九十公里，按今天的说法也就一箭之遥，但当年跑一趟却非易事，即使如此，一有机会我总会跟王世汉到"鲁美"王盛烈先生家里做客。每次也总带一些很幼稚的画作让王先生看，王先生如同父辈一样不厌其烦地指出我的不足与肤浅，但常常是表扬居多。这位伟大的画家王盛烈，就是我人生中接触到的并深受其教诲的第一个恩师了。

　　转眼到了1957年，我们初中毕业，我和王世汉同时报考了"鲁美"附中，结果他上榜我落选了，我落选的主要原因是"政审"，因为我父亲的"历史问题"，不但牵连了母亲也第一次影响到我，升学的路途堵死了，于是我的学历便永远定格在"初中"上。我随即走进社会参加了工作。还是因为父亲——自幼亲授我大量古文诗词，使我这个初中生刚参加工作，一登上讲台就做了高中的语文教员，我也从一个小孩子变成了一个"小大人"，此间我仍然抽空去找王盛烈先生，但却远不如上学时方便了。

　　光阴如梭，转眼到了20世纪70年代末，我到了北京。"文革"刚刚结束，百废俱兴、百业待举，经柏泉等朋友撺掇筹划，我在北京紫竹院搞了"文革"以后全中国首个私人书画收藏展，"中国的保尔"吴运铎亲为题字，国务院一些领导和老书画家舒同、启功、李苦禅、杨萱庭等亲临展厅，此展引起了不小的轰动。挚友郭子绪当时在沈阳辽宁美术馆主持展览工作，到北京看过展出后便邀我北上。辽宁是我少年时代的第二故乡,我自然巴不得故地重游,北京展览一结束,立即奔赴沈阳。巍峨的辽宁美术馆,一派俄罗斯风格的苏式建筑,我带去的三四百幅名家精作,把宏伟的展馆大厅布置得满满当当。"阎正藏画展"的巨幅牌匾竖立在大厅两侧,郭子绪先生亲自为我手书了展览"前言"。开幕当日,辽宁美术界的所有领导、大师、新老朋友数百人挤满了大厅内外,到场的除了辽宁省副省长和省委宣传部、省文联的领导之外,省美协主席王冠,省美协秘书长周皎,鲁迅美术学院教授孙恩同、季观之、许勇等都悉数到场。最使我感到意外的是,我昼思夜想的鲁美院长王盛烈教授也来了。我看到他的一刹那,恍若隔世,两眼模糊,浮想联翩,五味杂陈。辽宁一别,已过去20多年,他头上的黑发已明显花白,但面貌变化不大,而我的变化竟让他认不出来了,他抓住我的手小声地问:"还画吗?"我说:"画,但画得很少,现在

辽宁美术馆展厅

【上、中】阎正夫妇与儿女在藏画展

【下】王盛烈、周皎在阎正藏画展上

写得多!"他点点头说:"都好,都好!"我无奈地说:"一堆文章等着写,总也写不完。"他突然话锋一转,拍了拍我的肩头说:"小阎正现在成个人物了!"我马上摆手说:"不敢不敢!在老师面前永远是杯土泰山!"他摇摇头,"可不能这样说,后生可畏啊!"我紧紧拉住先生的手不再多言。

我陪着王先生在整个大厅转了一遍,他连连说好,一再称赞石鲁、何海霞、王子武等人画得好,有技巧,有创新。他也很欣赏我把多年珍藏的作品拿出来公示与众,说据私不私,开了一个好头!

过了两天,他把我请到美院小坐,临走时悄悄送给我一幅山水,他笑着说:"给你的藏品添点内容!"画上面赫然题着"阎正同志教正,乙丑初秋于沈阳,王盛烈"。我连连打躬,感谢不已。展览结束时,他又托人送来一个纸包。我打开一看,是一首古诗,上写道:"烟水苍茫西复东,扁舟又系柳荫中,三更酒醒残灯在,卧听潇潇雨打篷。阎正同志正,乙丑初秋,王盛烈"。顿时让我感动得说不出话来!在以后很长一段时日里,我应酬酒宴回来,半夜赶稿时都会想起他写的这首诗,尤其碰到夜雨失眠,更会有一种莫名的思念。

不久,我与另一位辽宁画家冉祥正合著的《山水画纵横谭》杀青,随即寄给他审阅,并请他作序,他立即电话给予鼓励并很快随书稿寄来序言,交由北京旅游出版社出版。显而易见,他提携后辈不仅仅在语言上,更在于行动之中。

嗣后我们的交往渐趋频繁,北京与沈阳相距不远,我也便不断打扰他。鲁迅美术学院成了我的娘家,后有人问我是哪一届的,我正不知如何作答,王老笑着说:"他是不在编的那一届。"在那段日子里,他于百忙空暇陆续为我题写了《台湾千印选》《金石百家耕耘录》等书名,给了我多方面的鼎力相助与支持!

转眼到了2001年,王盛烈先生在深圳关山月美术馆举办个人艺术展,那时他已近80岁高龄。我随着如潮观者进入大厅,人们蜂拥般围着他祝贺,他看到我也极为高兴,有人抢着为我们拍照,我特意拉着王先生和师母走到《八女投江》画前,留下了一张珍贵的合影,这也是我最后一次与先生见面,这张照片也成为我人生历程中不尽的记忆!

那一天我在展厅上下巡游了很久,一次次停留在《八女投江》面前,回想起最初看到这件闻名海内外的作品时,我还是懵懵懂懂的十来岁孩子,半个世纪过去,经典的画面在我心中化作了永恒!

而后的2003年,王盛烈先生溘然长逝,我精神上的巨厦轰然倒塌,从赵华胜兄那里得到消息的一刹那,我惊愕得半天合不拢嘴,泪水静静地从眼中流出来,除了摇头,我已无从表达满腔的悲痛,一代宗师走了,撒手人寰,驾鹤西去,他笔下的经典将永远闪耀在共和国神圣的美术史册上。

2003年初冬于北京

【上】《八女投江》 王盛烈 作

【下】2003年,阎正与王盛烈先生及师母合影于深圳关山月美术馆

他是个大俗大雅的人，雅是他的工作，俗是他的性格。身为高等院校的老牌教授，如若把他混在老农民堆里，你绝对分不出哪是种田的，哪是画画的。他的画室也未必比富裕起来的农民家里好，几只方凳子，老式电视机，墙上是家人的照片，最醒目的是一幅衣衫破旧、满脸沧桑的黑白老人照，人们问起时，他会神情凝重地告诉你"这是我母亲"。

许 勇（1933— ）

别名许涌，生于山东青岛。1956年毕业于东北美专并留校任教。现任鲁迅美术学院教授、研究生导师，中国美术家协会会员，中国连环画研究会常务理事，中国当代工笔画学会理事，辽宁美术家协会顾问（原任辽宁省美协副主席），雪庐画会副会长。

金戈铁马
——许勇画展观后感

许勇与作者阎正合影

人常说，许勇是教授中的教授，画家中的画家。

那是因为几十年来许勇先生教出的一茬茬学生有不少都成了教授、副教授，更有些成为"硕导""博导"，至于桃李遍撒全国各地成为著名画家的数不胜数，而他仍然在一如既往默默地画着、画着……

以山海关为界，或者以黄河、长江为界，南方知道他的人可能少一些，但在北方，尤其是东三省，提起许勇大名就如雷贯耳，威震八方了。

《郑成功收复台湾》许勇 作

  1958年，刚逾弱冠之年的许勇，曾以一幅历史题材《郑成功收复台湾》而扬名天下，那一年，他准确的年龄是25岁。直至近半个世纪的前不久，我在何香凝美术馆再次看到这件久违的名作，心底里所受到的震撼仍不减当年，那准确的造型，繁杂的构图，纯熟的技巧，精妙的色彩，至今仍让我望尘莫及、赞叹不已！

  我认识他比较晚。那是在23年前的辽宁美术馆，郭子绪为我张罗了一次"藏画展"，王冠、王盛烈、孙恩同、周皎等美术界前辈都来了,还有一位出席开幕式的副省长,我已记不清姓什么,同年龄段的姚志忠、聂成文、王世汉、李树人、陈复澄、宋雨桂等也到得不少。许勇露面晚,我却格外亲近他,毕竟东北人,离开日久,却早闻他盛名,加之60年代和张义潜朝夕相处,那位同学经常提起他这位老学长,义潜以画马闻名,送过我许多巨制,但他嘴上总是说:"许勇的马比我画得好,他为画马观察马,差点被马踢死!"临行前,李树人陪我去看望孙恩同前辈,并先到许勇家做客,他还真送了我一匹"马",浓重的几笔墨块,画得怪怪的,但确也不同凡响。

他不动烟酒,生活非常简单而富有规律,自然也就显得年轻而充满活力。一晃20多年过去,难得在深圳见面,我们拥抱之后,他夫人突然问我:"你们俩谁大?"我嘴上说:"当然我大。"许勇在一旁只是傻笑,我心里却透着说不出的悲凉,比他整整小了10岁的我竟然比他衰老得多,有什么奇怪呢?我既抽烟,又喝酒,习惯终年熬夜,烟不离手;宴请中盛情难却,酒不离口,不老倒不对了。

据我所知,他原来是喝酒得,而且喝的非常厉害,怎么酒突然戒了呢?看来他的毅力远大于我,我光戒烟就戒了上百次,最终还是不戒了,这就是我不如他的根本所在。

20年过去,他几

《天马》许勇 作

作者阎正与许勇在《五虎上将》画前合影

乎没有变化，还如"二十年前旧板桥"，我却衰老得一塌糊涂。看来生活习惯对人的身体影响还是太大了。

据他自己讲，他至今仍保持着早睡早起的老规律，每天凌晨起床，四五点钟就开始作画，中午在沙发上稍事休息，除去其他，包括上课都是画画。许勇大量作品的诞生，即得益于他良好的习惯与身体素质，永远有使不完的力气，永远保持着旺盛的激情，往往一幅画能画上几个月甚至一年，如《百骏图》素描，我不知普天之下的画家还有哪一位能像他那样用铅笔一点一线画出百匹骏马的辉煌巨制？他画三国时期的《五虎上将》——关、张、赵、马、黄，叱咤风云，气宇轩昂，五位上将、五种神情、纵横交错、威震华夏。作品中的气息映照出他的形象，他也像是一位古代的壮士——豹子头林冲或黑旋风李逵，如若穿上盔甲，跨马横枪，他更像燕人张翼德。总之，他的形象起码在我眼里，永远是金戈铁马，气吞万里。据说这件《五虎上将》巨制，他连画过两幅，他的不少代表作品曾被人骗走，其中就有《五虎上将》，他没有沮丧，而是拿起画笔重新来过，画一幅新的，我们看到的就是第二幅。这类作品的数量还不在少数，能像他这样做的画家自然也是凤毛麟角。我想一靠他的良好心态，二靠毅力，关键靠的是他最大的资本——身体，我写他的同时也在反省我自己，如学他一半也足够我受益终身了。

他和我一样，都属于好斗的角色，每个星期必定收看拳击比赛，不同的是我碰上了就看，他是按时收看。他对体育的热爱不亚于绘画，他喜欢真实、公平的身体较量。我只是不知道他除了观看之外，是不是身体力行也亲自打斗比试一番。我年轻那会很好胜，甚至不自量力地和高大我许多的壮汉比试，有把别人抡翻的时候，也有被摔得鼻青脸肿的下场，一切在所不顾，重在参与嘛！说不清什么时候，我远离了打斗拼搏，他却自始至终数十年如一日爱好不变，这大概就和人的经历有关了。

　　他是个大俗大雅的人，雅是他的工作，俗是他的性格。身为高等院校的老牌教授，如若把他混在老农民堆里，你绝对分不出哪是种田的，哪是画画的。他的画室也未必比富裕起来的农民家里好，几只方凳子，老式电视机，墙上是家人的照片，最醒目的是一幅衣衫破旧、满脸沧桑的黑白老人照，人们问起时，他会神情凝重地告诉你"这是我母亲"。

　　他作品中的老人形象，往往就有他母亲的影子。

　　他是孝子，爱憎分明，一向疾恶如仇，最恨恃强凌弱，据说他为打抱不平，曾帮着学生跟别人打架。这事无稽可考，但我宁可信其有，不愿听其无，如果是我，我也会帮着打，为什么不打呢？大不了再鼻青脸肿一回。

　　正因为他的孝顺，他的善良，他的一身正气，自然他的作品中就常渗透出一股凛然之气，更多的是丰富的情感，他欣赏的语录是"对于所有的男人和女人，我从来都是平等的，我所看到的你们也看到了"。

　　这许多活生生的画面摆在面前，想你也看到了。

2004 年 9 月于深圳，原载《南国艺术》

他1962年进入北京画院,那时已画了十多年,"我还没有找到我"正是他路漫漫其修远,无尽无休的探索追求,我赞同他这种认知和精神!

张仁芝(1935—)

　　祖籍天津,生于热河兴隆。1957年毕业于中央美术学院附中,1962年毕业于中央美院中国画系,1965年在北京中国画院进修班结业。现为北京画院专业画家,北京画院艺术委员会委员,中国美术家协会会员,中国书法家协会会员,北京市美协理事,东方美术交流学会常务理事,北京画院专业画家,一级美术师。

悠悠岁月
——张仁芝白描

张仁芝与作者阎正夫妇合影

在我的人生旅途艺术生涯中,张仁芝是一位举足轻重的人物。

1975年,我认识张仁芝在河南辉县。

那个年代全中国农业学大寨,而学大寨的热潮中闪烁出的一颗新星便是河南辉县新华社记者陈大斌,他的《大地生辉》让辉县名扬海内。全国各地的各色人等蜂拥而至,当时的辉县县委书记后来的省委副书记郑永和专门在辉县开辟了一个"第三招待所",接待前来的各路"神仙"。我知道的就有以调研名义被打下来的高教部部长蒋南翔。而在"三所"内又专门划出一个记者院,住在里边的除新华社的陈大斌之

《峡江放排》
张仁芝 作

外,有北京《美术》杂志的副主编丁永道,河南出版社的严文俊和我。不久,丁永道因病返京,严文俊因老家发大水离开,后河南成立"黄河出版社",调严去当社长,没再回来;陈大斌因工作关系,长年在下边转,偌大的院子便只剩下我自己。外边人满为患,里边总共有七八间房映衬在小桥流水之中,空闲着可惜,我跟郑书记一说,由我全权掌管,我成了"小院总理",便专门接待画家,把"记者院"变成了"画家院"。

最早接待的是中央美院的一批油画家,先是王征骅、苏高里、闻立鹏,后又来了潘世勋、李天祥、杜健等,这些在当今油画界都是泰山北斗的人物,40年前,他们都正年轻,可惜我是学国画的,除了闲暇时聊聊天,他们每人给我画过一张像之外,便没有太多接触。突然有一天,北京画院的画家倾巢来到这里,张仁芝就在其中,我兴奋极了。因人数太多,小院安置了少数几个,大多数画家只能请到大院中住下。

我第一个见到的就是张仁芝,他当时名气很大,我与他一见如故,遂成莫逆之交。除张仁芝外,还有马泉、李颖、赵志田、欧阳兴易等,我请他们住到了"记者院"内,并开辟了一间大房子让他们有个画画的地方,于是白天大家到辉县山中奔波写生,晚上回来整理画稿,虽然辛苦,大家都兴致勃勃,充满了激情,画出了一大批准创作的大小画稿。这些画稿虽不能称其作品,但都却极为生动。在此期间,仁芝老兄和朋友们时不时画张画给我,像张仁芝的《山区新路》、马泉的《石门水库》、李颖的《太行山中》,大都是我的意外收获。有一天,仁芝兄正画着,提到了文怀沙先生的两句诗:"平生只有两行泪,半为苍生半美人。"我非常喜欢,当即仁芝顺手牵过一张裁下来的小纸条,用淡淡的墨为我写了这两句诗。嗣后,我在朋友中间聊到这两句诗,白庚延、冯志福、郭子绪等人又都分别写过这两句,于是这诗句便成了我收藏中的一道风景线。

那是一段令人神往,终生难忘的岁月,每天晚饭后,有一段清闲的时间,大家坐在小院里胡侃神聊,讲讲一天的所闻所见,说说笑话什么的。记得我刚从团省委一位副书记那里学了一段河南豫剧《马二牛剃头》,试着唱给他们听,大家听了,一个个笑得前仰后合,那时他们好像都是被打发下来的艺术家,苦中作乐,于是一块儿学这段《马二牛剃头》。那诙谐的戏词,高亢的曲调,让大家笑着唱着,欢乐无穷。张仁芝作为老大哥,常常在画累了的时候喊一声:"老阎,来一段马二牛!"李颖、欧阳便起哄:"买票买票!没钱买票画张画。"于是我唱着,几个人画着,大家笑着,张仁芝的很多作品就是在这种欢乐声中留了下来。写到这里,我突然想把这段戏词凭记忆抄录一下,正是这戏词

《北雁南飞》
张仁芝 作

里，渗透着40年前的欢声笑语：

　　谁人不知我马二牛，十三岁上就学剃头；

　　解放前剃头难糊口，我挑着个担子到处悠；

　　往南到过老河口，回来路过信阳州；

　　俺大伯、俺二叔、俺姑姑、俺舅舅，

　　都说俺本是种田户，不该去学那下九流；

　　我走到谁家谁不留，噢嗨嗨！

　　五八年来了个大跃进哪嗨嗨，都说俺没落人后头；

　　干活的时候俺也干，休息的时候就剃头；

　　全社开了个评模会，叫我开会到郑州；

　　和省长一块照过相，还上过，还上过省委的办公楼，噢嗨嗨！

《太行新路》 张仁芝 作

每唱完第一段，大家就笑得不行了，第二段"大跃进哪嗨嗨"要甩一个高腔，那时年轻底气足，毫不费劲就挑上去了，到"和省长一块照过相，还上过省委的办公楼"结尾时，河南农民土著那种洋洋得意的神情总能赢来笑声掌声一片！

《马二牛剃头》成了当时"记者院"里画家们的流行唱腔，每个人平时不自主地都会哼上一两句，张仁芝说："老阎，干脆开个'马二牛'训练班吧！"许多年以后，画家们回到北京，我去看他们，仁芝老兄还说："你们那都是赝品，'马二牛'

的原作来了！"一句话让大家又想起那个年代。

1975年的夏秋之交，北京画院的画家们即将回京，我突然奉调济源工区文工团去当团长，武鼎臣书记开车来接我上任，行前我找到张仁芝，告知他我要先行一步，送不了他们了，他当即铺下纸写了一幅李白《送汪伦》的行书：

  李白乘舟将欲行，忽闻岸上踏歌声。

  桃花潭水深千尺，不及汪伦送我情。

  阎正挚友存念，仁芝。

因匆忙中一时找不到图章，他便用朱镖画了"仁芝"两个字。此事让我终生难忘！

李白《赠汪伦》
张仁芝 书

我与北京画院的情结第一个是张仁芝，嗣后又认识王明明、王培东、田零，也见到了石齐、彭培泉、邓林、孙克、何镜涵等，这所有的媒介都是张仁芝。

而当年张仁芝给我画的那一批作品，除《长江三峡》《峨眉清音》之外，很多都深深地打上了辉县的印记，如《山区新路》中那老式的公共汽车以及太行山脉那种独有的山石结构，总之，他当时的一字一画，都充满着活力、张力，洋洋洒洒、生机勃勃，我都极其珍视地存留下来。

70年代末，我调新乡市政府工作，他来新乡办个展，我可以略尽地主之宜。张仁芝早年画人物，并有力作名扬一

【左】《杜牧诗》
【右】《云山雪霁》
张仁芝 作

时,后主攻山水,画路宽泛,我曾借用他自己的一句话"我还没有找到我"为题,著文在报纸上予以评介。当时美术界似有一种争论:画家风格形成早好还是晚好。前者说,风格形成早,个人面貌清晰,一眼看去便能认出是某一位画家来;后者说,过早形成风格,容易把路框死,不利于艺术的发展。我赞成后者,张仁芝的实践也是后者,落实到他的展品中,千姿百态,琳琅满目,给人以目不暇接之感。他1962年进入北京画院,那时已画了10多年,"我还没有找到我"正是他路漫漫其修远,无尽无休的探索追求,我赞同他这种认知和精神!

不久,我借调北京办杂志,我们的交往更加频繁。他向我推荐了王明明,论年龄,我大明明8岁,他大我8岁,但性情极其相投,以后多年的交往中,都成了很要好的朋友。当时我所在的地质出版社,在北京西四地质部院内,他家住白塔寺,一箭之遥,他和明明的北京画院在南锣鼓巷,也不太远,我便成了他们单位和家中的常客,但凡有点时间,我都要跑过去，坐上一会儿，聊上一会儿，往往聊高兴了，他们就会写上一幅，画上一幅。那时北京的名家很多，在出版部门也很容易接近，但我似乎对张仁芝、王明明情有独钟，认准他俩了。人的精力毕竟有限，于是我极少往其他画家处去，无论名气大小，不接触便谈不上交往，那些名家的书画我几乎没有，而他们二位的作品，我却珍藏不少，这也是种瓜得瓜，种豆得豆吧！

80年代初，我受文化艺术出版社委托，主编《中国当代书法大观》，与老兄探讨书法话题多了起来，张仁芝虽为画家，但书法极有研究，造诣很深，常常在谈话中说得兴起时，他便会牵纸舞墨，大笔如椽，写下"拔山盖世"、"想当年金戈铁马，气吞万里如虎"的词句来。在我的记忆里，他写过一副对联"宠辱不惊，看庭前花开花落；去留无意，望天际云卷云舒"。现今知道这是一幅早年名联，后亦不断看到有人在写，只是诗句上略有不同，但我第一次看到却是仁芝老兄的妙笔生花，让我懂得了对人世入木三分的精彩解读，对我一生都起着巨大的启示作用。

有一个周日，我和太太一块儿去看他，整整在他画室待了一天，他给我们两口画了好几幅，我叠好正准备走，无意中从废纸篓里看到一张画，我便捡出一点点打开，仁芝兄一把扯

阎正夫妇在张仁芝画室

过去重揉成一团说："画坏了的！"把画扔了。我却执拗地又捞出来重新打开，是一张竖幅的长江三峡，老兄说画坏了，可能是上边两个山头因水分大洇到一块了。我说："这幅给我吧？"他看我一眼，"你这人，跟你说画坏了，你怎么还要？"我坚持着说："你给我那几张我不拿了，就要这一幅！"他有点不可思议地摇摇头说："好吧！你要拿随你了！"我欢天喜地地把画拿回来马上送去装裱，过了一段时日，我带着这轴裱好的画去见他，画一打开，他大出意外，连说："不错不错！这幅画挺有意思！"我说："有意思吧？你看那山头洇了，但恰恰能洇出那种三峡烟云的味道。"他点点头，"意外效果，废纸篓里捡出来的好画，算你小子有眼！你老阎真是懂画之人啊！"我笑了，"这能算您一件代表作吧，给您放下！"他也笑了，"拍个片子给我就行，你收藏吧！"高兴之余，他又给我写了一幅大字，"海到尽时天作岸，山临绝顶我为峰"。他说是刘海粟的诗句，算是表彰我的不弃不舍！

80年代后期，我到电视台拍电视剧，消耗了全部的精力，后又到海南工作，天各一方，与仁芝老兄疏远了几年，直至"'95新华海南名家笔会"筹备时，我马上想到了这位老兄，第一张邀请函中便写上了张仁芝的大名，很快，方见尘、白庚延、邓福星、王朝瑞、王西京、郭子绪、

《华山西峰》
张仁芝 作

1995年，新华笔会张仁芝、阎正与朋友们在海口金海岸大酒店

郭怡琮、苗重安、杨福音、陈冬至等16位画家齐聚海口"金海岸大酒店"，张仁芝也应邀前来。那是一次艺术的盛会，声势浩大，影响深远，一切都很完满，只是在临结束的时候，仁芝老兄找到我，提出带去多出的三幅画每幅三千，新华社应付报酬，否则将画退回，按说这是公事，要求合情合理，数目也不大，但我毕竟不掌握钱，未能马上答应。不料当时的负责人，不知何故被上级停职，我极力在会上仗义执言，替他承担责任，他终于解脱，但交上去的全部画作和欠付的20多万报酬却泥牛入海，再无消息。后听说他调出新华社，找也找不到，我只能从其他处填这个坑。但我与仁芝老兄为此一事，竟20年未再联系！记得当时仁芝老兄说："多少年以后，我也许会认为我错了！但眼前就这么说了！"但我要说老兄始终没有错，是我遇人不淑。人生就是这样！

悠悠岁月，星斗转换，据我推算，明年老兄就整整80岁了！祝仁兄青山不老，福寿绵长！

2014年4月24日于北京平西王府

画家像变戏法似的从桌子下面提包里取出一个夹层饭盒,商量着说:"这么多好菜都没见过,我想带一点回去。"他说完便毫不客气一样一样地往饭盒里挟,这意外的举动使所有在场的人都惊呆了。参谋长最先醒悟过来,一把抓着画家的手说:"义潜义潜,你这是干什么?"画家不以为然地说:"这不是请我吗?我能吃多少呢?总得带回家一点呀!"司令员轻声地问:"义潜同志怎么回事?"画家抵了抵筷子说:"没什么事,我只是想把这酒宴上的东西给娘带点,让老人家尝一尝。"

张义潜 (1936—2001)

西安人。15岁入美协,17岁考入东北鲁迅美术学院,20岁任教于西安美院并参与组建国画系,25岁创办私立艺苑美专,桃李遍地,下自成蹊,被誉为中国历史人物画家、美术教育家,国家一级美术师。曾任陕西省政协常委,中国美术家协会会员,西安美院客座教授,陕西书画研究院院长,陕西省艺术研究所研究员,西安外国语学院东方艺术研究所长、教授。

长安布衣
——忆张义潜

张义潜与作者阎正合影

恍惚之中,义潜已经走了10年。

像我这样比他小的人,也已年届古稀,更多的朋友似乎比他都大。义潜女儿静静告诉我,吴三大、钟明善伯伯说:"要办你爸爸的10周年抓紧办,我们年纪都大了,了解你爸的人越来越少了。"

我勉强还算个了解张义潜的人,可我手无缚鸡之力,又能有什么用?义潜生前死后,我都帮不了他什么,唯一能做的,无非是写点纪念文字,即使已经写过的,也总因杂事纷扰,太过简略,甚觉有愧于他,常常像陪他喝酒,想让他喝,又怕他喝醉难以尽兴一样。他的故事太多,我又因时间和能力难以描述得准确详细。

义潜是中国近代美术史上少有的奇才，无论先天的才华和后天的努力，均非一般凡夫俗子可比。然而囿于他的性格、嗜好以及当时的生存环境，使他遭受到过多的坎坷，极大地消磨了他的精力，阻碍了他的发展，使他远远没有达到自己的艺术巅峰，甚至几乎被埋没了。命运与他开了一个天大的玩笑，即使在人生画上句号时，他也不过只发挥了自己才华的几分之一，而这几分之一中，又能让人了解其中的多少，就不得而知了。

义潜的朋友学生很多，记得他的人不少，前些时候我曾得到一张珍贵的照片，那是他逝世三周年时学生们在他墓前的合影，很特殊的浮像围着一圈热爱着他的人，让看到照片的朋友唏嘘不已，感慨万千！

张义潜逝世3周年，学生们在他墓前合影

【左、右】20世纪70年代初，作者阎正与张义潜夫妇和孩子

张义潜生不逢时，如果他晚生十几年，赶上今天的好时日，那就绝不会早早地离开人世，他的才华与性格也能得以充分张扬，他的艺术与理想得以极致发挥。那一定让朋友们少了这许多感叹、惋惜，义潜的人生必然是另一番绚丽景象。

张义潜18岁毕业于鲁迅美术学院，与许勇等人同学。成绩优异，出类拔萃，原应留校任教，因西安还有老母亲，遂回陕西在西安美院任教并负责教研室工作。

我与他相识40年，看他画画真是一种享受。想当年，他为我爱人画肖像，我的双胞胎女儿，一个盘在他怀里，一个爬到他头上，他一手扶着头上的孩子，一手拿画笔飞快的舞动，三下五除二，十来分钟光景，一幅国画肖像跃然纸上，那种准确、那种速度，何等神奇洒脱，何等风流倜傥。除去看他画那许多应酬，或为我的电影剧本《敦煌守护神》画插图，他也送我几幅工笔小画，再就是《林则徐》《周总理与齐白石》的印刷品。为看他的巨制《杨玉环奉诏温泉宫》，我两次专程跑去临潼，仅这些已足以让我五体投地！

直至近日，我才发现我所看到的只是张义潜的冰山一角，大半年来，他女儿静静一直与我联系为父亲出画册之事，前

 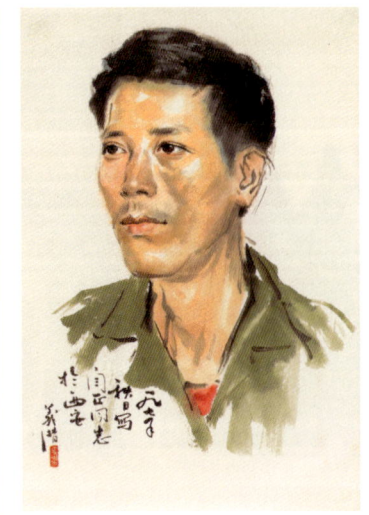 

【左、中、右】
张义潜为作者阎正、作者母亲及爱人画肖像

2012年，作者阎正与义潜女儿张静

不久我去西安，静静不巧出差，她的弟弟安安来找我，带来了一批义潜的作品照片，真让我大开了眼界，这其中有鸿篇巨制，有立轴有横幅，更有大量的水粉、水彩、素描、速写。据安安讲，这里面大多数是早年清理房子时散失出去的，如今被孩子们一批一批、一张一张地买了回来，为了搜寻父亲的画，安安自己开了个画廊，卖些其他人的画，买回父亲的作品。功夫不负有心人，几年之中，还真的大有成效，不少想到没想的大画小画都陆陆续续地完璧归赵，回到了义潜的儿女手中。我感慨地对他们说："你爸经历那许多苦难，也亏欠儿女，你们没有怨言，将大部分作品收集回来，能有你们这样的儿女，你爸值了！"

这是一批什么样的作品？人眼是尺，人心是秤，不必我过多评价，70年岁月，我经历不少，尤其是工作之便兴趣所致，大半生看到的画家，如过江之鲫，能画到他这种程度的，凤毛麟角。仅限于幸存下来的这批素描，闻名海内的大师们，亦不过如此，我还要讲明一点，这些素描习作大都是义潜20岁前后留下的痕迹。

20世纪60年代初，时值弱冠之年的张义潜毕业创作即画了名噪一时的工笔重彩巨制《林则徐》，先后被印成年画、单幅画，并被中国历史博物馆收藏，从而奠定了他毕生从事历史人物画创作的基石。由于他太年轻，以至于刚到美院，大家尚不熟悉，一次他在院内吸烟，竟被制止"学生怎能抽烟"闹了笑话。但时隔不久，他便辞去公职离开了美院，其中有不便讲明的原因，也许我误听误解，正由于这原因，时至今日，我对另一位闻名全国的大家颇抱成见，义潜本人缄口莫深，也许他们之间早已没有芥蒂，但我心中这块疙瘩却结了几十年，不愿提起而已。

义潜离开美院，走向社会，也走上了他人生的"滑铁卢"。

他辗转了几个地方，颠沛流离，最后落脚在蓬湖区进修学校：那学校坐落的地点叫"冰窖巷"，我并不迷信，但就是这个地方成为义潜人生的冰窖，他的生活和心情都如同掉进"冰窖"一样，寒冷刺骨，再也没有温暖过来。说是学校，实际上有点像私人开办的培训班。学生都是各个学校单位和社会上没有机会上美院又爱好美术的年轻人。尽管学校不正规，但这老师却十分了得，于是教出的学生便个个出手不凡，很多在当今画坛都是举足轻重的人物。但也从此以后，他远离了主流体系，流落民间，闯荡江湖之上，经受了大半生难以言说的煎熬！

张义潜是天生的教师命，他也是弟子学生围在身边最多的一位老师，如今享誉画坛的大画家王子武、崔振宽、高民生、

20世纪70年代初，作者阎正与义潜在"冰窖巷"

张义潜、吴三大在作者阎正家中探讨挥毫

孙振廷、赵步唐、乔玉川等都曾是他的美院学生，他与学生之间往往没大没小，因为许多学生年龄比他还大，还有另外一种情况，如著名画家崔振宽原来与他同学，后来他变成了老师。还有更多的学生是社会上收的弟子。有钱就交学费，没钱就拉倒！这些学生也不把他当外人，于是成了有福同享，有难同当的哥们儿！那时学生能送他的礼品无非是次烟劣酒，但这已很不易了。他往往都是在画案上一堆，大家共消。有一次，他外出办事，我在房间等他，这时进来一人顺手在画案上拿起一条"大前门"，"咔嚓"一下掰成两半，拿起半条往包里一揣就走，我不高兴了，向他吼道："干什么？"那人愣了一下说："没什么，拿张老师几盒烟。"我说："老师的烟怎么能随便拿？"他说："我也给老师送，没了也来拿，以前常这样。"我说："以前我不管，今天就不行，你送了又拿走，不如不送，放下！"那人看我气冲冲的样子，不得不放下，透着无辜的眼神，很不情愿地走了。过后义潜听我诉说此事，大笑着说："学生跟我都这样，又送又拿，你别当回事。"义潜这种厚道对待学生朋友的态度很让我感怀，大家又怎能忘了他？

如果时光推后30年，义潜活在当今，无论如何也埋没不了。有位从海外回来的一位"名家"，见封面就买，是广告就做，要8万给10万，钱不是问题。一时间铺天盖地都是这位"名家"的尊容，内页文章更不必说，当然还有拍卖会、电视台，有钱能使鬼推磨，终于推出个"大画家"。这一位好在还能抹两笔，虽然蒙不了圈内人，但唬一唬老板、矿主、企业家、银行家还是绰绰有余。更有前仆后继、风起云涌,一批又一批莫名其妙的"名家""大师"。写一个乱七八糟的"龙"字拍卖1000万,画一张连自己都说不明白的画800万,且常常借助电视台"慈善"拍卖,于是红了!火了!张口闭口"平方尺",你一平尺5万,我10万,有的喊到60万、70万,还不算最高的,这大部分垃圾都堆在了有钱人家的库房里。

记得小时候看演出,那时的剧场没有"音响"这一说,更没有无线、有线麦克之类。无论是戏剧演员,还是歌唱演员,全凭自己的嗓子唱歌、唱戏。即使梅兰芳那样的"四大名旦"之一也不例外,越是大牌演员就越了不起,只要演员一张嘴,从头一排到最后一排,你就是站在墙根旮旯儿也能听得清清楚楚。演员靠的是丹田气,真嗓子。那时的剧场与今天的剧场不可同日而语,但今天的演员与那时的演员也天上地下。不信就试试,如果今天把音响去掉,马上有人就傻了!多少"大腕"便没有了声音,多少"明星"便退去了光辉!还论什么真唱假

【上】《老民兵》张义潜 作

【下】《陕北少年》张义潜 作

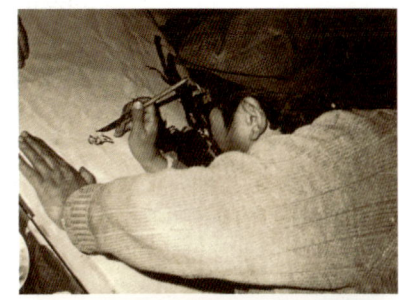

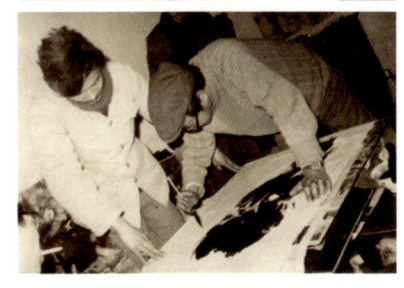

【组图】张义潜、吴三大在作者阎正家中挥毫

唱？今日的画坛亦如是，如果去掉了电视媒体的鼓噪叫卖，没有了金钱交易的大小平台，很多"名家"便一文不值，如果真刀真枪地比一比，有几位"大师"来得了真嗓子真腔的"丹田气"？我常想，如果换成是在今天，张义潜风华正茂离开学院，从体制内走出来，根本不必要为稻粱谋办什么学校，就当一个职业画家，也不用像某些当今"名家"买封面、买文章、买拍卖会、买舆论，这一切都不需要，只要将他的作品扩散出去，让越来越多的人看到，就足以财源滚滚！

张义潜还真有一方朱文图章是"一文不值"，但和它应对的另一方白文图章是"千金不卖"。这两方图章就盖在送我的画面上，义潜到死都不相信金钱的厉害。如果活着的张义潜参与这种竞争，尽管他不会炒作，也不必炒作——李逵碰到李鬼，不用打死李鬼，但李逵总不至于没饭吃！然而当时尤其"文革"当中，他真快到了没有饭吃的地步。

俗话说"吃百家饭"，张义潜就是一个吃百家饭的人。

他参加工作很早，工资又高，最初时不时还有些稿费收入，于是多次评工资时，他总把机会让给同事，所以他的工资直到离开学院，永远没有涨过。开始他的工资全部上交老娘，这样他爱人难免有些不悦，但好在还有外快收入，除去管管自己的吸烟喝酒，偶尔还能给爱人一点。但辞去公职后，收入便不稳定了，进修学校工资有限，还有些没钱的学生，他就免了学费,"文革"中稿费全无,他的生活拮据便可想而知了!

于是,他的吃饭几乎成了有一搭没一搭,"马尾巴吊棒槌——抡哪儿算哪儿"的事了。很长一段年月里,一到中午,他就有意无意地等着学生来喊,也确实每到中午总会有人来喊,我就曾经跟着他出去蹭过几回饭。

有一天,中午12点过了,他看了看表,我扫他一眼说:"今天没戏了,走吧!"他说:"别急,再等等!"话音未落,外面一声:"张老师!"他眼睛放着光对我说:"怎么样?我说会有人喊嘛!"我苦笑着摇摇头,跟他走了出去。说实话,我看着他刹那间兴高采烈的样子,心里说不出是什么滋味!又有一天,我下午去得晚,到"冰窖巷"已是3点多钟,他在那儿画画,几次回头欲言又止,我问他:"哥,你怎么了?"他犹豫了一下问:"有两块钱吗?"我说:"有!"他说:"我还没吃饭哪!"我本想开个玩笑说这回没人喊了吧,但看他憔悴的样子又止住了,一把拉着他找了一个小店,赶紧给他要了一碗"葫芦头",又打了二两散酒,配一碟花生米,他让了一下便吃起来,等他喝下最后一口酒,重重地把酒碗往桌上一拍,心满意足地说:"昨天晚上到现在都没吃东西了!"看他高兴的样子,我顺手塞给他五块钱:"万一没人喊,别

《雄鹰》
张义潜 作

《雄鹰》
张义潜 作

饿着！"他一挥手站起来："吃饱了，不要了！"我的眼泪夺眶而出。这样一位了不起的画家，竟连正常的温饱都不能保证，我不知怎样描述那一刻的心酸！

再坚强的意志、再坚强的人，架不住这样无休无止看不到光明的消磨。正是这样的生活，他的妻子不得不离他而去。他又有什么办法？

说起吃饭的故事很多，但也有另外一种。我在《将军楼轶事》里曾写过一个。

1975年，一个暮春的夜晚。古城东郊将军楼上灯火明亮，一张大圆桌旁围坐着十几个人。除一位穿便装者，其余都是军服整齐的白发将军。菜一道道地上来，瞬间摆满了桌面，无须多言，这是一场小型宴会。然而，将军虽多，都是唱配角的，宴请的主客恰恰是那位唯一着便装的中年人——长安画家张义潜。这位画家40岁左右年纪，头已经有点谢顶了，度数不低的眼镜背后，透着扑朔迷离的目光，他周周正正坐着，等待着宴会的开始。

主人是离休的某海舰队司令员李将军。他简单讲了几句开场白，回头看了一眼宴会经办人军区参谋长。后者会意，马上笑着对画家扬了扬下颚说："义潜同志，李司令表示了他的谢意，讲过了，您是不是也说上几句呀。"画家扫了四周一圈说："既然李司令讲过了，我没啥说的，开始吧。"司令员扬起了筷子，招呼着说："好！开始！开始！"还不等司令员话音落地，画家像变戏法似的从桌子下面提包里取出一个夹层饭盒，商量着说："这么多好菜都没见过，我想带一点回去。"他说完便毫不客气一样一样地往饭盒里夹，这意外的举动使所有在场的人都惊呆了。参谋长最先醒悟过来,一把抓着画家的手说:"义潜义潜,你这是干什么?"画家不以为然地说:"这不是请我吗?我能吃多少呢?总得带回家一点呀!"司令员轻声地问:"义潜同志怎么回事?"画家抵了抵筷子说:"没什么事,我只是想把这酒宴上的东西给娘带点,让老人家尝一尝。""哦,您母亲还健在?"司令员有些意外。"啊!快九十了,守着我过了大半辈子,没享什么福。我不忍心一个人在外面偏食。"将军们听罢,肃然起敬,都纷纷站了起来。司令员慌忙招呼大家坐下,抱歉地说:"哦,这事怪我了解不周,没把老人家请来,我看酒席上的菜就不要动了,大家该吃就吃。"他回头喊了一声:"警卫员!"警卫员应声进来,老将军迅速地下了命令:"马上到厨房,凡是席面上有的菜,每样都搞一点,立刻给画家母亲送去!"警卫员转身出去,将军楼里恢复正常。酒席开始了,老将军恭恭敬敬地斟满了一杯酒。随即又给自己倒满,然后招呼着他那些出生入死的老战友们举起杯,激动地说:"义潜同志啊!我敬你一杯酒,不是为了你的绘画之艺,也不是为你的刚直性格,这杯酒是我敬你作为一个孝子,尤其在这种年代,难能可贵呀!""对,难得,难得!"将军们的酒杯纷纷碰在了画家的杯上。义潜两眼湿润。素有硬汉之称的他,此时此刻也情不自禁地热泪横流。那年月,提起孝子贤孙的字眼,简直就像骂人一样。义潜这个孝子,又何尝当得容易呢!

【上】《他日相呼》
【下】《双鸡图》
张义潜 作

《饮马柳林》
张义潜 作

义潜是独生子,两个月时便失去了父亲,剩下母子相依为命,母亲守寡终身,靠着卖饸饹供儿子上学,她刚毅的性格硬是为画坛培养出了一名才子。义潜赶上了好时候,他考上高中,又进了学院,助学金一直伴随着他读书长大。义潜也碰上了坏时候,1960年自然灾害,学院处于半停顿状态,他好长一段时间待在家里。像她母子那样的经济状况,生活清贫可想而知,义潜没有放弃他的学业,仍不停地在小阁楼上临画着印制的唐宋名作,宣纸没有了,他就用晒图纸背面将就着勾描。正在这时,母亲把他叫下来,不声不响地给了他50元钱,让他去买纸笔。他原以为是母亲的体己钱,顺从地接过,如数都买了宣纸。不久,宣纸用完了,母亲叫着他又递过50元钱。这次他犯了疑心,试探着问:"妈,您哪来那么多钱呢?"母亲摆了摆手说:"你别问,买纸去吧。"后来他才发现,放在母亲床下的寿材板不见了。这是母亲省吃俭用给自己置下的身后防物,何况那年老人已是古稀之年。然而为了让他画画,竟悄悄地卖了。这钱就像儿子学画的专款一样,她舍不得花一个子儿,买一口吃的。儿子感动了,他不能眼看着母亲一天天消瘦下去。第二天,他偷空起了个大早,跑到城南犁过的地里拾回了半口袋碎红薯。当他兴冲冲跑回家门的时候,看见端着一碗稀面汤的母亲直瞪瞪地盯着他,他胆怯了,不由自主地跪到了母亲面前,好大一会儿,母亲才从牙缝里咬出了一句话:"不争气的东西!"义潜喃喃地说:"妈,我错了。""你错了,错在哪儿了?"母亲按捺不住心中的怒火,大声地呵斥着:"这样你就嫌苦，受不住了？放下画不画了。我熬你、守你为啥？我倾家荡产为啥？为了叫你荒废学业去拾红薯？"老母亲越说越气，扬起手中的饭碗劈头朝儿子砸来，碗砸在儿子头上，血顺着面颊流了下来，母亲连眼睛都不眨，从一旁抓过纸笔扔到了义潜眼前，"把今天的给我补上！"说完母亲扭头钻到布帘后边自己的床上，和衣躺下了。就这样，义潜跪在地上画了一整夜……第二天一早，母亲起来后仍去卖饸饹。临走前只说了一声："起来，睡会儿去吧！"义潜站起身，看到母亲床上乱着，便过去整理床铺，他叠到母亲被子的时候，才发现枕边、被头湿了好大一片。挨打的时候他没有哭，此时他难过地哭了。他画了一夜，母亲蒙着头默默地陪着他流了一夜的泪！

从那以后，母亲平生发的第一次火，讲的那么多话，刻骨铭心，使他永生难忘，他再也不敢轻易浪费时间了。

母亲爱儿子的方式也超乎寻常，记得"文革"中，义潜给钟楼下宣传栏画"评法批儒"宣传画，常常是刚贴上去，第二天就被爱好者揭去了，义潜听说后就再画了让人补上。后来老母亲知道了，干脆每天早上拿一小板凳拉着孙子坐在宣传栏下，守着儿子的作品以免丢失；哪个地方被风刮起了角，她马上用糨糊贴好；有人用手摸，她也会立刻制止："别动！"那时老人已是九十高龄。她曾经跟我聊天时说："你们这一行我不懂，我就知道俺娃画得好。"真是个淳朴又伟大的母亲。义潜更是百依百顺，

【上】《杜甫诗意》
【下】《长河饮马》
张义潜 作

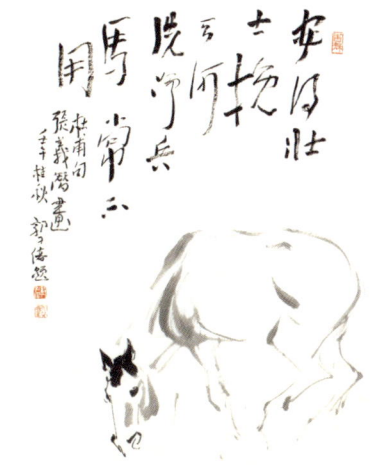

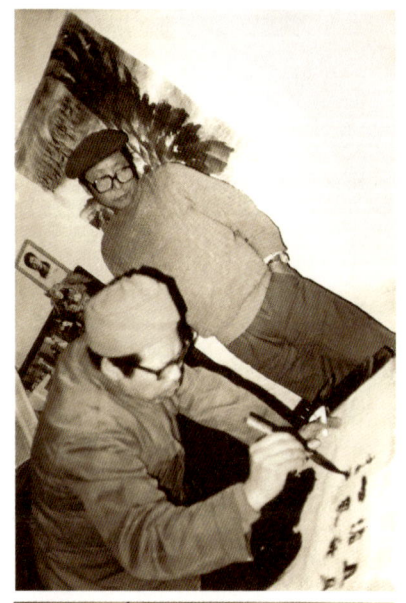

【组图】张义潜、吴三大、翟荣强等在作者阎正家中做客、作画

孝敬有加,以他的天分和努力回报母亲的含辛茹苦。

义潜是西安名家里我认识最早的一位,众多的画坛人物不少都是通过他一个个接近并熟悉的。第一次见他,双方都有一见如故之感,彼此交谈很投缘,说不出的亲切,他当场为我画了一幅《八骏图》,此画把他的全部的情意都融入了笔端,载入他的大作里了。

那时他所工作的"冰窖巷",据说是张伯英曾经住过的地方,当年钟明善先生和他一起办专栏,搞活动,形影相随。今天很多名家都是那里会聚的常客,我也同其中很多人成了亲密的朋友。我与义潜算得上莫逆之交,他绝不是那种只知画画、只会喝酒,毫无情趣、枯燥无味的艺术家,也不是人们想象中的书呆子一个,不爱讲话。其实他感情丰富得很,也很健谈。在"文革"前后,孤陋寡闻的我,就是从他身上了解了很多西方的世界,是他极力向我推荐《巴黎圣母院》,第一次听到这个名字还不知是部电影还是什么东西?他还花费了一下午时间给我讲述了一部直至今日也未能看过的西方电影《法吉玛》,那震撼人心的故事,由他声情并茂的话语讲出来的那一刻,那瞬间仍然历历在目!但他却有太多不为人知和不愿对人说的心事,接触时间长的朋友，谁能体味多少就理解多少吧。

张义潜坦荡豪爽，为人仗义。"文革"期间，有一次美院红卫兵在钟楼批斗石鲁，几个人逼着石老搭梯子上钟楼顶贴标语，义潜路过，立即从石老手中夺过糨糊桶爬上梯子，其中他的几个学生慌忙阻拦："张老师，太危险了，您不能上！"义潜愤怒地说："我30多岁不能上，他50多岁能上吗？"红卫兵们无言以对，这出闹剧才算收场。

大约是1979年10月初的一天，我请他到家里做客，同去的还有吴三大先生。饭后，义潜趁着酒意画了一张《松鹰图》，三大先生信笔写下一副"书入秦汉，画出宋元"的巨幅对联，义潜趁着三大写字的工夫，去另一个房间，看到我的小外甥在临画稿，他信手拿起一张问："这是谁画的？"宝儿说："俺舅。""你怎么随便拿稿子玩？"宝儿说："俺舅不要了，让我照着画。"义潜急了，"这稿子怎么能不要？画得挺好的。"他急匆匆把我拉过来问怎么回事？我一看画稿笑了，"这是以前画的，没用了，给孩子玩吧！"其实这批《西游记》画稿，我怎会不珍惜？1957年画起，1961年第一本完成，随后又画了几年，压了十几年，只因为那年代出身不好，碰壁太多，我采用抛弃的方式，也算一种宣泄吧！义潜一听发了脾气："简直是胡闹，马上给我找找！"宝儿慌忙把稿子凑到一起，一数少了7张，我说："找不

【组图】20世纪60年代，阎正绘连环画《西游记》

全了,就是找全了也没用,文字脚本早没影了。"乂潜固执地说:"少了的 7 张,你给我抓紧补上,至于文字更不在话下,你就是搞文字的,全当看图说话,画面内容,一张一张重新写起来,我给你一个礼拜时间。"我说:"不行!扔了这么多年,一个礼拜这么大劳动量,打死我也弄不出来!"乂潜沉吟片刻:"10 天,再加 3 天,不能再晚。"于是我意外地进入了一项高强度的抢救工作。9 天下来,大功告成,我立即带着稿子去"冰窖巷",他正和几个人谈事,见我抱着大包小包的,二话不说,推着我就走。他带着我来到陕西人民出版社美术编辑室,走到一个领导模样的人面前,把我的稿子往桌上一摊说:"看看怎么样?"那人打开包裹,翻看了几张,说:"画得不错!"乂潜重复了一句:"画得不错?"随手拉着我:"走!"我被他拉得晕头转向,那人也连喊着:"张老师,张老师!"我和那人都陷入了丈二和尚摸不着头脑的云里雾里。

回到"冰窖巷",我大惑不解地问:"老哥,咱什么都不说,稿子一扔就走,能行吗?"他说:"你别管了,他会找我的。"话音未落,电话来了,那边说:"你走后,稿子我看了,画得不错,我已列入了后年的出版计划。"乂潜说:"后年?明年我都等不及了!"对方说:"张老师开玩笑吧!现在已是 10 月中旬,明年的计划早报上去了,后年的第一本就定这套,已经够快了。"乂潜不理会对方的话,仍然坚持说:"我不管你有什么困难,今年必须出!"随手挂了电话。我忐忑不安地说:"我的哥!你这么霸道能行吗?"我知道那年月出书的艰难,绝不像如今出书这样容易,难于上青天哪!他说:"你别管!"我也管不了,权当没这回事,几天就忘到了脑后。孰料,元旦前的几天,乂潜突然让人来喊我，匆匆赶到他的住所，发现我的连环画样书已经摆在了他的画案上。这是1979年的岁末，距我开始画《西游记》的1957年，已经过去了22年。我感到头有点晕，地也有点转，想笑笑不出来，满脸泪水止不住地流，一把搂住他，差点从他肩上咬下一块肉来。

又过了20年，到20世纪末，由于我写了一篇张义潜的文章中提及此事，恰恰那位退休的美编室主任看到了，他对义潜的女儿静静说："那发稿人就是我呀！"这是张义潜一位极要好的朋友，名叫邹宗绪。尽管他不知书中坎坷，但既然张老师态度坚决，肯定事出有因，他便破了大例，这在当时简直是不可思议的事。静静告诉我之后，我也非常想当面谢谢这位事业上的恩人，然北京与西安相距遥远，我去西安的时间也很有限，便一直在找机会。突然有一天友人告诉我："邹宗绪不在了！"我哀叹连连、追悔莫及，真觉得对不起他，留下一生的遗憾！正由于这本书的开头，我才重新把那些经过岁月洗刷已经发黄的画稿一点点集中起来，又凑了七八本陆续由山西、新疆、河南、天津、北京等地出版。由于义潜的鼎力相助，意想不到圆了我几十年夙愿——连环画的梦。

回忆起动荡的70年代，想起的事情还有很多。记得那时每

张义潜为作者阎正画《敦煌守护神》电影剧本插图

逢年节,我总会从河南下放之地带一些东西,送到西安给义潜过年,他这人大公无私得很,也总把这些东西分成几份,然后这是叶老,那是何老的……每人一份,自己绝对不比别人多!有一年春节前夕,收到他一封信,很简略两行字:"正弟,快过年了,你能来吗?"我马上紧张起来,赶快让爱人去枭粮食,换回钱买了粉条、腐竹、烟和香油等,又买了半条猪腿,装了整整两大纸烟箱,匆匆背着上路了,车到三门峡,我让列车员撵了下来,因为我没有买票,列车员说:"看你小子光眉净眼,带这么多东西,有钱不买票,下去!"其实我是真没钱了,只好在站台傻傻地等候下一趟车,等到了上去就站到两个车厢连接处,不料更显眼,车刚到潼关,又让撵了下来,只好再等下一趟再上车,就这样三番五次被撵下车,眼看快到西安,在前一站"桃园"又碰到查票撵了下来,不算长的路程,我竟走了两天一夜,到了西安还不能走出站口,从铁道上绕了几里地,大包小包压得我汗流浃背,总算到了他家。义潜知道了路途的艰辛,抱着我痛哭一场,然后还是一份一份给大家分。当时画家们能回报的就是给我画张画,那时画并不值钱,秀才人情纸半张,完全是一种心意。有的当面给我,有的让义潜转交。有一次何海霞先生专为我画了一张大画,让我去取,我由于时间紧迫,也为了省那8分钱电车票,终未去取。现在想起来也并不后悔,只是觉得自己太傻,8分钱省了又能干吗?顶多一顿饭

《屈子行吟》
张义潜 作

钱吧！义潜自己则常会趁着高兴画张小画送我，让我今天睹物如见人，常常触景生情，潸然泪下。

鱼不知眼泪，因为鱼在水中。那时的生活并不觉得苦，因为大家都活在那样的日子里。

1986年年中，义潜说要去临潼，户口也迁去。我问："去干啥？还要迁户口？"他说画一幅唐玄宗和杨贵妃的壁画，时间会很长。我明白了，迁户口是为了

1986年，阎正安玲夫妇到临潼看望张义潜

当时一些副食品供应，没几天，他便离开了西安。一月之后，我和爱人赶过去看他，发现他住在一间很破旧的房子里，前期工作已经开始，墙上到处贴着草图，地上桌上乱堆着碗筷和剩馍剩菜，看得出他的生活混乱艰苦，也没什么人帮忙照顾，但他已经沉浸在大型创作之中，身边的一切都顾不上了，我们匆匆聊了一会儿，拍了两张照片，连饭也没能吃一顿就离开了。直到1987年下半年，我写信问他，他说画好了，但丝毫没有创作完成的喜悦。我去到临潼，一幅10来米长的瓷烧壁画已耸立起来，这幅《杨玉环奉诏温泉宫》，数十个人物布满画面，蔚为壮观。我欢心鼓舞地欣赏着，好长时间没见他画过这样宏大的场面了。忽然我发现了问题，怎么没见义潜的落款？他一脸阴云地说："壁画制作的时候被去掉了。"我一听就火冒三丈，吃苦可以！受累也行！没有报酬也不计较！这样大的一件创作怎么能把名字去掉呢？太欺侮人了！义潜为此打了官司，他的名字又终于补上了。其实要不要名字又如何？义潜的作品从来都带有浓浓的张家印记。

一个民族的伟大是由一个个优秀人物组成的。兴国家,首先是兴人心、兴文化、兴艺术,无数优秀人物的成就才构成了国家的现代。所谓现代,来自现在的过去和过去的现在,是每一个人的多重反映。

义潜表面上给人以愤世嫉俗,看天走路,傲视一切的印象,不错,他就是那

《李自成》
张义潜 作

种歪着头翻眼看人的样子,别人顺不顺,我早习惯了。因为他骨子里总有一种逆反心理存在。他有一种无拘无束的浪漫,他喜爱自由自在地生活。其实作为一位艺术家,义潜最能唤起人们心中的平等、友善、包容和博爱。他是最谦和的人,至于大家挂在嘴边说的嗜酒,那与他的生活环境乃至命运有关,直到后来影响他的创作和寿命。刁呈健先生给我讲了两句人们对他的评价:"不喝酒画不成画,喝了酒更画不成画。"这可能是他晚年的写照。我后来也曾看过他画画,开初的几笔干净利落,也很生动,一幅画已经可以了,不知怎的他会突然加上几笔,画蛇添足,把挺好的画面破坏了,他真的有些画不成画了,酒最终危害乃至摧毁了他,也许这是他有意对抗命运的一种发泄!尽管如此,但我要说,他毕竟还有前

面几十年留下的大量精美画作,足以让他百年之后屹立于中国画坛,闪耀着无法抹去的光辉。那些曾给人间留下的伟大作品也足够为他自己正名,为历史留下灿烂的一页,这也是难以遮盖的现实。

在漫长岁月里,他创作的历史大画不胜枚举,如《陈胜吴广》《司马迁》《屈原》《苏武牧羊》《孔子》《昭君出塞》《李自成》《玄奘》《总理与齐白石》《重任在肩》《我们的刘志丹》等。看张义潜的画如同阅读历史,那是需要静一点心,下一些功夫,才能读出每一个历史时代的政治、文化、经济和习俗,才能读到人物的性格和命运,才能读出画家对人文的尊重与诠释。历史题材的美术创作一向是出力不讨好,多少画家避犹不及,义潜却偏偏选择了这种出力不讨好的差事并为其奉献了一生。而最让人不可思议的就是,这样一位以中国历史题材为主的重量级画家,却长期被排斥在主流圈子之外,数十年如一日得到的是不公正的待遇,现在回想起来,也真是"二十年目睹之怪现状了"。

有人说,张义潜是一位悲剧画家,其一生充盈着悲剧色彩。他的作品中林则徐、李自成、陈胜吴广、苏武、屈原无不是悲剧命运或忍辱负重的历史英雄,其实他画这些人物也是在画他自己,他有一脑子正统思想和对英

《斗牛》张义潜 作

2000年秋，作者阎正最后一次看望张义潜

雄主义的崇拜及景仰，他也在通过自己的力量弘扬民族爱国情怀。他的作品很美，充满着激情、活力和悲壮美，这种与生俱来的英雄情结，贯穿了他一生的伟大创作，使众多的学者、专家在将来研究他、评论他的时候，才会有鲜活的资料和历史依据。

如今走到了21世纪，"大师""泰斗"充斥着画坛，张义潜的英名几乎鲜为人知，即使在西安，义潜的名字与作品也往往被人忽略不计。又要说起"平方尺"，仅北京、天津当下走红的人物，动辄一平尺数万，十数万计，甚至数十万计的也不在话下，而张义潜的作品价值则无法与之相比，恰当一点地说即杯土泰山，"大师"是泰山，张义潜是杯土，因为人家的画值钱，张义潜的不值钱！但如果真要动个真，把所有的作品拿出来较量一下，那可能就要打个颠倒，不知多少人在张义潜这泰山面前变成了杯土！急功近利地喧嚣，只能逞强一时，何必计较一时一事的成败。吹尽黄沙始到金，让等待变成价值，让铁面无私的历史把人间公正留给未来！

40年瞬间，我写过无数的艺术家，唯独没有写过他，80年代写了一篇类似小说性质的《将军楼轶事》，还小心翼翼地用了化名，个中原因是怕写不好，有辱他的英名。天妒大才，他心底深处怀才不遇的悲凉、痛楚、压抑、忧愤，始终自己默默地承受，很难释放出来。他唯有拿起画笔面对创作，进入自己设定的世界，那样种种不快才能解脱。他不是借助绘画宣泄个人恩怨,而是通过绘画再现人性的崇高,这也是在恶劣的环境中他的许多巨作不断涌现的原因所在。我总想着还有时间,等条件成熟,等静下心来,要写就好好地写个清清楚楚、明明白白,还原一个真真切切、堂堂正正的张义潜。孰料他生命之钟戛然而止,我有说不出的懊丧和悔恨。张义潜是一个永远说不完的话题,他活着的时候,没有能写他,人不在了才亡羊补牢。拿起笔来,泪流不止,笔头沉重,眼眶不干,我不知道怎样开头,怎样收尾,我只觉得这篇文章的空间有限,根本容不下像义潜这样一位巨人。将来若有空闲,能力也允许,我很希望为这位可钦可敬、可歌可泣的画坛巨子写一部长篇评传。眼下的小文,只能算个引子,以奉先兄义潜在天之灵尊前!

记不清哪里有这样一段长短句,权作结尾:

阴阳乾坤

正邪风雨

江湖信步

生死来去

薄功名

轻利禄

满腔血

酬知己

悲欢无穷期

《长安街头醉词仙》
张义潜 作

2006年3月小阳春初稿于深圳银湖

2011年再改于北京华威里1号楼

我酷爱他的艺术，每每有惊人之处，那凝重豪放的笔墨，如同大将号令三军，令人心驰神往忘乎所以。他画猛禽，画奔马，全神贯注，一气呵成，浓墨淡墨中显露出非凡的入木三分。他画花卉，用色无多，常以黑、红、白三色造成强烈对比，尤重墨色。那些被评论家用枯用烂了的"恣意挥洒，大气磅礴"，放在子武名下才堂堂正正，话有所值。

王子武（1936— ）

生于陕西西安市。1963年毕业于西安美术学院中国画系，分配至西安市园林局。1978年调中国美术家协会陕西分会从事专业创作，后为深圳石油化学工业公司画家。先后任职于陕西省美术家协会、深圳市文学艺术界联合会等单位。现为中国美术家协会会员、广东省美协常务理事、中国画研究院院委、深圳市文联副主席、国家一级美术师，长安画派代表人物。

不负此生
——记王子武

王子武与作者阎正合影

西安画家圈子里,我认识子武比较晚,大约是 1974 年的春天吧。再后一次见他,是在 1982 年的夏秋之交,弹指又是 20 年过去,心里无时无刻地不在惦记着他、想念着他。

1979 年,我曾为他写过一篇文字,但总觉得笔拙手笨,写不出真正想要的东西。近年来,因编杂志故,频频往返于北京、郑州、西安、深圳、海口之间,发出的文字越多,想再写子武兄的愿望就越强烈,几次匆匆动笔,都因百事缠身,时间零散,提起放下,时断时续而终未如愿。大块文章,比不得随笔急就,一块心病久久困扰着我,20 年情结、20 年向往、20年积聚、20年沉淀,如梦如幻、如影如形,常常思想起来,食不甘味、心绪烦乱、不能自已。直至此次远离闹市,沐手焚香,铺纸案头,静下心来,依稀往事才又重新闪现,一幕一幕,涌上心头……

最初听到王子武的名字,是出自张义潜先生之口,义潜兄当时眉飞色舞,推崇备至。依义潜的为人、艺术,我立刻便渴望结识。不久何海霞先生又谈到子武,褒奖之语同样溢于言表,自然更加深了一层我的感受。极巧的是当日下午我去看望叶访樵先生,进门正碰上有人为叶老画像,我一下子便磁石见铁一样被画像者紧紧吸住了。桌旁小凳上一砚浓墨,一碗清水,两支毛笔,如此而已。他全神贯注地画着,那造型的本领,犹如神枪手捕捉眼前的目标,百发百中,准确极了。他没有因为意外来人受到干扰,也没有因为出现观众而故作潇洒,他仍然心无旁骛一笔一笔慢慢地画,但我看得出来,他果断而富有节奏的行笔运墨,处处显露出他精湛高深的艺术功底。

虽然没有搭话,只是点头而已,但凭我的第六感觉已经猜到他是谁了。画如其人,一点不错,这位画家如同他的作品一样朴实无华。他不善言谈,更不善应酬,像绘成便匆匆告辞,这便是年近不惑玉被沙掩的王子武。

我们见面就这样了。叶老看着留下的画像,兴致勃勃地对我说:"这笔墨,不食人间烟火!"看到老人少有的惬意,我会心地笑了。

第二天过午,我按照地址摸到了西梢门外一个叫南小巷的地方,

阎正与叶师母在子武绘制叶老画像前留影

找到了王子武的家。那简陋的房子比叶老的虽大一些,但一样的阴暗潮湿,家具几无,房间里空空如也。爱人和孩子都上班上学去了,他一个人正吃着晚开了的午饭,桌子上的饭菜和他的画具一样简单:一碗大麦仁粥,一碟咸菜,两个剩馍,这就是他全部的午餐了。

吃罢饭,略事寒暄,我请他为我画像,他爽快地答应了,整整画了一个下午。他在画,我静静地坐着,心里却想了很多,一位卓越的画家,身处逆境,既无人发现,也无人问津,仅凭着默默地追求与执着,饱尝着甘苦和艰辛。像画完了,他的家人也陆续回来了,嫂夫人留我吃饭,我执意要走,子武兄说:"我再为你写幅字吧!"说着为我写下了一首后来在朋友之间不胫而走的七言诗,诗曰:

惨淡经营愧无能,枉费衣食哭无声。
画不出奇画到死,不负此生了此生。

这是他大病初愈后题写在自画像上的诗句,字里行间渗透着他对艺术的谦恭和虔诚,尤其他那一手独特的书法,仿佛心灵电闪瞬息间击中了我,从第一眼看到便酷爱有加,情有独钟,学他的书体直至如今,再无改变。

而后我们交往多了。我成了南小巷

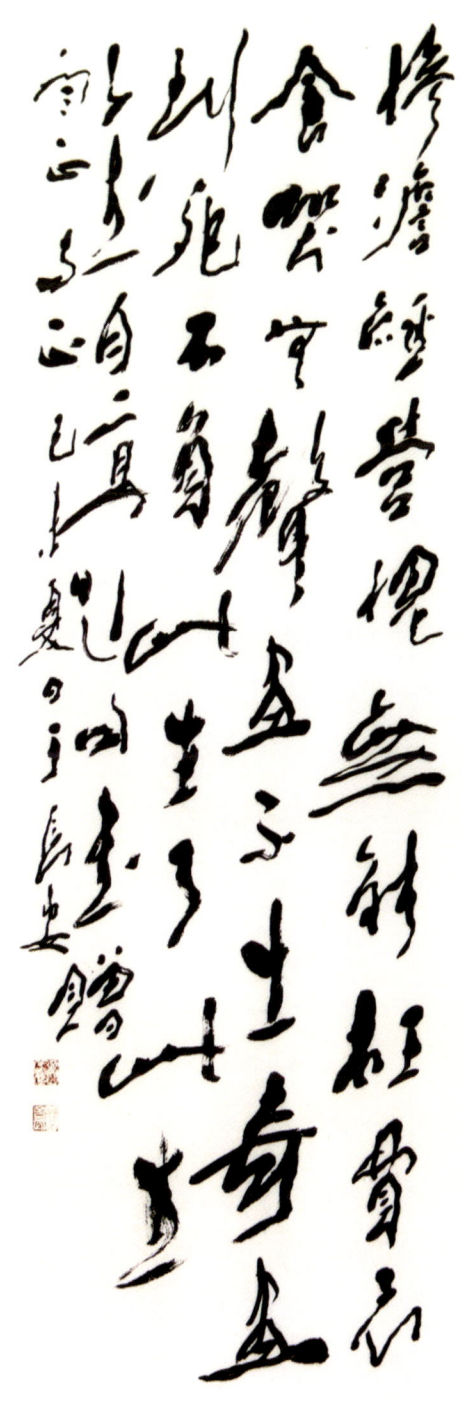

王子武作七言诗赠阎正

【左、右】王子武为作者阎正父母画像
【下】《墨梅》王子武 作

那所院落里的常客,每到西安,子武家总是必去之地。他也难得的出来到我家小坐,并为我的父亲、母亲、爱人都画过肖像,这些被我视为传家之宝的珍品,竟成了逝去和健在的亲人们心目中永不磨灭的美好记忆。后来李伯安借去家父那张肖像,迟迟近一年时间,让我牵挂着无数次跑往郑州,取回来那天,高兴地喝酒竟醉倒了。

　　子武为人内向,沉默寡言,不善谈吐,很少有表面的热情。与子武相处,才真真切切体味到"君子之交淡如水"的含义。他经常为我写画些作品,像何老海霞画题中所写:"阎正兄远道而来,无以为报。"我对子武也是无以为报,

王子武为阎正、安玲画像【左、右】
王子武作品【下】

那时我们都很穷,去看他顶多带一点土产什么的,与今天的送礼不可同日而语。我发现他抽烟抽得很凶,再次去便带了两条烟,我记得河南产的"邙山"烟当时很流行,两毛钱一盒,两块钱一条的,不料他突然戒了。下次去看到那烟高高扔在柜顶上,已落着一层尘土。而我至今戒戒抽抽仍一如既往,不能不佩服他的毅力。

  我们常常闲谈,内容都是书画,他全部的思想焦距都凝聚在这一点上了。当年随口寻常话,而今掷地金石声。谈到酣处,他往往要为我画上一两幅,或翎毛花卉,或飞禽走兽,或历史人物,但凡张嘴,他总是满足我。拳拳之心,没齿难忘。我酷爱他的艺术,每每有惊人之处,那凝重豪

作者阎正到子武家做客

放的笔墨，如同大将号令三军，令人心驰神往忘乎所以。他画猛禽，画奔马，全神贯注，一气呵成，浓墨淡墨中显露出非凡的入木三分。他画花卉，用色无多，常以黑红白三色造成强烈对比，尤重墨色。那些被评论家用枯用烂了的"恣意挥洒，大气磅礴"，放在子武名下才堂堂正正，话有所值。他那幅闻名于世的《曹雪芹小像》，也曾为我画过一张，鲜明个性的匠心独运，品位极浓的书卷气，洋洋洒洒飘出画外。每当他写画的关键时刻，我总是屏住呼吸，静静地看着，默默地想着，精神上享受着不可言说的欢乐。

子武作画，无论大小均全力以赴。既绘形抒情，又写实写意，非但遵循传统规范，而且往往自出机杼，使他的画在观者面前别具异样风采。早年记得有人赞扬日本画家野村清六时说："黑色是造型的起点，水墨的魅力就是黑白的魅力。"子武兄在运用水墨的变化上远远超越了国内外众多高手，达到了出神入化的境地。

就是这样一位画家，在当年得以"出线"也非易事。1977年，我带着子武所画六条花卉去河南出版社，希望能挑选四幅出一套"年画类"的四扇屏。这也是受陕西出版社曾出过他一幅梅树年画的启发。按理说，用年画的形式发子武的作品已很有些委屈，纸张不好又不伦不类，但毕竟印数大，也不失一种宣传手段。如果真能出，我坦言这几幅画就不要了，也不枉在我手里经过一回。但期盼了近一年时间，得到的结论是："经过反复研究，认为画得不错，但没有名气，决定不发了！"我沮丧地把画取回，一路在火车上有说不出的悲哀。

然而没过多久,我收到了订阅的《美术》杂志,那一期刊登了王子武的多幅头像,顷刻之间全国画界震动,我欣喜若狂,再不能说王子武没名气了。果然,郑州又打来电话,要我马上重把画送去,那边准备发稿。这回轮到我不紧不慢说:"画我不送了,要发自己去找王子武吧。"因此也许得罪了那位曾经是我领导又是朋友的李主任,由此引起20多年的恩恩怨怨,我不想多言,但我庆幸那难堪的遭遇让我保存了一批珍贵的作品,也真因"祸"得福了。前面提到的那篇文章,我一开头就写道:"默默无闻的王子武……"讲述的就是那段备受冷落的经历。

稍后,我去到北京地质出版社做美编工作,时间长了,大家都知道我手中有批藏品,同姓的上司阎柏泉先生极力怂恿我搞一次"藏画展",让大家欣赏欣赏我的收藏。我何许人也,敢在北京天子脚下张扬?但禁不住柏泉"兴风作浪",

《双鸡牡丹》
王子武 作

【左】阎正与子武合影
【右】子武全家到作者阎正家做客时合影

《秃鹫》王子武 作

朋友们"推波助澜",那正值"文革"结束不久,百废俱兴,人的思想也比较单纯,"中国的保尔"——吴运铎老人题了展标,展览很快开幕了。去的中央领导有副总理、有部长、有主任,老画家李苦禅、叶浅予、黄胄、杨萱庭以及北京画院、中央美院的不少朋友都应邀到场,评价相当高。那次展出的是以石鲁为首的"长安画派"作品,王子武的最多。当时,不少人还没见过他的原作,第一次接触便赞不绝口,唏嘘不已。苦禅老在展厅里待了近两个小时,谈了许多感人肺腑的话。当然来者也有不高兴的,背地说话,不得而知。后来子武见我就说:"少拿几幅就成,展那么多干吗?"话里隐情,不言而喻。

但从此以后,便一发不可收拾。应朋友邀,我先后又到了抚顺、沈阳、大连、长春、天津、郑州、洛阳、无锡、广州等地,旅途中迎来送往,想收手都难。一路上许多朋友打听王子武,子武的艺术成了交谈之间的重中之重。当年为我主办展览的朋友郭子绪、方向军、刘相训、吴炳伟、刘鹤翘等,都还健在。但另一部分如阎柏泉、吴运铎、于涛、张绍文以及郭永昌都先后故去,他们中间没有一个不对王子武钦佩不已的。

1982前后,广空副政委郭永昌邀去广州,展览第一天有位中年人走到我面前说:"从展品上看你和王子武关系不错!"我说:"是。"他又说:"王子武现住深圳,我们在一起经常见面。"说着递我一张名片,上写雕塑家腾文金,原来他和夫人乔红正在中山图书馆搞雕塑,我很高兴,托他向子武代好。他语重心长地说:"目前国内人档次还不高,意识不到艺术的价值,这个展览如在国外甚至香港,就要小心了。"后来,广空司令刘鹤翘将军也讲过类似的话,我接

【左、右】子武与作者阎正在深圳福田

受了刘鹤翘、腾文金先生的意见,自广州展事期满后,截然停止,不再办巡回展了。

子武有两女一子,女儿像父亲个性,文静少言;儿子好像叫小木,今年也该30多岁了,听说几个孩子都学画,一个女儿在国外发展,一个女儿在广州美院。见面也许不认识了,但延续着父辈的事业,也是值得欣慰的事情。

子武淡泊名利,我有很深的体会。大约是1979年,我无意在荣宝斋发现了他的两幅小画,一幅四尺三开《三鸡图》标价2,760元,一幅尺幅斗方《戏剧人物》标价1,800元,这在当时那个每月工资只有几十元的年代,无疑是天价。嗣后我到西安告诉了他这个消息,他似乎不敢相信地笑了笑,我说:"你的画有了这么高的价,以后就不好得到了。"他仍然没有说什么。但也就是那一天,他为我画了一幅六尺整纸的《芭蕉金鱼》,余兴未尽,又为我写了一幅六尺隶书《望庐山瀑布》。常言道"秀才人情纸半张",这何止半张秀才人情,这应是我几十年来放不下的朋友情谊。诸如此类的事情不胜枚举。记得后来他听我说喜欢荣宝斋那幅《戏剧人物》,便以同样的尺幅画了同样的一幅画,题了长跋送给我。石鲁先师有一副我极喜爱的三字对联:"为人好,美必高"。他抄录下来让我留念。我为河南创办《八十年代》,他为我书写报头；我发表电影剧本，他为我写了"敦煌守护神"，那天实在是没有敦煌的资料，不然他原准备为我画一幅题图的。总之，事无巨细，从不言拒，朋友做到这个份上，焉有不刻骨铭心之理？

90年代中期伊始，拍卖风起，仿佛一夜之间，书画成了热门货。我也曾经主持过"港澳"两次大型拍卖会，许多人提出要石鲁、何海霞和王子武的作品，我均严词拒绝。如果拿出去卖了，就等于卖掉了先师和朋友千金不换的几十年情谊。在一次次的艺术品金元大浪潮中，我能将全部藏品保存完好，也自有我的道理。一是多年来的散落流失，有些作品可能子武自己手中也已经没有了，在需要的时候，我想将这批登记造册的作品"完璧"展示，帮子武兄出一本像样的画集。直到今天，我还真未见到王子武的大型画集问世。二是前不久见澳门的陆康与上海的蒋青山二君，言及捐赠一事，他的两女一子也早长大成人，都表示不愿将老人一生心血肢解分离，我亦是年近花甲之人，似乎也该考虑藏品的归宿了。

20年来，我与子武天隔一方。尽管近年间常到深圳走动，也都是来去匆匆，居无定所，始终未去看望他及夫人孩子，也是一言难尽。但无时无刻的记挂，人前人后的谈及，高山流水，地久天长，一日未可忘怀矣。

《曹雪芹小像》
王子武 作

2002年盛暑于海口海景湾

朝瑞兄说:"每次收到您的信都如同节日。"可惜我不善书法,其实我收到他的信才如同节日一样,那激动的心情常常是溢于言表,情不自禁的了。

王朝瑞 (1939—2008)

笔名王屋山,斋号瓢庐,山西文水人。国家一级美术师,曾任山西画院院长、书记、《美术耕耘》主编。中国美术家协会会员,山西省美术家协会副主席,山西山水画学会会长,中国书法家协会会员、中国书协书法培训中心教授、中国国际文化交流中心山西分会理、山西省书法家协会副主席、山西省文联委员等。

飒飒西风

——忆王朝瑞

王朝瑞与作者阎正合影

  王朝瑞笔名王屋山，山西书协副主席，山西省画院院长。就艺术而言，他称得起"山"。他的作品精神博大，皴擦细腻，绝对的浑厚凝重，任何一个了解他全部的人，都会感到那就是一座雄伟的大山，巍然屹立，矗立在了你的面前。

  认识朝瑞是一种缘分。20世纪70年代后期，我在北京文化艺术出版社，他在山西人民出版社，我做编辑，他也做编辑，同属一个行当，一样的工作。无意之中，我看到了他的一件书法作品，马上便被那独特鲜明的个人风格吸引了。当时我正在主持《中国当代书法大观》的编选工作，该作品无疑应在入选之列，我很快便与他取得了联系，不料自从那以后，鸿雁传书，频频往返，即使到了通信极其发达的时候，我们的书信传递也没有停止。他的每一封书信都是一件绝美的书法作品，长长地写在宣纸上，最长的一封长逾两米多，简直就是一幅书法手卷，层层展开，蔚为壮观。朝瑞兄说："每次收到您的信都如同节日。"可惜我不善书法，其实我收到他的信才如同节日一样，那激动的心情常常是溢于言表，情不自禁的了。

对山西我还是有些特殊感情的，因为山西有我老本家阎锡山，早在BB机时代，每当传呼台小姐问："哪个阎？"我脱口而出："阎锡山的阎。"因为实在想不出我这个姓氏里还有什么出名的人，如果小姐连阎锡山也不知道，我便只能把"阎王爷"搬出来了，此乃戏言。其实这感情就是因为山西有个王朝瑞，才让我知道了山西那么多美好的人和事，饱览了山西那么多景和物，使我感受到山西作为文物大省，名不虚传。

今年"五一"，我和老伴突然袭击，不打招呼便闯到太原，弄他个措手不及。正是节假期间，他已经把司机放跑了，

山水系列
王朝瑞 作

只好临时租车陪我们走马观花。作为省画院院长，他平时的日常工作肯定极忙，好容易熬一个长假，让我们这些心血来潮的突访者把计划全部打乱了，但他没有一点不快，没有一点抱怨，只是数落了我一句："怎么不提前打个招呼，我也好把司机留下呀！"我这个人天马行空，随心所欲，说句笑话哈哈一乐，全都有了。朝瑞兄在以后的几天里，便成了我们的"三陪"：陪游览、陪吃饭、陪聊天。短短几天时间里，我们去了晋祠、平遥古城、清凉山、乔家大院和几处寺庙。朝瑞兄的艺术无所不在，晋祠、寺庙、乔家大院到处都有他题写的对联、匾额、木刻或者石雕，每一件都是那样的雍容华贵，精美得很。

几年间，我数次到太原，如全国电视台台长会议，第十一届全国花鸟画展，自然少不了麻烦他。后来，他由出版社调任山西画院院长职务，上任伊始，需要对外搞一些宣传，我正好在编杂志，想报答的机会来了。我要在介绍他院里全体画家的同时，多给他两个版面，再附一篇文字，突出一下重点，不料他婉言谢绝了。他的意见很明确："你是介绍山

王朝瑞在海口作者阎正家中做客

西画院,不是我个人,其实不少人画得都不错,尽量做到大家一样,我就很感激了。"我听从了他的安排,一视同仁每人两版。在今天大多数画家恨不得拼命鼓吹自己的时候,朝瑞兄放着大好机会,淡然处之,而且是诚诚恳恳地谦让,如何不让我由衷感动,情绪肃然!

嗣后,他带着王学辉副院长来过一次海南,时间很紧,也只是在海口附近转了转,去了一趟五指山,但却腾出两天为我和我的朋友们作画,那作品一丝不苟,绝无一点应酬之意。作为纪念,弥足珍贵。最令我感动的是前不久朋友有事,我拖了多日才打电话给他,希望他能给寄来几幅作品来,他得知情况后,不高兴地说:"为什么不早告诉我?"他放下了为人民大会堂绘制的大画,连夜动手,临时现写现画,并凑上存放的作品,第二天寄了9幅,第三天我就拿到了。当时那种特定的氛围,我热泪横流,不知所云。朋友做到这个

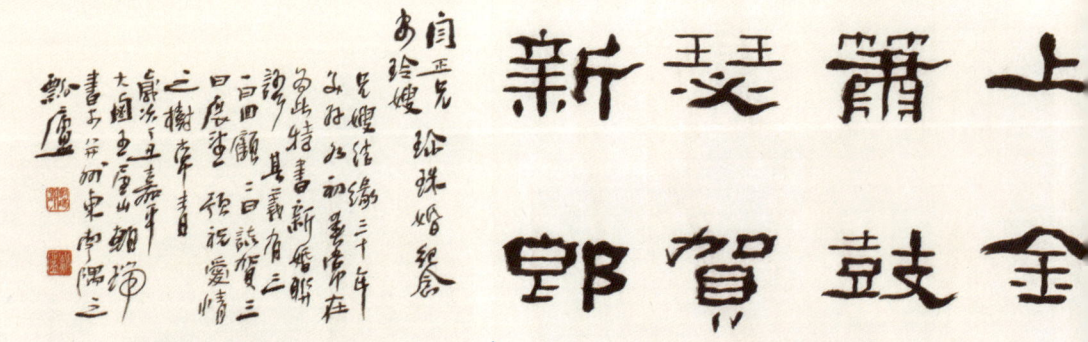

份上，一辈子交上朝瑞兄，死而无憾！

记得1995年新华社在海口举行盛大的笔会，我从全国各地请来不少朋友担纲，朝瑞兄也风尘仆仆地来了。当时是一张门票18,000千元。每张门票可在笔会上选择两件作品，独特一点的是门票均请名家们一张一张画出来，开始我并没有安排朝瑞兄这个任务，主要考虑他刚到，加之年龄大些，尽量让提前来的白庚延、郭子绪、杨福音、傅乐善等操劳，不料想任务量大，画幅又太小，有人说："阎正净出这馊主意，哪有门票用手画的？"说的也是，我安排这差事也真够难为这些大画家的了，结果我自己也应接不暇。正在焦头烂额之际，朝瑞兄悄悄走过来对我说："我也画几张吧？"这轻声细语好像在我耳边打个雷似的，我心里高兴极了，"吉人自有天相，你看，帮忙的来了。"于是，他二话没说，趴在桌上就画，说实话，那一批长宽只有几厘米的小山水画，我还真舍不得让随门票都卖出去，最后还是悄悄换下贪污了两张，至今保存着，珍爱有加。

王朝瑞是个内向的人，平时说话不紧不慢的，做起事和画起画来也非常严谨，一丝不苟。有一年他接到通知，到北

王朝瑞书法作品

《空灵山揽胜》局部
王朝瑞 作

京开全国画院院长会议,三天的会议,开了一天他就拂袖而去。过后我问他:"正开着的会,你怎么不开了?"他满脸不快地说:"什么院长会议?我去了一看,没几个正经院长,五花八门的院长倒是来了一大片,有的是四五个人成立个画院,还有一个人也是画院,自己一个人说了算,顶个院长名就来了!"我一听笑了,"你这就少见多怪了!现在就是一个改革开放的时代,谁想成立画院谁成立,什么架构,多少人员,当然他自己说了算!其实这一次不怪来的人杂,问题出在主办方,如果讲明白这次邀请的是体制内官方色彩的书画院,自然那些胡传魁式的画院想来也不敢来,不能来了,你只说画院院长会议,人家是院长,当然来了!"他想想也是,既开画院院长会议,没有明确规定界限,你省画院院长是院长,人家一个人的画院也是院长,凭什么你来人家不能来,他想想自己也笑了,气也没了。

2000年初,我在深圳筹划了一个"当代四王展",预

计展出王明明、王子武、王西京、王朝瑞的几十件作品,他听到消息非常不安,几次表示前面三位都是大家,艺术成就大,名气也大,而他混迹其中,有点滥竽充数。我也实话实说:"论名气论影响,王明明、王子武、王西京是大一些,但论艺术,你毫不逊色,你独特的隶书,精细的山水,在这个画展中还有一抹亮色,整体效果不会差。"他看我执意要展,也不再坚持,结果展览开幕后,好评如潮,王明明、王西京的人物,王子武的花鸟,王朝瑞的山水,王子武和王朝瑞的书法,互衬互补,相得益彰,取得了意想不到的效果!观众的承认让他对自己的信心更大了!

  我是一个搞美术评论的人,面对一位书家、画家,却写了这许多似乎与艺术不搭界的话,尽管离题显远了,做人如作画,我就这样写,也是心情所致之故,想朝瑞兄不会怪我吧。

2002 年 5 月于深圳云顶翠峰

赵华胜的如椽大笔，一下子勾起我几十年的回忆。杨靖宇、赵一曼、李兆麟、赵尚志、魏拯民，那许许多多辉煌的名字，顷刻间化作活生生的真人闪现在我面前，仿佛又让我看到了腥风血雨惨烈的年代，热泪盈眶，不能自已。我看着那顶天立地的杨靖宇，想着他惨烈战死的前前后后猛然间我忆起一位先烈写过的话："是七尺男儿生能舍己，做千秋雄鬼死不还家。"

赵华胜（1939— ）

生于吉林长春，祖籍山东泰安。擅国画。1964年毕业于鲁迅美术学院中国画系。曾任辽宁画院院长、中国亚视书画院院长、辽宁画院顾问。现任辽宁画院顾问，国家一级美术师，中国文联全国书画院创作交流协会副主任，中国美术家协会会员。

七尺男儿

——记赵华胜

赵华胜与作者阎正合影

闻名40年,见面第一次。赵君华胜春风满面,站在自己的巨制面前,迎接众多相识的旧友新朋。一眼望去,他身材魁梧、仪表堂堂、精神矍铄、雄姿英发,一派画坛大将风度。深圳初识,便给我留下了不灭的印象。

"世纪颂·赵华胜美术作品巡展",如红尘滚滚,从北京、天津一路走来,所到之处,报纸电视,声情并茂。展厅内外,人头攒动,桃李无言,有口皆碑。气凌彭泽之博,光照临川之笔,那场面、那阵势、那轰动、那气派,足以掀起一股"赵旋风"来。

这是怎样一个展览呢?不妨让作品来说话,大大小小百

《正义的胜利》
赵华胜 作

余件,有领袖人物、有抗日英烈、有百姓平民、有历史人物,总之,都是美术这个界别里最难画的"人物"。涉猎之广、选题之精、气势之大、感情之真,振聋发聩,前所未闻。最大一幅《正义的胜利》长9.4米,高3.75米,描绘了第二次世界大战期间,中、苏、美、英、法五国领袖将帅共45人,刻画众多先辈英杰,并有机巧妙地组合在一起,汇成一面永留青史坚不可摧的铜墙铁壁。人们能够想象得到,要把这一批举世无双的优秀人物,从形象到动态气势恢宏、准确无误地表现出来,是一件怎样的浩大工程?

其实,数米长制作的大画,在这个展览中比比皆是。如《肝胆相照》《盛世》《中华儿女》《国难—流亡者》《敬贤图》《关东乐》等,不胜枚举。据说,还有不少很有分量的作品,因场地不够未能挂出来。在当今多如牛毛的展览中,像这样大规模、高层次的个人画展,可以说首屈一指,绝无仅有;即使把范围扩出国界,也无疑是凤毛麟角,寥若晨星了。

有非常之事,必有非常之人。赵华胜举重若轻、举轻若重,极为娴熟地驾驭了这一大型人物画的创造艺术,以其坚韧不拔的毅力,以其精湛深厚的功力,绘出了满厅满墙的佳作珍品，使人一进大门便看到领袖伟人、抗日英烈，济济一堂、历历在目。无数伟岸熟悉的身影渗透出摇荡心弦的浩然之气，洋洋洒洒，迎面扑来，使观者瞬息之间将全副身心融会其里。从心灵深处受到震撼，仰目凝神，肃然起敬。

  对个人来讲，最让我感动的是《中华儿女》《正气千秋》那一批抗联的组画。我自幼生长在东北，由于特殊的地域环境，所受的教育和耳濡目染，对这一段惨痛的历史印象太深刻了。青年以后，辗转向南再向南，40年的消磨几乎把这一段故事淡忘了，是赵华胜的如椽大笔，一下子勾起我几十年的回忆。杨靖宇、赵一曼、李兆麟、赵尚志、魏拯民，那许许多多辉煌的名字，顷刻间化作活生生的真人闪现在我面前，仿佛又让我看到了腥风血雨惨烈的年代，热泪盈眶，不能自已。我看着那顶天立地的杨靖宇，想着他惨烈战死的前前后后，猛然间我忆起一位先烈写过的话："是七尺男儿生能舍己，做千秋雄鬼死不还家。"

  20世纪60年代读来的诗句，跨过了世纪，在赵华胜大作面前一下子冒了出来。抗日联军在东北惊天地、泣鬼神的浴血奋战中，是历史上多么重要的一笔。杨靖宇将军死后让他的敌人也不得不在他的面前低下头来，毕恭毕敬地鞠躬敬

《正义千秋——赵一曼》
赵华胜 作

礼。一个把敌人打得心惊胆寒的人,在死后受到敌人的礼遇,这种场面在世界战争史上也极为罕见。当杨靖宇将军的身体被解剖之后,发现胃里边除了棉絮、树皮之外竟没有一粒粮食,日寇酋首也不得不发出仰天长叹!有那许多生能舍己,死不还家的七尺男儿,中国人能征服得了吗?!

早在20世纪50年代,鲁艺的王盛烈先生就创作了名重一时的《八女投江》,几乎影响了几代人。嗣后,王绪阳又画了《兴安岭风雪》,都非常生动有力地反映了东北抗联壮烈的斗争,但还远远不够,赵华胜决定表现抗联这一重大题材。

从20世纪80年代初,赵华胜花两年时间搜集抗联有关资料,随即沿着杨靖宇第一军行动路线走,从吉林至三道拐子,画了大量速写,并拍了不少照片,研究杨靖宇为什么会在三道拐子被堵住。真实记录赵一曼被捕的村庄和医院,于是先画了一套《赵一曼》的连环画。通过大量的素材掌握,通过连环画的构思,打下了巨制大作的雄厚基础。接下来从1980—1990年10年间共创作大画15件,其中有《杨靖宇》

《肝胆相照》
赵华胜 作

《正气千秋——赵一曼》，总命题为《中华儿女》，基本上反映了抗联英雄壮怀激烈的悲壮历程，补充了前辈艺术家没有完成的夙愿。

前不久鲁艺老艺术家王盛烈、吕馥慧先生来深圳关山月美术馆举办联展，我又看到了久违的作品《八女投江》，有种百感交集的心情涌上心头。嗣后，我与王盛烈先生攀谈多时，久久不忍离去。然不出两月，同样在关山月美术馆，同一地点、同一风格、同样以人物为主的赵华胜作品来到深圳，只是阵势更大、气势更足，人们可以清楚地看到关东画派的画家们一脉相承、前赴后继的雄厚实力，大有青出于蓝而胜于蓝之感。想王盛烈、吕馥慧二老一定会非常欣慰的。

作者阎正与《收藏界》社长高玉涛等观看"关东画派"画展时合影

我个人与东北、与"鲁艺"有着千丝万缕的联系，我喜欢东北人的粗犷豪放，我偏爱"鲁艺"传统的大制作、大手笔。尤其对抗联的作品情有独钟，从王盛烈的《八女投江》到赵华胜的《杨靖宇》《赵一曼》，甚至整组的《中华儿女》都深深地打动了我。这不仅因为英雄末路、血染黄沙是千古不朽的题材，而是艺术作品真切印证了近代历史上曾经镌刻的轨迹，我们的前辈先烈与古代的英雄，绝不可同日而语。记得南宋词人李清照曾有一首绝句："生当作人杰，死亦为鬼雄，至今思项羽，不肯过江东。"千古传唱的这位楚霸王项羽，曾经横扫千军如卷席，捭阖天下，不可一世，是他的狂妄、是他的轻敌、是他骨子里那种帝王传承，失败是早晚的事。纵有力拔山兮气盖世之功，也只能落得个乌江自刎。同样的汉将关羽夜走麦城，仍然是败在骄横，败在目空一切，败在他至死都没有明白他为什么死了！这些题材是老百姓愿说而艺术家不敢表现的东西，弄不好有损英雄形象，百姓不愿意。

近代革命战争，多少仁人志士、英雄先烈为新中国的成立，抛头颅，洒热血，用生命谱写了可歌可泣的动人篇章。但人们非常忌讳用"英雄末路"这个词汇，按现代话说是"最后的时刻"，那么就看看我们先烈的"最后时刻"吧！《八女投江》人们看到和听到的已经很多，不必赘述。赵华胜的《正气千秋——赵一曼》，画家画过两稿，两稿动态不尽相同，但无惧无畏、大义凛然之气同样地跃然纸上。《中华儿女》杨靖宇那一幅，抗联司令站在烈士遗物面前，无疑这里刚刚经过惨烈的战斗，他刚毅的脸上透露出的只有悲愤和誓死斗争到底的决心。杨靖宇右手掀衣的一个小小动作，把英雄内心显露无遗，尤其那位小战士，右手抱遗物，左手的日军马刀画了一个美丽的弧线，人物动了起来，活了起来。

在一幅《中国人》三联画中，《示众者》中的抗日志士，被捆绑在一辆行进的马车上，即使在那样一种示众后将被枪杀的情况下，抗日志士平静的眼神，表现出宁死不屈的精神。画家把白色的旗袍处理得非常醒目，让人过目不忘。同是最后的时刻，项羽的乌江自刎是绝望、不服，只有无奈，与抗日英雄视死如归、血染黄沙的最后时刻，判若云泥。赵华胜用他的视觉艺术，再现诸多场景，这就是革命的英雄主义和历史人物悲剧的根本不同。

需要多说一点的是，中国革命在抗日战争这一段，从卢沟桥"七七事变"即1937—1945年，是八年抗战，实际上从1931年日本人侵略东北，反抗的烈火就已经从东北燃起，所说的八年抗战是从山海关以内讲，如果从东北抗联讲起，应该是14年，历史上缺了这个角。不少幸存的老战士长期在问一个问题，东北抗联究竟有没有作用？东北抗联在14年艰苦卓绝的斗争中，牵制了日寇近几十万军队十几年不能进关，答案是肯定的。但在历史上没能很好反映，人们知道的也仅限于杨靖宇、赵一曼几个人，东北抗联党组织好多著名业绩都未能表现，还历史本来面目，就应该把东北抗联列入中国抗日战争的历史主题。

阎正与赵华胜合影

古往今来的艺术家，积累一生，大幅巨制即所谓的扛鼎之作，一两件足矣！以上三五幅就很不得了。然赵华胜正值壮年，这种大型的、有着重大主题的人物画创作已六七十幅之多，这种硕果累累的另一面，又将是何等艰辛的巨大付出？当年有多少不可思议，超出人类极限的事情，在抗联队伍中屡见不鲜地发生了。当代艺术家赵华胜，在一个又一个冲击他自己无尽头的奋斗目标中，又有多少超出极限的挣扎和忍耐？为画抗联，10年间他三上长白山，两进兴安岭，在弹丸之地，他家中的斗室，画出了震撼人心的鸿篇巨制。

1980年以前，赵华胜接省委任务，画长征的伟大历程。1978年他先到瑞金，然后从瑞金出发，时而步行，时而乘车，走了三个月，又画了三个月，共画七十五张，从毛泽东到康克清，计三十八位领导人物。长征路这一套连环画《伟大历程》宣告竣工，与随后完成的《赵一曼》均在1980年前出版。《伟大历程》这一套画，为他后来画领袖打下了基础。

90年代，是赵华胜人物画创作攻坚的第二个10年。开始他画了5幅历史人物，感到不行，必须从现实人物着手，而最重要最难画的就是领袖人物,举足轻重,非比寻常。于是从孙中山到邓小平,一幅一幅画出来,用每一位伟人肖像代表他所领导的那一个历史阶段,浓缩地表现近百年来的承前启后,反映了一部中国近代史发展的历程。

在完成这一连串呕心沥血的创作之后,赵华胜似感到余言未尽,有两个方面要做重大补充。第一个是新中国成立的三大法宝之一——统一战线。在画《世纪大潮——一代伟人邓小平》的时候,他就想到了这一问题。民主党派为促成新中国建立,帮助新中国建立,做出了巨大的贡献,必须表现。很快画家画出了遗爱人间的以表现新中国建立前以宋庆龄等为核心的27位民主党派、民主人士著名人物的历史群像《肝胆相照》。第二,世界反法西斯战争,即第二次世界大战。国际上的舆论宣传几乎全部集中在欧洲战场,全部集中在西方国家和苏联面对德意的战争上面,忽略了中国人民在东方亚洲,对日本所进行的艰苦卓绝的斗争,没有把中国的抗日战争和世界反法西斯战争联系在一起,没有认识到中国的抗日战争,同样是世界反法西斯战争重要的组成部分,没有把中国的抗日战争提到世界反法西斯战争的高度,这太狭隘了,也太不公平。中国军队,尤其是八路军、新四军、抗日联军,不是草寇,不是乌合之众,是在中国共产党领导下有着亿万人民支持的不可忽视的军事力量。全部中国军队在亚洲牵制了数百万日军的进攻,减轻了苏、美、英、法太平洋战争的压力,保证了全世界反法西斯战争的最后胜利。画家基于这个认识,把中国的领袖将帅和苏、美、英、法的重要首脑结合起来,把抗日战争和世界反法西斯战争结合起来,从世界战争角度来认识抗日战争,最后把主题打在"正义"上。尽管画面中的人物、国籍、党派、政治观点都不尽相同,但"正义"主题这一点都没有意见。这场战争中，只要为这个主题服务的、重要的、有代表性的同盟国胜利者都可以出现，于是创作出了黄钟大吕的惊世之作——《正义的胜利》，时间是1995年。

作为赵华胜本人来说，1995年是他的大丰收年，一共画了4幅作品，3幅获金奖，分别是：3个月完成的《世纪大潮》，表现邓小平和改革开放，两个月画完了的《肝胆相照》，还有一幅云龙吐水的《中华魂》。在这一年，赵华胜以惊人的毅力完成了《正义的胜利》初稿，这一手稿已由美国纽约历史博物馆收藏，他们认为这是一件符合历史事实的当代艺术家尚没完成的重要历史画，填补了当代反法西斯战争史画的空白！

2000年，赵华胜决定重画《正义的胜利》，把原来6米长增至9.5米，高度相应增至3.75米，每位人物2.5米，等于真人的1.5倍，并在原来画面上做了修改，前面白色的鸽子不真实，也破坏了画面的完整，便全部去掉，后面招贴画形式的世界地图也去掉。整个画面背景只留一些淡淡的鸽子，又飞远了。寓意既是正义又不和平，增强了作品的冲击力，人物方面增加了伏罗希洛夫。每个人画得更饱满、更丰富，笔墨更酣畅、更凝重，仍是纪念碑式的铜墙铁壁。过去的创作上只是八路军，现在一大面墙所有的人物融合在一起，画面更单纯、更统一。为了笔墨上的处理，上轻下重，大段跋文题在上面，增加了分量，把人物一个一个写上去，按顺序点出名字，介绍知识，又起到教材式的作用。新画作均衡了，也简练了。他用这幅画去表现世界正义的胜利。

世界反法西斯战争，不是欧美国家的独占品，也有中国。用"小米加步枪"打出抗日战争在中国的胜利，身穿棉袄布鞋又土里土气的十大元帅和欧美的将帅们齐聚一堂毫不逊色。到此为止，赵华胜完成了这一系列最有高度的描绘世界革命战争的作品。与《肝胆相照》两幅画一起，为浓缩中国近代史做了补充并有所突破，填补了中国近代革命历史画的空白！

从艺术角度来讲，赵华胜在这幅皇皇巨制面前，遇到了很大困难。大场面、多人物，既有领袖系列，又要全方位协调，尤其1.5倍的比例，在视觉上有较大冲击力，在处理上则要有深厚功底来支撑，也要汲取现代绘画的艺术手段，多方吸纳，集中表现。

这类作品，如纪念刘少奇诞辰一百周年，只画刘少奇主席，什么背景都不要，题目是《与共和国同在》。整个人的高度2.30米，悬挂起来像一个真人一样向我们走来，让人们感到他没死任何人的视线与画面交汇一起，他就向你走来，与你同在。

赵华胜是一个创作理念非常明确，创作思路非常清晰的人，与那些小打小闹，东一榔头西一棒子，今天画个山，明天画个水的即兴画家的所谓创作，不可同日而语。他的创作已近乎军队中大规模的集团军作战，时间以年和10年来计算。每一个战役结束之后，再开辟下一个更大的战场，步步为营，稳扎稳打，才有可能取得今日的骄人业绩。他的战略战术很值得当代众多艺术家们借签、学习和参考。

赵华胜天资聪颖，勤奋好学。1955年16岁时，报考东北美专附中，报名者3,000人，只收40人，他以总分第一被录取。近50年后的今天，他还记忆犹新地想起当时的情景，考试的题目是《你认为一件有意义的事》。他用8开整纸画了一幅大素描，表现母子俩的内容，题目是《他变了》。画面中一个孩子做了一夜功课,趴在桌子上睡着了,台灯还亮着,脚下盘了一个足球,背后站着他的母亲,早晨做饭用手揉着围裙擦着手,十分欣慰地看着过去只知道玩耍而不知刻苦用功的小儿子正在发生的变化。一幅画表现了一个孩子的转变过程。他的第一次创作就让监考的吕馥慧老师兴奋不已,逢人便说:"我发现了一个小天才,这么个孩子,怎么会在创作上拐几个弯呢?"

1961年,由华君武、邵宇主持的东北三省美术家代表会议在长春召开。"鲁美"组成八人代表团,赵华胜是唯一的学生代表。在会上吉林省委常委、宣传部部长宋振庭代表省委作重要讲话,正式提出创立"关东画派",要培养自己的队伍,要画东北的大工业、大农业,不能只画那些小桥流水、烟波画船、雨丝风片。在这一形势的启动下,组成了山海关关起门来为地域界线,以延安鲁艺为代表的从延安转战至东北根据地的革命艺术家群体形成的革命文化为主流,借鉴辽金历史文化、外来文化、本土文化,把东北四种文化融合在一起的画家群体。老一辈如王盛烈、赵梦朱,中年如王绪阳、贲庆余、路坦、许勇等,青年一代的代表人物即赵华胜。早在50年代末,在校学习期间,以他为合作主笔而创作的《白手起家》《电缆工人攻尖端》已在画坛上崭露头角,风闻一时。40年弹指一挥间,赵华胜以其卓越的才华,饱满的热情,旺盛的精力,创作了数十件扛鼎力作,逐渐成为"关东画派"新一代的领军人物。画家用自己的作品说话,这已是不争的事实。

50年岁月转动,人世间发生了翻天覆地的变化。尤其近20年改革开放以后,人的思想意识、世俗观念,今非昔比。就美术界而言,自从书画有了经济价值,绝大多数的画家心态变得浮躁、现实起来。只要是名家，随手大笔一挥，动辄成千上万、十几万、几十万。金钱诱惑的力量实在太大了，肯出钱的老板、大款们所需要的自然是山水、花卉、仕女乃至风花雪月，这一切都是他们希望收藏和悬挂的东西。画家们为利益所动，迎世媚俗，趋之若鹜，更多的人放弃追求、不再执着，出现了回避时代，淡化政治，脱离生活的倾向，以及一味在形式变化上下功夫的所谓多样化表现"自我"。

也正因如此，赵华胜把握主旋律、矢志不移、壮心不改，坚守自己的信念，坚持一个艺术家应有的社会责任感和历史使命感，坚持现实主义的创作之路，不能不让人油然而生敬意！

平心而论，赵华胜的创作似乎有些不合时宜了。在经济利益的冲击下，谁还肯花大工夫画这些政治色彩很浓的作品。更关键的一点，按现在的一句时髦话叫"进不了市场"。画杨靖宇、赵一曼如何能找人买卖？画关公、画项羽却不难，甚至画"霸王别姬"、"乌江自刎"都不愁卖不出个好价钱，谁还愿意干这种背杆撑船的事呢？赵华胜对周围发生的一切并非不知，但他始终无动于衷，宁抱白首之龙，不坠青云之志。依然故我，无怨无悔，始终有一种不变的信念。他不但倾尽10年心血画出了抗日联军的组画，又花了10年时间画了毛泽东、邓小平等世纪大作，以及前面所提到的件件巨制。他紧紧把握住了时代的脉搏，始终高奏着主旋律，真有股子"咬定青山不放松，任尔东西南北风"的气概。这批大数量，划时代的作品，没有人下指示，没有人派任务，是画家自觉自愿地想画，非画不可。画家对党、对社会、对国家、对人民是真"爱"，是那种骨子里浸出来的"爱"。否则，40年如一日，一条路走到底，常人能做得到吗？画领袖，画伟人，画像了还好说，不像就前功尽弃。他不怕别人说三道四，他依然干着那种吃力不讨好的差事，并取得了举世瞩目的成绩。对一系列作品的评价，杨仁恺、贲庆余前辈以及报纸刊杂志都已谈得非常详尽，我不必再画蛇添足。

记得当代著名雕塑大师潘鹤先生看罢展览后说："赵华胜是稀有动物，太少了。"一语道中时弊。潘鹤先生和广东省文联的张小军副主席谈到了恐龙灭绝的历史教训，为什么？因为它生存的环境空间没有了。周围的环境、生存的条件，如果越来越不利于动物的繁衍，它就会越来越少。如果说主旋律的作品进不了市场，画院的微薄工资保证不了画家的巨大开销，那么画家的创作就很难保证。国家曾提出保护大熊猫之类的措施，我想是不是也要保护一下赵华胜之类的"稀有动物"？此绝非戏言，是有感而发，是发自肺腑的话。

其实就俗论来说，赵华胜这一批主旋律的大作未必没有经济价值，不但有，而且大得很。如《世纪大潮——一代伟人邓小平》就曾有一家企业出价 700 万，不过被画家夫妇坚决地婉拒罢了。有关领导专门过问此事，报纸上也有报道，想必大家已经知道了。更有一家国营企业，出价 1000 万要全部买下三代领导人的 3 幅巨作，结论是一样的。为此，画家夫妇也曾彻夜探讨，辗转难眠。这批颂扬革命领袖的作品究竟能不能卖，按理说不能卖，用画家自己的话说："一卖就把一辈子的名声卖没了。"按理说也能卖，是作品就应该是商品，只要不出国门，你挂我挂都可以。何况画家非为稻粱谋，创作中间的花费实在庞大，卖了原来的，可以画出更新的，最终都是国家人民的，有何不可呢？

俗话说"三日风，四日雨，哪有文章锅里煮"。如今变了，文章暂且不论，书画值钱是肯定的了。像赵华胜这样的

《载月归》
赵华胜 作

名家，如果改弦更张，把现有的创作精力全部投入到商品画上去，无疑是手到擒来，易如反掌。随之就是日进斗金，财源茂盛，那么赵华胜就不是赵华胜了。历史已经证明，凡表现各个国家、民族当代和历史重大主题的东西方各具特色的代表性力作，均被视为国家和世界的文化遗产，以国家级文物继承下来，成为无价之宝。我们相信，艺术家的主旋律作品随着时间之发展，其历史价值、政治价值、艺术价值和市场价值必定会被社会高度认可。

赵华胜以其大思路、大主题、大手笔、大气魄所绘作品的整体阵势，是无以匹敌的。他的展览形象地展示了中华民族自周秦汉唐，康乾盛世以来5000年文化的衍生，是博大精深中华文明的延续。画家以气冲斗牛之功，洋溢了大国气派的大家风度。他的众多作品可以进入各个层面的博物馆，他的作品的分量比那些只能进入市场，只能让画家狂数钱币的作品，有着天壤之别。

行文至此，我突然想到在赵华胜作品研讨会上，想说而又未说出口的话。我想说这样浩大的一批作品，非华胜一人之力所能完成，俗话说"一个成功的男人背后，必有一个贤德的女人"。赵华胜驰骋画坛数十年，多次获得金奖、大奖，夫人黄巍对他的支持可谓功不可没。赵华胜一般的作品也在六尺以上，几十年间几十幅大型创作，仅靠画家一个人是无论如何也无法完成的。今天的条件都好了，但几十年前，大家的处境都大同小异，身居斗室，环境恶劣，画张大画谈何容易。没有夫人的默默支持，任劳任怨，甚至牵纸研墨，参加意见，那么，很多作品就恐怕出不来。即使在今天条件很好了，有些巨制恐也不是在房间里可以画得下的。据说早先时，华胜画画创作都是在厨房里进行，因天热劳累，常常是大汗淋漓，有时实在太热了，黄巍就在他的脚下放个凉水盆，让他踩在水盆里，权当降温。有时如果华胜一时兴起，忘乎所以，踩翻了水盆，小厨房成了小水塘，黄巍也就遭了殃，但她毫无怨言，把地面拖擦干净，重新摆上水盆，一切就又恢复原样，华胜也要加倍小心了。后来画巨幅大画，常常借外边的舞台用，搭两节梯子，搭三节梯子。赵华胜画人物经常要画一画，看一看，免不了梯子上、舞台下，不知要折腾多少回上上下下。有人给华胜算了算，按他这种画法，一天要走几十里路。一个五大三粗的彪形大汉，每天重复着这样的工作，够辛苦的了。那么其他的辅助劳动，就都落在了黄巍还有孩子们的肩上，推车装颜料，帮着看效果，传送东西，整理卫生。每当这种大战时刻，黄巍就成了监军、内务部长兼厨师、勤杂工、搬运工。有名都是赵华胜的，夫人黄巍却做了默默奉献的幕后英雄。好在赵华胜是个有情有意的好丈夫，在荣获金牌时，回到家里总是先把奖牌挂在妻子脖子上，给她照个相，留个历史纪念，证明华胜取得的成绩有她的一半。他在赠送朋友画册时，总是虔诚地写上两个人的名字，而且必定把黄巍写在前面，不知情的人，以为华胜

《百合》赵华胜 作

惧内，在家里地位不高，知情的便不为怪，画家对自己发妻的由衷深情和尊重是情理之中的事了。

那天深夜，赵华胜和我谈起他夫人的时候，很动情地说："黄巍是辽宁人民艺术剧院的演员，做过辽宁人民艺术剧院电视剧制作中心主任，又是电视剧制片人，工作压力大，事业心强，总想事事做好，很要强。而我家境贫寒，没有亲戚，没有朋友。衣服是旧军装，加补丁，裤子像裙子。结婚时，我们家什么都没有，母亲就给了24尺布票，结婚后一直跟我遭罪，真委屈她了。"夫人黄巍倒很坦然地说："什么都不图，就图他有才华，本质好。"这一对患难夫妻能有今天的荣耀，也算苍天不负有心人，苦尽甘来吧！

"珠帘暮卷西山雨"，"物换星移几度秋"。

人的一生是一次性消费。消费得好坏，都无法回头重新来过。赵华胜这一生尽管风风雨雨、坎坎坷坷，但给人世间留下这许多"财富"，获得过这许多荣誉，算得上花好月圆、功德圆满了。但还远不到冯唐易老、李广难封的地步。他的目标还远大得很，他的路也还长得很。他在会上坦言：2008年还要再办一个展览，还要再画上百幅精品。杜甫有诗云："语不惊人死不休。"看来赵华胜是要"画不惊人死不休"了。其实他的不少作品够惊人的了，只是他不满足罢了。我深信他的实力，深信他的诺言，祝福他如愿以偿。

任何事物都有它的两面，在赞扬赵华胜的同时，也有些不同的声音，归纳起来主要有两点：一是他的画过实、远距离、缺乏笔墨韵味，二是他的画国画传统笔墨不强，素描因素较重，与笔墨缺乏有机融合。如有的同道老朋友曾提出建议，认为太实了，应放松一点，随意一点，玩一点，耍一点。我也有类似的想法。在与赵华胜谈话中就有意引到这个话题，赵华胜详述了他的见解和其他艺术家的意见，我认为很有道理，不妨写出来，也可求教更多同行，即使争议，也不是坏事。赵华胜认为，他的作品如同现代绘画，都是大制作，在大展厅里展示，需要有很大的感召力和视觉冲击力，这样既考虑笔墨效果，又要考虑远距离视觉效果，要想完成重大主题，必须考虑笔墨力度，形象完整，而不追究局部小的变化。讲到这里，他特别强调了王盛烈教授的一句话："笔墨是表现力，不是技法。"

中国画的笔墨，讲究的是韵味，是轻重缓急，浓淡干湿，画小画可以，画几米长的大画就有问题了。为追求局部线条的变化，甚至用舌头舔笔头，画大画是不行的。拉开距离来看，整个画面就显得散而弱，碎而花，形不成一个整体的分量。在这种情况下，是要丰富完整的形象，还是追求局部的笔墨趣味，二者必取其一。从大局出发，只能做出牺牲，舍掉趣味，保证力度，保证分量，墨色上加了再加，加到足够了的时候，加到能"打人"为止。尽管线条趣味减少了，但一个亲切的活人形象丰满完整了。造型艺术的最后效果是用画中的形象打动人，感染人，而不仅仅只是首先看画家的笔墨趣味，不能以笔墨趣味来代替形象的感人力度，而应该使笔墨的变化服从艺术形象的表现。这一点是经验之谈，我实践过了，这是东北画风的技法。

南方的画家，特别江浙一带常常强调用书写的笔墨方法解决笔墨变化的问题，那是适合他们表现的人物和内容，形

《羊羊得意》
赵华胜 作

成了南方各画派的笔墨表现规律。我们要追求整体的"博大、浑厚、深沉、坚实",这几个字基本概括了"关东画派"塑造人物笔法的根本。除中锋外,大量用侧锋,刀劈斧砍,用塑造笔法,这样就会产生强烈的立体感。有些南方的作品水墨淋漓,水分很大,是因为平案而作可以泼墨泼彩。我们的作品竖立着画,是因为超大幅的画面,在把握形象准确和力度上要有距离感,不能平案,采用立势作画,水分必须控制,笔墨就要一层一层加,看上去比较干、比较实,但宁可这样,画出的东西像石头一样。如果一片水泼上去,还会有效果、还会有力度吗?我们一定要画到九分、十分,把笔墨加足加满,追求强悍力度在笔墨表现上,体现一种男子汉的艺术,抒发一种阳刚之气。

北京的理论家曾提出,以前对"关东画派"的笔墨没有好好研究,现在要转到北方来。六七十年代,对东北画风"关东画派"提出"傻、大、黑、粗",有人谈起来是贬义的。为什么?因为是站在他们的角度看。如果掉转立场,站在全国的角度看,就会看成是他们的特点、他们的优势,看成应鼓励他们发展而逐步完善,那么贬义就变成了褒义。

著名美术家李天祥教授曾说:"所谓傻,是厚重、苍拙、犷放;所谓大,是大主题、大场面、大容量、多人物,这正是中国画走向现代的时代所需要的;所谓黑,是力度,是分量,多次塑造,把画山石的手法拿到人物上来,拿画石头手法去塑造形象；所谓粗，是北方人性格，不宜过细，不是秀美的南方，苍茫坚实是北方的特色。如过于细秀，不符合东北大山、大水、大平原的敦厚、实实在在，应把傻、大、黑、粗四个字的翻案搞好。至于把素描揉到作品中的不够协调，这是事物必然发展的过程，望赵华胜这些同志再努力。"

美术理论家梁江、青年画家毕建勋认为，赵华胜先生的笔墨要做到家，要极致，赵华胜才立得住。李可染、李苦禅，特别是李可染，40多岁的写生很淡雅，60岁以后才往黑往厚上画，后来的李可染，任何人都没有他黑、他亮、他厚。如果还是原来的样子，就没有李可染。林墉的东西很甜美，只有林墉走到了极致，不能跟着走，要研究自己的路，否则就没有苦涩、苍拙了。赵华胜如坚持下去，就是另一个李可染。对于坚持严肃现实主义创作精神的赵华胜，对于笔墨的使用理念，不是松一松，玩一玩，耍一耍所能解决的。把笔墨作为严肃的表现力，才是画家几十年的追求。

总之，两种意见，在北京研讨时非常热烈。一个人的艺术有争议，说明大家关切，大家重视。正如古语所说："大争议、大成功；小争议、小成功；无争议、平平耳。文坛事大抵如此。"我祝愿有更多的争议，在今后的岁月中伴随着赵华胜的实践探索，便有希望使他达到光辉的顶点。

为此，2001年10月，赵华胜以《中国画现状与发展之思考》为题，著文阐述了八点意识，即：一要有大国意识；二要有主流意识；三是画什么为第一，怎么画为第二；四"笔墨"是表现力；五要有使命和责任意识；六要有精品意识；七要有主动发展传统意识；八要提倡吸纳融合意识。他在文章中客观详尽地娓娓道出了从事中国画创作50余年实践的体会，很值得人们一读。

天无私行,地无私载,日月无私照。大自然对每一个人都是如此的公平。赵华胜自幼家境贫寒,父亲多年瘫痪在床,全靠母亲一个人支撑门户,苦苦养活五口之家。也就在这样的家境里,竟出了赵华胜这位成就显赫的大画家。

赵华胜一生并不顺利,数十年来一句话说完——他没有逃过任何一次运动。诸如"作风问题""大骗子小骗子""五一六分子""黑线人物""修正主义苗子""复辟干将",每一段都有一个故事,说起来话长,也只好留给下一篇文字。总之,只要有点风吹草动,他就要被收拾一下,修理修理。他是位名副其实的"老运动员"。即使到后来创作《世纪大潮》的时候,八易其稿,翻来覆去,他画了潮水,也补过人体,一种很纯的创作心情,一种很正常的创作过程,也曾掀起轩然大波。然而,俱往矣。有一位老教授讲:"赵华胜就像水缸里的瓢,按下去,就起来,再按再起来,除了按下去不撒手,撒手就还要冒出头。"赵华胜说:"经历的挫折多了,脸皮也就厚了,爱怎么整就怎么整,做男人拿得起放得下,这个世界不要介意太多,要以德报怨。你整你的,我画我的,睬你是傻子!"排除各种干扰,一心投入创作的思考和境界中来。他忍辱负重,为报答他的母亲,他的国家,他拼命忘我地画,终于画出了名堂。

成名后的赵华胜没有马放南山,没有丝毫松懈,他顽强地甘心情愿地画着大主题。他反复说:"我是以发自内心的真实感情在作画,如果一开始就想着得什么奖,卖多少钱,就掺假了,肯定画不好。"历50余年体验:"凡是不好的作品,都是违心的,逼出来的东西。凡是好的作品,都是潜心投入,在画自己的灵魂和真情,再临也临不成,再画也画不出来的。"经验之谈,入木三分。

人的一生要的是过程，人生一世留下的是作品。米勒画《晚钟》，只换了三根胡萝卜；李斯特创作《蓝色多瑙河》，只讨了一顿饭；《蒙娜丽莎》画了4年，达·芬奇就为一个"爱"。如果为了别的，他不会画4年，不会画到极致，至于这些作品将来多大价值，能卖多少钱，是别人的事，与艺术家无关。凡是历史留下的大师千古作品，决容不下其他。

赵华胜的种种"系列"，为的是一个"情"，是对母亲养育的亲情，是对妻子儿女的爱情，是对国家和人民由衷的报答之情。一腔男儿血，抒写世纪情。是历史和时代造就了我们的艺术家，是伟大的人民哺育了我们的艺术家。"50年不算太久，我活着就要画下去！"这就是我眼前的七尺男儿、人民的画家——赵华胜。

面对孤灯，我熬过了几个日日夜夜。时间紧迫，要写的内容太多，常常是空坐半日，只字未获。一个为艺术生能舍己的七尺男儿，赵华胜君，声誉日隆，非浓墨重彩，大块文章，写好岂是易事？此亦黄巍夫人邀我珠海之行，迟迟不敢应承之虑，更何况已有前辈杨仁恺、李松、贲庆余大作在先，位卑如我，何堪当此重任？坚辞不获，诚惶诚恐，权作红土充沙，抛砖引玉，是为序。

《喜从天降》
赵华胜 作

2002年8月7日凌晨于深圳银湖

网上发布了同事和朋友为他举行的追思会，给予他很高的评价和推崇。夜不能寐，一连几晚恍惚之中接他入我梦来，仍如他在世一样与我攀谈，说话中间，他似乎责怪我为什么不给他写篇追思文字？我骤然惊醒。是啊，我的追思在哪里？屈指算来，我与他整整交往了28年。

白庚延（1940—2007）

祖籍河北景县，生于山东省德州市。1962年毕业于天津美术学院并留校任教，曾任天津美院教授、硕士生导师，全国美展评委等职。在美院教学期间，对教学体系的形成起到了重要作用。师从王颂馀先生修山水、书法、画论，所作山水继承传统，并取西画之长，朴实厚重，气势畅达。

河汉无极
——追思白庚延

白庚延与作者阎正合影

在画界圈子里,恐没有人比我与白庚延的关系更好了。尽管我们之间也发生过一些磕磕绊绊,但在近30年交往中实在算不得什么,我们俩与王西京、郭子绪诸友绝对称得上是莫逆之交。

然在10天以前,白庚延走了。

年初就得知他生病的消息,而且听说病得很重。这期间,他已经久未露面,我去天津想看他,两次都未联系到,直至上月再到天津,李孝萱告诉我白鹏电话,才找到他的家里,使我如愿以偿。当时的情况比我想象得要好,他没有卧床,而是坐着与我叙旧。他说:"美院和外边的同事朋友都来和

白庚延

我告别罢了！"我说："我可不是来跟你告别的，年轻轻的说什么败兴话！"就差骂他装病，让他提起精神。他果然来了兴头，聊了很长时间，毫无倦怠之意，我甚至产生出幻觉，认为他痊愈了。看来是回光返照，意料之中又收到突然的噩耗，是在我走后不到半月，他悄然离世。

朋友们陆续打来电话，他家人给我讲得很详细。在最后的日子里，他回到了老家，11月15日下午2点50分，很安详地走了。行前对身后事一一作了交代，其中也有委托我办的事。我放下电话，久久地发呆缓不过神来。我不相信他会死，但现实告诉我，这是千真万确的，不可逆转了。

对于白庚延的身后定位，我不想廉价地给他戴上什么"一代宗师"和"大师"的桂冠，那样容易让人说是感情色彩所使，也毫无意义，容我先摘录一段官方对他的评价：

白庚延，祖籍河北景县人，1940年出生于山东德州。1962年毕业于天津美术学院并留校任教。同年师从王颂余先生修山水、书法、画论。1973年至1985年为天津美术学院中国画专业负责人，对教学体系的形成起到了重要作用。

白庚延致力于中国山水画的研究和探索，采众家之长，贯通古今，汇融中西，浑厚自然，洞达博大。既重笔墨，更重意境，诗情画意，相得益彰，别具特色和时代风貌。他自创一格，始终不渝追求，以山水为民族造像。他不仅是一位用丹青重铸大自然的杰出艺术家，也是一位创作生命同祖国和人民命运紧密相连的东方之子。

白庚延创作的系列黄河及其他山水作品，是别具风格和时代风貌的艺坛经典，对前人有大幅度突破。他以热烈、奔放、拙朴、苍劲的风格内涵，创作出一件件情调古雅凝重的杰作，表现出他对中华民族终生不渝的爱。

其作品多次参加全国美展和国际展览。1991年《黄河水黄土地》获全国一等奖；1997年获美国传记研究院'97国际著名先生奖、艺术成就国际金钥匙奖；1998年获二十世纪成

《金色秋天》
白庚延 作

《祁连山下》
白庚延 作

20世纪70年代，白庚延为学生作示范

就奖、世界终身成就奖；英格兰剑桥国际传记中心1997、1998国际著名先生奖、金星奖、20世纪成就奖。

白庚延曾任天津美院教授、硕士生导师、导师组负责人、天津高职评委、全国美展评委。

诸多头衔、职务、荣誉，足以为他赢得生前身后的名声地位，他没有白来世上走这一趟，值了。

听人说，网上发布了同事和朋友为他举行的追思会，给予他很高的评价和推崇。夜不能寐，一连几晚恍惚之中接他入我梦来，仍如他在世一样与我攀谈，说话中间，他似乎责怪我为什么不给他写篇追思文字？我骤然惊醒。是啊，我的追思在哪里？屈指算来，我与他整整交往了28年。

我和他相识在河南济源，时间是1979年的春夏之交。当时王颂余先生带队来王屋山写生，其中有沈尧伊、郑庆衡、吕云所等当时已有些名气的天津美院中青年教师。大家在济源文化馆院内看王先生示范表演，而我由于"济源工区"刚刚撤销，正就地待命，文化馆成了我的栖身之地，王老现场挥毫，我当然不会缺席。其实在这天之前，我已见过郑庆衡、吕云所，尤其和郑庆衡处得很好，见我去了，大家都很热情。王老开始动笔，画案前围得水泄不通，我站在王老对面，一边看王老画，一边审视四周的人群。突然发现一个陌生面孔，灰白头发，眉清目秀，旧中山装掩饰不住那身上的儒雅英气！他一声不响地站在王老身后，引起了我的注意。正当我看他的时候，他也有意无意向我扫了一眼。真是心有灵犀一点通，我们似乎都点了点头，也许根本没打招呼，但双方都在一刹那间彼此把对方烙印在了自己的心头。趁空闲我过去把他拉到一旁，自报家门，然后问他姓名，他说他叫白庚延，原来画人物，现在跟王老改学山水，随即他拿出一本人物头像画集，封面就是他画的"彝族少女"，还真不错。我又看了他从山上画回的写生，那时他的山水刚起步，尽管不成熟，但已很有王老的神韵了。

我至今不知什么原因，是他的沉静稳重，还是他的面善，总之我对他极有好感。记得散场后立即带他回家，从箱子里拿出石鲁先师的大作《泼墨华山》让他看，他震惊了。石鲁先师的大手笔，让他佩服得五体投地。由此，我们仿佛认识了100年，立即成了过从甚密的好朋友。

不久，我调回新乡，先在市政府，后到电视台，工作生活春风得意。白庚延便不断带学生到新乡来，从这里进太行山，去去来来都住我家，少则三五天，多则半月40天，我干脆把筒子楼走廊对面的房间空给他，他几乎成了我们家的一口人。他与我和爱人相处极好，我的两个女儿一个儿子对他也格外亲热。记得儿子小时学画，画了一张送给他，他也画了一张回赠，并像模像样地写道："此画与焰焰交换。"每念及此，那美好的时光便历历在目，谁能想到竟一去永不复返了。

白庚延仿佛生下就是为画画而来的。一天到晚，他的生活除了画再没别的内容，他是我亲眼所见的画家中最勤奋刻苦的一个。苍天不负有心人，他的

【上、下】20世纪70年代，白庚延在作者阎正家中小住

《鹿鸣》
白庚延 作

画日新月异,飞速地变化着,几年时间已登峰临顶,非同一般了。那时人们还不了解他,我便琢磨着在博物馆为他搞个画展。当时傅乐善正管这个口,那是我20世纪60年代的朋友,一说就定下了。展出之后果然好评如潮,登门拜访,求他画画的人也多了起来。好像是1983年年底,我俩粗略统计了一下,仅这一年经我一个人之手送出去他的画大约有290多幅。我说不能这么送了!他说:"没关系,人家拥有你,才能喜欢你,我画得快,你送吧。"这话没错,他确实画得快,最多一天,他从早到晚竟画了27幅,虽然画幅都不大,但那速度也够惊人了。也就是那一天,他搁笔的时候天色已晚,把画幅卷成一卷,我俩出去吃晚饭带夜宵,等回来时,那一卷画没了。当时我家是从来不锁门的,也许是小偷光顾,也许是熟人来访见没人顺手牵羊,总之,这批画丢了。我挺懊丧,他倒不在意:"拿走就拿走了,明天再画。"从那以后,我家开始锁门了。过了许多年后,这批画里的其中几张露面拿去装裱,果然是熟人所为,我说给他,他淡然一笑,事过境迁,我也犯不上追究了。

嗣后组建电视台,我们的交往更频繁了。那时上电视还是很稀罕的事,我定下采访的第一个人就是白庚延,并且由

山水系列
白庚延 作

【左】白庚延
【右】1984年为白庚延拍专题片

我亲自主持，地点选在政府大楼前的花园。摄像机打开了，很严肃的事，他突然对我狡黠地眨眨眼睛，我一时结巴起来："白白白……"我白不成了！他笑了，我笑了，摄像师也笑了！这下我抓住了出气筒，把摄像师臭骂一顿："笑什么笑！摄像机乱动，还能拍吗？"摄像师小声嘟囔着说："你自己结巴了，还赖别人笑！"没想到我原来怕女主持没经验，结果弄巧成拙，自己出了洋相。从那以后，白庚延抓住了把柄，啥时候一提这事就"白白白"，我急了："白什么白？你貌似忠厚，内藏奸诈！太坏了！"大家都笑得前仰后合。

1984年春节晚会，我拍摄了刘少奇夫人王光美、"中国保尔"吴运铎、政治局委员彭冲、国防部长张爱萍、诗人王致远、歌唱家关牧村、太美玉，画家只有一个，那就是白庚延。播出后反响很大。其中有个小插曲，是关牧村来了之后，白庚延半真半假要和人家来个二重唱，说都是天津的，肯定合作得好。我也学着天津话对他说："怎么着哥哥，不画画了，想改唱歌？还要和牧村姐姐唱？你这不打岔吗？"一番话笑倒一片。白庚延说我把他那么一位优秀的歌唱家扼杀在摇篮里，当时他也40多岁了，却依然童心未泯。

那时我已开始拍电视剧，当年都是单机拍摄，设备简单，条件简陋，各方面远没有今天复杂。我请了白庚延、刘相训、傅乐善、聂文生4位画家搞美术。今天看来真够奢侈的，但当时都是尽义务，一分钱报酬都没有。记得第一部《溅血的恋情》，剧名题字是沈鹏，大寨主正厅是利用民国总统徐世昌的祠堂，那幅高四五米的古画中堂就出自白庚延之手，两边颜体对联是傅乐善写的，卧室的老虎是刘相训画的，给全剧增色不少。当时忙于拍片，忽略了"道具"的管理，白庚延这幅大画摘下来随意收放，后来便不见了，亦不知落入何人之手。

20世纪80年代中期，白庚延的名气在河南具体说在新乡地区渐渐大了起来。当时我在新乡已经栖息了十几年光景，它已成了我的第二故乡。尽管如此，我始终不太喜欢这个城市的名字，觉得它不像洛阳、开封那么响亮。有人说："中国最大的庄是石家庄，中国最大的乡是新乡。"新中国成立初期，新乡曾做过平原省省会，毛主席在新乡的七里营推出了中国的第一个人民公社，它和总路线、大跃进并称"三面红旗"。在新中国历史上辉煌了将近20年，想到这一点，心里也平衡了许多。

我和白庚延早期的故事大多是在新乡演绎的。那时候我们都还年轻，我的事业如日中天，为几家杂志社采写稿件，为几家电视台执导电视剧。一会儿北京，

【组图】白庚延在作者阎正家中小住时的几张合影

【上】白庚延在作品前留影
【下】白庚延作品

一会儿郑州，一会儿新乡，一会儿西安，当年没有乘飞机的概念，基本上是火车、汽车。卧铺坐不起，车速又慢，即使这样，仍常常是朝发夕至，昼夜往返，每天有干不完的活，浑身有用不完的劲。白庚延也一样，那几年，他经常往返天津、河南之间，把我的家当成了他的家。我的家人和孩子也拿他不当外人，一把钥匙交给他，来就来了，走就走了，有时我外出回来，看他在家，反是他招呼我，我倒成了客人。

白庚延有一把好烹调手艺，因忙于画画，从未让他操过刀。有一天他高兴了，让我爱人买几条鱼回来，他要给我露一手，做红烧鱼。本来我并不喜欢吃鱼，不料那次竟没吃够，直埋怨突然来访的张名直吃多了，又埋怨爱人鱼买少了。他烧的鱼确实独特，以后我到南方，随处都是鱼和海鲜，但再未吃到那样味美的佳肴。他知道我在北京时，王明明曾开着"磕头虫"小车载我去办事，于是戏言："王明明给你当司机，白庚延给你当厨师，老阎，你够牛的了！"

当时，以黄河、太行山为主题是白庚延创作的高峰期。他的不少精彩画面，如《黄河两岸度春秋》《黄河落天走东海》《巍巍太行》都成了他绘画系列中那个时代的代表作品。他不断地进山、出山，出山、进山，带回大量的写生素材，回到我家后筛选整合、埋头创作。那一段时间,他常常定型一幅作品后,往往一式两份,按同样的尺幅大小重画一幅给我留下,所以我可以大言不惭地说,除去2000年以后,我应该是保存白庚延作品最完整的一个人。

记得有一天上午,白庚延一身水、一身泥地突然回家,两条裤腿一高一低地卷着,光脚穿一双湿鞋,灰头土脸,满面疲惫地进门,把我和家人都吓了一跳,一问才知道山西、河南交界处下暴雨发洪水,把他困在山里,他徒步走了大半夜,中途还乘了一段老乡的毛驴车,百般艰难总算钻出大山。那一刻看着他,我说不出的感慨。他稍作洗漱,换了衣服,立即站到画案前画了一幅《太行野趣》,并题了一段长跋记述这段经历送给了我,我珍惜保存至今。

再以后,他的足迹逐渐延伸,从山西、陕西进甘肃,到祁连山以及藏民区,又给了他新的创作思路和新的源泉。他的笔下出现了新的色彩和新的内容。这一段有《长河旭日》《朔月寒山》《祁连山下》《高原雨后》《黄河水黄土地》《十万涛声听惊雷》等一大批博人赞叹的山水画代表作品。那时他刚越不惑,直到50岁前后,他到海南岛后的创作,可以说达到了全面丰收的鼎盛时期。他常常讲:"我是站在

《太行野趣》
白庚延 作

【上】《鹿鸣祁连》
【下】《晋阳秋》
　　白庚延 作

巨人的肩膀上。"此话说得不错,他的绘画,包括他的书法主要源于王颂余,但通过30年摸索实践,他的作品大大提高和提炼了前辈的精华,并融入了石鲁、何海霞等大师巨匠的笔墨,以全新面目展示给人们的是特征显著、不同流俗的"白家风采"。白庚延在传统的基础上,师法前人又不见前人,把历代传承的皴擦点染,化入自己的程式,和谐美妙地达到了他自己常说的"天人合一"的境界。他常常泼墨如云,又惜墨如金,他驾轻就熟、恰到好处地运用到自己的创作之中。他的泼墨该行则行,该止则止,增一点死,缺一点残。他线描的一招一式,都有着锥画沙、屋漏痕的力度。他落下的一点一线,都仿佛钢筋铁块,分足量重,掷地有声。

　　他不喜花里胡哨,用色极为单纯。他的创作基本上以赭石为主,稍有一点朱砂、朱磦,偶尔用一点花青、黄绿,如

此而已。

他厌恶千人一面,即常说的画来画去就是"一张画"。他总结的是:"单纯玩笔墨,方法再多,画仍千篇一律;单纯玩形式,变化再丰富,画仍千篇一律。只有做到每幅画都有新鲜感情,才能幅幅抓住人,耐人寻味。"白庚延认为:"画之写实,实而非实,走遍大地无此景,读罢前人无此境,只有出自我的情。情为主,景为宾,物为我用,情与景会,意与象通,重在意境。"

以上这段论点,如果我描述得还不清楚的话,不如以《朔月寒山》一画为例来讲明他创作中的实际应用。记得他从祁连山回来后,参考自己的速写,画了一幅四尺三开的小画。画的上方还是他一贯的赭石皴远山,然后用浓淡墨画近山,很随意,很一般,我看后不以为然。当他在下面勾出两只牦牛和牦牛身上的少女时,画面上出现了亮点。这是我第一次见他画藏女牦牛,脸上露出笑意。但这张画毕

【上】《汲水图》
【下】《大河旭日》
　　　（局部）
　白庚延 作

《朔月寒山》
白庚延 作

竟不成熟，山势皴法也显凌乱。他没有题字，弃之一边，我倒从中闻出点味道，随手拿他的图章在右下方盖了一个，收了起来。不久，一位李部长要画，他仍拿一张四尺三开，还以这个题材，但用浓墨画远山，以淡墨勾近处山崖，罩以赭石，中间用淡花青填空白，下边仍是藏女牦牛，感觉好多了，但仍没有摆脱他的赭石主色调。他问我怎么样，我说有点意思，但不理想。随即他拿过一张同样大小的纸，又重画了一幅，把左边的黑山移到右边，把花青勾涂加多了飞白，下边的淡墨山崖讲究了一些，微微顺淡墨线擦了一点赭石。我说："好，把字题在左边，这幅画有看头了。"他随前一幅题上同一画题《祁连归雪图》，并署上我的名字说："送给你了。"但这几幅都只能说停留在成型作品的初级阶段。

以后，他反复多次地推敲这幅画，基本上大同小异。突然有一天，他铺开一张四尺整纸，用浓花青画天空、月亮、远山，用重墨画近山，略施赭石，完全脱去了往日模样，令人眼目一新。他没有按传统位置题字，而是把字写在了画面中间，并起了一个极富诗意的名字《朔月寒山》。我连声说："太好了太好了，又出了一张好画！"他自己也兴奋不已。从《祁连雪归图》到《朔月寒山》，充分说明了他的"画之写实，实而非实"的论点。他把现实生活中的场景，大大地提炼升华，演化成"走遍大地无此景，读罢前人无此境"的全新画图。物我合一，自然天成的"情与景会，意与象通"，精巧显示了他的重在意境。他以他的理论探索，创作出一幅令人赞叹的经典之作。

白庚延大半生的创作之中，类似情况甚是不少，我亲眼目睹的就有好多幅类似例证，不在这里——赘述。

1986年，我主编的《中国书画大辞典》由华文出版社出版，除精选一些古代书法绘画作品外，我请白庚延画了一批历代书画家绣像，有王羲之、怀素、苏轼、吴昌硕、齐白石等十几位人物。他画得非常精致传神。当时一位姓刘的责任编辑提出辞典印制完毕，原稿作品全部归他，那种贪婪霸道使我心中十分不快，白庚延反而劝我："他要就给他，只要把你们的书出了就行，我也算尽了一份心。"接着，我的另一本书《山水画纵横谭》由旅游出版社出版。白庚延专请王颂余先生题了书名，待拿到书时才发现，我原定的白庚延封面画被出版社换成了贾又福的作品。我无奈之下，很觉得对不起他，他依然淡淡地说："没关系，咱名气不到，再画几年！"他越是大度，我越是内疚。直到我在《东方艺术》社长总编任上，专请晏平为他画了一张像，登在1999年第2期封面上，才稍微了却了一点心意。

我们的友谊随着时间的推移与日俱增，好长一段岁月里，几乎到了密不可分的地步。即使有时不在一起，也始终书信不断，很多小事在陆续为这种友谊增砖添瓦。记得20世

《白庚延像》
晏平 作

白庚延等与作者阎正在武汉

纪80年代中期,风衣在中青年人群里风靡一时,电视台为每位工作人员定制了一件。我头一天穿去看电影,散场时下起小雨,我舍不得穿便叠起来,用报纸包着夹在自行车后衣架上。不料到家发现风衣掉了,我很难受。白庚延听说了,专程从天津买了一件风衣,在衣领内还写上了我的名字,来河南时给我带来,亲自给我穿上,让我心里有说不出的温暖。不巧的是,在电视剧拍摄换场地时又丢了。开始想风衣里有我的名字,或许还能回来,但终究泥牛入海。丢了这一件,我真是伤透了心,发誓这辈子再不穿风衣。

一次他去南阳画画,半月左右回来,带回了一张画,那是五尺对开的大斗方。他说:"这种款式国际上很流行。我在南阳画了一张雨中小景,感觉挺不错,换了地方想再画一张,却怎么也画不成了。好几个人都想要,我说我自己也不留,带回去给老阎,画到阎正手里,就是最好的归宿,你看看怎么样?"我打开一看,真的有些愣呆了。通幅作品雨意朦胧,雾气朦胧,山石花木若隐若现,浓淡干湿恰如其分,毫不夸张地说这是白庚延画作中精品的精品。当时我俩分析,可能是南阳的天气,加上纸张特殊,才出现了想象不到的意外效果。他自己不留,而带给了我,着实让人发自肺腑地感动。

早年白庚延的书法还没有放开,题画都是很规矩的小楷。那一年,我趁着《中国当代书法大观》出版的时候,随意说:"白老师,你的画不错,你的字不行,不配套。你要把字练好了,《书法大观》第二辑我把你编进去!"半开玩笑的一句话,他却当了真,有好长一段时日,他不画了,

《南阳水蕴》
白庚延 作

《高原雨后》
白庚延 作

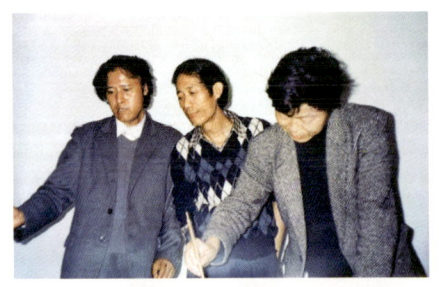

【组图】白庚延、作者阎正与朋友们在无锡

整天关在我对门的屋子里练字。那时的宣纸很稀缺,尤其是好宣纸,他几天一刀、几天一刀,写得床上地下到处是字,真个是"天翻地覆慨而慷",把我心疼得嗷嗷直叫。我说:"这是给你画画的手工宣纸啊,你手下留情吧!"他笑着说:"你这家伙说了不算,你让我练,我还没糟蹋多少纸,你就心疼了,等我字练好了,一张字就换你这一大堆宣纸!"我一看他是动真格的了,赶快又买了一批川宣,专门让他练字,他更来劲了。记得那时我给他念过一首《西厢记》意:"碧云天,黄花地,西风紧,北雁南飞,晓来谁染霜林醉,总是离人泪……"他非常喜欢,就天天写这一首词,究竟写了多少,他和我都说不清了。这期间,他几乎玩命了!在王颂余先生的书法基础上,融会贯通,不拘一格地吸收百家之长,整天拿个本子,走到哪里写到哪里。在街上看到哪个牌匾的字架好看就抄下来,在饭馆发现墙上书法哪个字的结构不错也记下来,简直走火入魔了。几年后,他的书风书貌焕然一新,潇洒从容之中充满了大师之气。

1987年11月,"中国书画影视艺术学会"在无锡成立,天南海北的朋友从四面八方涌向无锡。刘海粟、徐静渔、秦征、沈鹏等或亲临参加,或发来贺电。我与吴炳伟主持会议。吴炳伟说:"秦征、沈鹏的主席不用讲了,关键是副主席名额有限,初定你、我、王西京、郭子绪,你兼秘书长,可白庚延、洪丕谟怎么办?"我说:"洪丕谟,你做工作,白庚延不争什么,当个顾问好了。"结果白庚延不但高高兴兴接受"顾问"的头衔,并宣读文件,在会上发言,给我和炳伟撑了很大台面。会后笔会,大家纷纷挥毫,不知哪位非逼着我也画一张,并且要画石鲁的泼墨。我被逼无奈,端过两只碗,一碗倒墨汁,一碗倒清水,搅和几下,向宣纸上下泼去,周围人说好,墨色好极了。白庚延拿过画笔说:"让我补几笔!"三下五除二,一幅画就成了,原本是郭子绪题字,王西京一把抢过笔说:"让我题!"于是写道:"丁卯深秋,庚延、阎正、安玲、西京、亚婷同客太湖之滨,墨戏寄语,阎正泼墨,庚延补成,西京写题,安玲盖印,亚婷收藏。"亚婷是王西京夫人,这一题引起哄堂大笑,亚婷自然收了起来。过后,白庚延打条从亚婷手中借出,我又从白庚延手中"赖"走。那时的我们风华正茂,相亲相爱,几乎就是一家人。

美好的回忆比比皆是,当然不能说没有矛盾,但大矛盾也只有一次。那是1987年夏天,我带两幅石鲁先师的作品去天津给他看,一幅是《梨花一枝春带香》,一幅是《春在枝头红似花》。他说想留下来临一临,其中后一幅张仁芝也借去过,并开玩笑说拿他自己的100张画换,我未置可否,然不久就完

【上、下】白庚延、石宪章、徐文达、于涛、王西京及广东朋友在作者阎正陪同下游洛阳

璧归赵了。白庚延说留，我不可能不同意，放下画就走了，走到火车站，安玲说总觉心里不踏实，就让我在车站等，她又跑回美院交代老白千万保管好，我还嫌她多事。不久，郭子绪在中国美术馆办个展，我和不少朋友去了，一会儿白庚延也来了，一见面他就说："报告你一个不幸的消息。"别人都以为是开玩笑，我却闪出了不祥的兆头，果然他不是开玩笑，只是想用戏言的方式告诉我，石老的画已丢失。我一听急了，顿时发了一通火。他带的朋友想来缓和，叫我一把推到了一边。大家都觉得这事不小，劝他赶快回去再找，他展览也没看，扭头返回了天津。我因此大病一场，一病不起，天天做噩梦，说梦话，常常半夜惊醒，忽地一下坐起来，把爱人吓得直哭，一个劲劝我："画再重要也没有人重要，因为这两张画把命搭进去，画就是回来还有什么用？"我无可奈何地熬磨自己的日子，和白庚延中断了好长时间联系。后来白庚延在郑州办个展，我也没有参加，他也很伤心。何家英为此专门打电话来说："阎老是你的不对！这么多年的交情，关键时候掉链子，怎么回事？"无奈之下，我说出了丢画的事，家英说："哎呦！我不知道这件事，对不起对不起！"我说："对起对不起，这事都没法说了！"

1992年，家父病故，白庚延、李孝萱专程从天津赶来吊唁。追悼会上，宣传部部长讲过话，白庚延为我父亲致了悼词，家人和朋友都说："你俩少有的挚交，人家大老远赶来悼念你父亲，看在老人的份上，旧事不提了吧！"我自己想想也是，人死不能复生，画丢了也不能回来，不用再想了，于是当着众人的面说："白老师，你能来给我父亲送行，并给我父亲致悼词，非常感谢！那事再不说了。如果将来有朝一日两幅画露面，我不惜代价也要想法买回来。"我掉了泪，他眼圈也红了。

我们又和好如初,以后的日子里,我隐隐约约地感觉到,他时时处处弥补着自己的过失,不管是我,还是我的朋友。他频频不断地写画,礼尚往来,我和家人也用加倍的友谊报答他,我们彻底恢复了往日的友情。

1995年初,我与吴学军先生筹划港澳首届拍卖会,首先想到的就是白庚延。我与吴总先到天津找他,随后又喊来何家英。当时拍卖在中国是起步阶段,除嘉德拍过一次外,翰海等拍卖公司还未出现,大家凭着一股热情,但都没有经验。白庚延与何家英每人拿出了两幅精品,在那次拍卖会上,白庚延的八尺巨制《长河旭日》拍到了8万元,何家英的一幅三尺小写意《萌》拍了3.5万元。这在当时已是很不错的成绩了,南方也由此开始认识并了解白庚延与何家英的艺术风采。

1995年8月,我主持新华社海南'95笔会,请了一二十位画家到海口。当时的门票每张18,000元,是手绘的。白庚延、

【组图】白庚延、作者阎正与朋友们在海口

《丹山赤水》
白庚延 作

郭子绪、王朝瑞、杨福音、傅乐善、邢士珍一起帮我画门票。除此之外,他独立支撑为金海岸大酒店画了8米长的大壁画,汗流浃背,真难为他了。我去看时,他说:"今非昔比,现在肚子大了,蹲不下去,画得很吃力。"我装作抹眼泪说:"我感动得泣不成声。"他说:"你就会拿嘴甜乎我!"两人都笑了。他能做的都极力做到最好,我心里由衷感激,随之又专为他与何家英举办了一次联展。我和白庚延都动了大干戈,他亲手写的展标,我至今珍藏身边。在对他们的舆论宣传上也不遗余力,整版的报纸、大篇幅杂志竭力宣传。相互的友谊又有了新的色彩。我特别要提及的一点是,当时的《中华收藏》准备用10个版面介绍他们两人,我说:"怎么安排,你和家英一人五个?"他说:"不!给我四个,家英年轻,给他六个。"我说:"好好,这才像个老师的风度!"他多次提到李孝萱,让我多关照。前天,李孝萱在安徽发给我一信息说:"白老师去世了,我很难过。"他的学生尽管都成了大腕,但对他的怀念仍似当年。

在我与白庚延相识的28年中,我所从事的工作和事业,大到拍摄电视剧、出版大辞典,小到办展览、搞活动,无不渗透着白庚延的影子。同样,白庚延的大事小事,很少有我

《聊斋故事》
白庚延 作

不介入或不参与的。他的嘴上长着我,我的嘴上带着他,按一句广告词的话说,我和白庚延的亲密"全地球人都知道"。

1999年秋季的一天,突接白庚延电话说到了深圳,我问他:"在哪儿?"他答:"在劳教所。"我匆忙赶了过去,一看才知道是梅林劳教所的书画协会请他和几个画家来画画。我说:"你吓了我一跳,要真在深圳出事,我还得找人捞你!"大队长黄奋建说:"白老师想你了,不说在这儿,你能来这么快吗?"他说:"我没事,要说这里关你正合适,你瘦得像个吸吗啡的。"我说:"像不等于是,你起码先在这儿关着吧。"大家都笑了。

按理说,朋友处到这个份上,应该是功德圆满了。不料在2000年,不因为我,也不因为他,而是为了别人的事,我俩闹出了不愉快,并又好长时间不来往。细想想挺不值的,

《极浦苍山》
白庚延 作

我难过,他也肯定后悔。人生不如意事十有八九,我们俩的不如意事也只是这十之一二而已。

后与奋建先生见面,他言及几次和白老师在一起,时不时会无意中提到我,谈起我们20年前的往事,奋建动情地说:"白老师见老了,他现在很孤独,你别计较了!"我内心深处的一根隐藏很深的神经被触动了,晚上躺下回忆往事,浮想联翩。其实我更见老,心里也孤独得很,平心而论,我们俩谁又能离开谁呢?白庚延是我朋友之中的佼佼者,是我朋友中的骄傲啊!

2004年,白庚延到联合国总部举办个展,我是在奋建先生处得知的,并从奋建手中拿到了人民美术出版社印制的精美画册,说是他专门留给我的。心中甚感欣慰,尤其看到他由河画到海,由海画到洋,特别看到几件皇皇巨制,感慨良多。中国山水画里的山,古代历千年积累总结,创出了许多皴法,但对水的描绘相对薄弱。白庚延以他的实践,以他的创新,通过云水、河浪的表现,应该说相当完美地解决了。

世界的事情千变万化,画界的事情也错综复杂。我也隐约知道,美术圈子里有些人故意回避他,甚至无视他的存在,其实还是因为不了解他。表面上看他似乎大模大样,难以接近,真与他交往起来,会发现他特别简单,与人为善,虚怀若谷。我与他相处的1/4个世纪里,他始终如一、推崇备至的是他的两个学生后又成为同事的何家英、李孝萱,一旦说起他俩来眉飞色舞,溢于言表,而对他自己讲得并不多。但就艺术而言,尤其在中国山水画的创新与发展上,白庚延功不可没。他的实践,他的作品,一定会为他生前身后树一座丰碑。

秦征先生早在十几年前就曾给予他很高的评价。秦征说,他寄情山光水色,日进百尺竿头,臻于更新境界……画之绝,

《春花秋月何时了往事知多少》
白庚延 作

《风萧萧兮易水寒 壮士一去不复还》白庚延 作

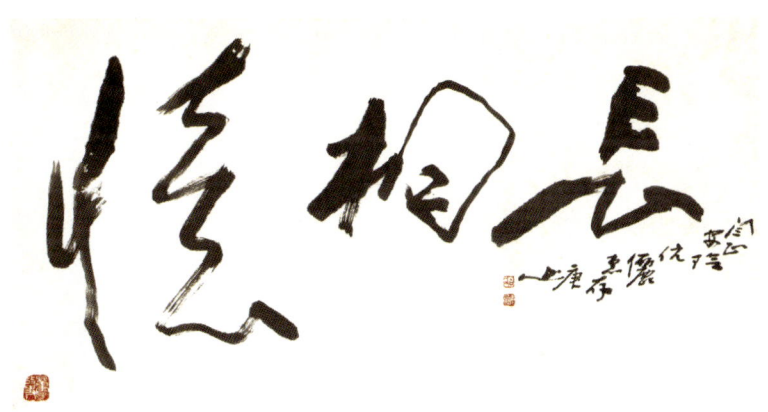

《长相忆》
白庚延 书

情之至,岂文字所能道哉!

书画艺术可观、可读、可居。心香三炷,贵在神会,真知善者当共享其妙。信哉斯言!

白庚延精力充沛,生命顽强,在艺术上正值"儿女正当好年华"的时刻,论年纪也只有67岁,他怎么会突然就去了呢?行文至此,我已迷离恍惚。他曾多次为我写"长相忆"三个字,我想那是早就安排好的吧。如今斯人已逝,书法犹存,看着这熟悉的字迹,想着那当年的情景,心头酸痛,潸然泪下……他为我写的书法很多,还有一幅小立轴是"知音在霄汉,高步蹑华嵩"。如今他去了天国,正应了"知音在霄汉"的谶语。其实,他是画得太好,天国的人们是请他到那边挥毫去了。河汉无极,云霄之上出现的五彩斑斓,说不准就是白庚延画出的新的大作……

庚延吾兄,别再像人间那样劳累,别再像以前那样拼搏,该歇一定要歇歇了,悠着点吧……

我说的话你听到了吗?

2007年于深圳云顶翠峰

有诗云:"自古美人如名将,不许人间到白头。"那是天妒人怨,名将美人的悲哀。上苍偏爱、得天独厚,书家画家截然相反,悠悠长寿则炉火纯青。子绪不老,潇洒如故。想当年金戈铁马,气吞万里如虎。待他日鹤发童颜,壮心不已,再捧出新的辉煌。

郭子绪(1940—)

　　字楠石,生于河北乐亭。鲁迅美术学院中国画系肄业。现任辽宁画院专业创作、教授。国际书法家协会副主席。中国名人书画院副院长。鲁迅美术学院客座教授。世界禅佛书画家协会副会长。英国皇家联盟科学院荣誉博士。历任第四、五、六届政协辽宁省委员会委员。中国书协创作评审委员会委员。辽宁省书协副主席。沧浪书社社员。

白纸青天
——记郭子绪

郭子绪与作者阎正合影

"想当年,金戈铁马,气吞万里如虎。"

作为文章的标题,我想将辛弃疾这两句词送给子绪。在今天,甘居寂寞长年以书画打发日子,几乎过着隐居生活的他,是否还能想起过去、想起当年?

我和他虽都不是军人,都不曾率领过千军万马,但却都曾有过轰轰烈烈的往昔,就子绪而言,1989年3月,即是一次他横扫千军如卷席的巅峰时刻。

那是乍暖还寒、万木回春的季节,"郭子绪书法展"在北京中国美术馆隆重举行。这隆重是真隆重,不是泛泛的溢

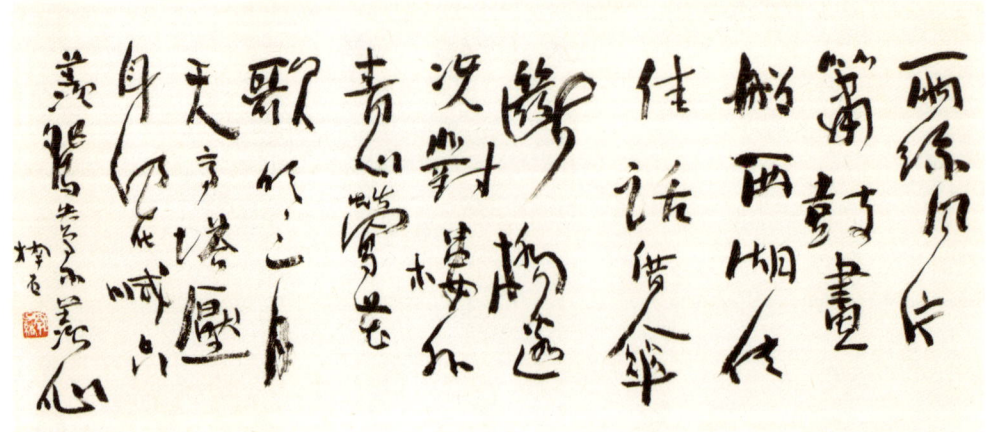

《白蛇传》
郭子绪 书

美之词。展览的规模、出席的人物,不必赘述,单是出席开幕式的就有北京、天津、辽宁、吉林、河北、河南、陕西、四川等省市的上千人之多,且开幕式结束后无人言走,这下可难为了子绪,款待来宾的宴席只预订十几桌,匆匆临时增加,而酒店的大厅被占满,源源不断的人群还在涌进。记得我去到酒店的时候,黑压压的人头把偌大的厅堂挤得满满当当,坐着的、站着的,熙熙攘攘如同庙会赶集一般在忘情地攀谈和议论着观后的感受。主人已觉尴尬,客人却兴致不减,这大概是子绪所始料不及的,以至于我和几个知近的朋友,终于没有吃上那顿饭,好酒满堂,自然也就没有我们的份了。

　　勿庸讳言,北京当时的展览多极了。在多如牛毛各种类型的展览中,不少是一闪而过,或虎头蛇尾,热闹开场,冷清结束;或头尾如一,自始至终在静悄悄中进行。那种展示的全部价值,无非为展览主人戴一顶桂冠,涂一层色彩,包着自己去吓唬别人,如此而已。子绪的展览,犹如鸡群鹤立,与前者不可同日而语。当时即有人著文说:"这是'文革'以来,个人书法展最为成功的一次。"眼见为实,此言不虚。以我所见过的书法个展中,无有出其右者。那"气吞万里如

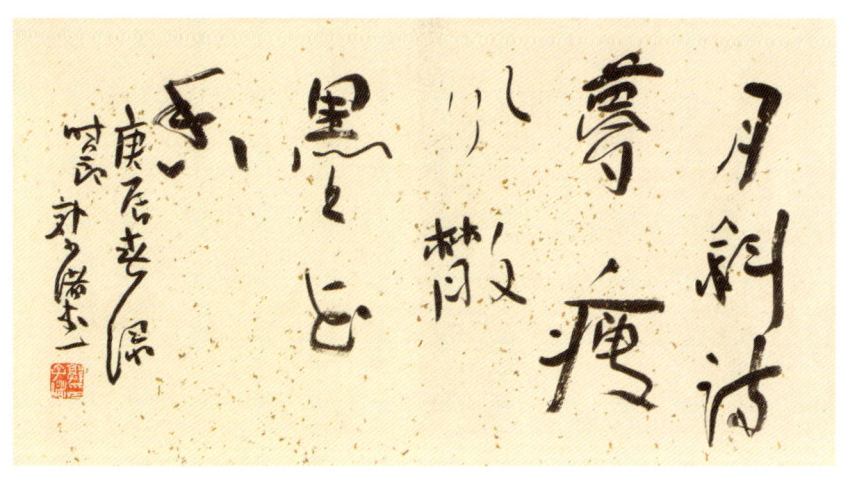

《月斜诗梦瘦》
郭子绪 书

虎"的展览阵势，不知震撼了多少国内外书界的同道，那"金戈铁马"般铁画银钩的幅幅珠联玑，不知倾倒了多少如痴如醉迷恋喜爱他书艺的崇拜者和追随者。

我所以想浓墨重彩详尽地描绘那次展览的前前后后，是因为时至今日的展览无穷无尽，甚至伴着出书的泛滥成灾，绝大多数办展人心知肚明，犯不着欺自己骗别人。君不见真正能引起共鸣、产生影响的展览凤毛麟角，能有几个？而子绪的那次展览如风花雪月般十几年过去了，至今许多人却能像我一样历历在目，所为何故？……

记得展览的"前言"是子绪自己写的。倥偬之中，我随手抄了几句，虽不完整，但有这几句就足够了，足以映照出一位真正艺术家的灵魂意识、心态理念。"前言"中写道：

落花随着流水逝去了，月亮又从东山升起，当我把人生看明白了的时候，我的艺术因此而沉静、清丽了。然而，这究竟是疯狂后的沉静，还是沉静后的疯狂，我不知道，我只知道这是真实感觉招来的迷醉，我想这就是艺术创造，理想变成了现实，昔日的梦幻，如今更为迷人。

开幕式之后，新闻界也出奇地主动：《人民日报》、中

郭子绪与阎正在海口

央电视台、中央电视台首先播发消息。那时的电视刚刚兴起，一般的活动、展览很难上中央台，子绪的书展不单上了，上的还是《新闻联播》，而且就在当天晚上，这不能不让所有参与展览的人感到兴奋。当时负责《新闻联播》的茂宽同志打电话通知我，中央台马上还将播出由我撰稿的专题片《情寄八荒之表》。我忙说："那是朋友的功劳……"茂宽打断了我的话："柏泉已经告诉我了，别人对子绪了解不深，主要是借你的名字介绍郭子绪。"他还说："近时书画方面比较好的有两个专题：一个是美术界刚在巴黎遇难的梁长林，一个就是书法界正在展出的郭子绪，反响很大。"这是实情，自打消息播出之后，各地闻讯赶来参观的人络绎不绝，北京一位老先生已经看过三次了，这不能不说是展览本身的诱惑与魅力。子绪的墨迹，起伏跌宕、百态千姿，从一幅看到另一幅，仿佛从一个世界走向另一个世界。来参观的人都说很值得一看，这"值得"二字就大有文章可做。我的顶头上司阎柏泉说："你对子绪了解，可以写篇文章吗？"我说："写了。子绪的展览像一部大型交响乐，而它的华彩乐章又太长，报纸限字数，千字文很难说得清楚，写不尽兴。"柏泉说："那以后你就写篇大块文章吧。"世事难以预料的是，大块文章我终于写了，不过是十几年后的今天，因为对子绪越了解，这文章就越难做。可惜的是柏泉先生再也看不到、再也不能为我修改，他去了另一个世界也已10年，不会再回来了。

闭幕那天，茂宽同志邀子绪到中央台做客。我与柏泉引路作陪，同去的有了绪的学生和我的一个演员。大家参观了那座举世瞩目又极为神秘的高大建筑。茂宽同志问："你们看这中央台像不像老鳖驮石碑？"柏泉说："老鳖驮石碑好啊，象征着长寿。"子绪由众人陪着一个房间一个房间地看，自有说不出的感慨。临别之际，众人向子绪索字，子绪一口应承，反问要什么内容，气氛热烈起来了，有的要李白诗、有的要辛弃疾词，我已是近水楼台，先得了一件子绪的展品陶渊明的《桃花源记》，便转身问茂宽，茂宽同志与众不同，当场赋诗一首，请子绪书写。诗曰：

高岩独立对空濛，大千世界分外明。

自有双肩生双翼，万里波涛任西东。

众人赞口不绝，都说是子绪人与书的真切写照。那以后

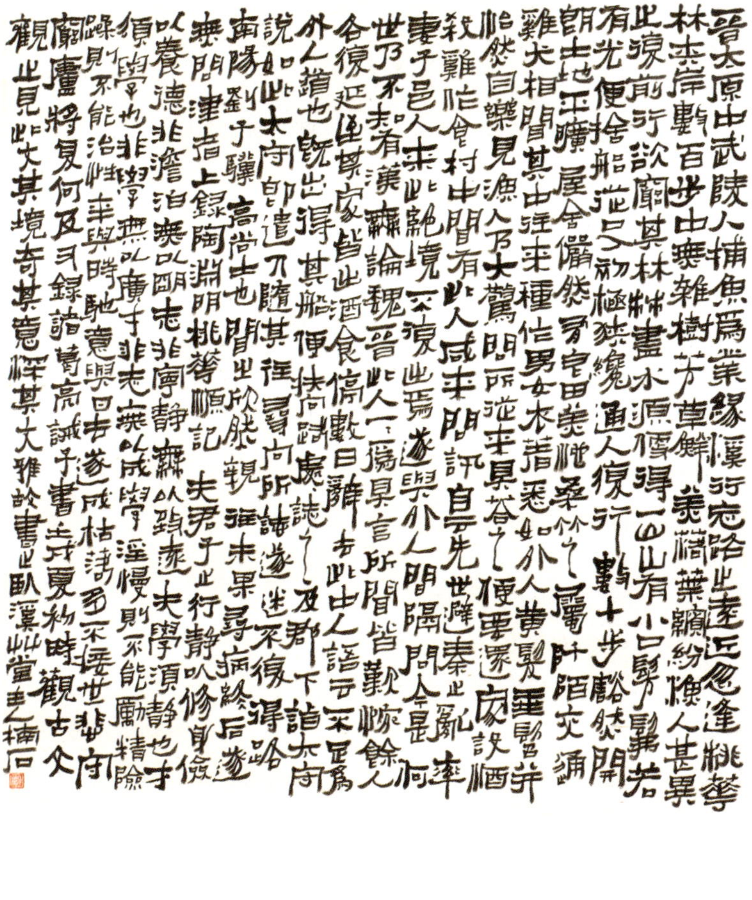

郭子绪书法作品

郭子绪挥毫题字

的好长一段时日里，无论相识与不相识，只要是书画同行，都免不了要提到子绪，谈到兴起，常常会使我激动不已。

回忆往事，依稀如昨，我与子绪却都由黑发变成了白头。

当年，我们同居塞北辽宁，他在沈阳，我在抚顺，相互隐约知道，直至我离开，未有机会接触。到20世纪80年代初，文化部直属文化艺术出版社委我主编《中国当代书法大观》，各地朋友代为推荐人选、邮寄作品，我是先见到作品，后才找到子绪本人的。那是卢震鸣寄来的几件书法。其中一幅刚刚打开，便顿觉眼前一亮，记得那是件小条幅，写了李白的一首诗，篇幅不大，却一气贯通，极有章法、极有神采、极有个性，于是记下了一个名字——郭子绪。

为了那一幅好字，我曾专程从北京到沈阳登门拜访，随之我们的交往便多了起来，子绪为我主持过大规模的"藏画展"，他亲笔用隶书为我写的"前言"，我至今收藏了整整20年。

去年，震鸣兄也已作古，是他让我与子绪有了长达1/4世纪的友谊。子绪爱写"随缘即是福"。缘分让我们真的到了天涯海角仍保持着那备感不渝的友情，想震鸣兄在天之灵也会欣慰吧！

我酷爱子绪书法，他的一封短信甚至只字片纸我都视为

《墨梅》 郭子绪 作

《虞美人》郭子绪 书

拱璧。我也知道爱他书法的人不在少数，记得有一次沈阳发大水，子绪的一批作品被水泡过打不开了，几位画院的画家把扔掉的纸卷悄悄拾回来，慢慢晾干小心打开，每个人分了几幅。一位朋友对子绪说："平常人家不好意思跟你张口，我亲眼看见这场面，你死了也值了。"

我是那种给点阳光就灿烂的人。1995年，"港澳"拍卖、新华笔会先后落到了我的头上，对于个人机遇来说，千载难逢，岂能错过，便终于把那阳光聚焦，燃成了两把熊熊大火。这其中子绪兄首当其冲，功不可没。我也正是在那段时间里，像哥伦布发现新大陆一样，知道了他不仅写一手好字，画一手墨梅，他的山水、人物、花卉同样出色，更让我惊奇的是他西画的油、粉、水也异常精彩，真不可思议。

我与子绪是至交，说话免不了带有感情色彩，其实任何人、任何事，只要熟悉，融进一些感情都不为过，但感情毕竟代替不了艺术，浸润书画几十年，这方面朋友无疑很多，但能够让我由衷推崇的人屈指可数，设身评论行当，金钱买不动七寸秃毫，也绝非感情可以左右，这种分寸是起码准则。

大音无声。深圳前几年有句时髦的话叫"亮出你的旗帜"。旗帜既出，便无须多言，一目了然，一切尽在不言中。子绪的旗帜凌空高竖，独有特色，一意孤行。在子绪身上，美是真实的、善是真实的、生命是真实的。

海口分手后，天各一方，好长时间没有了他的消息。我因奔忙于繁乱工作，也未顾及联系，好在君子之交，都不会介意。忽一日，突然收到他从陌生的清远寄来的短信，言及他已在此地定居，嘱我闲暇做客，有好酒。我真是大吃一惊，赶紧查找地图，发现这个小镇在广东与湖南的交界处，便立即先乘机后转车，赶去查个究竟。实地一看，果真够得上"偏僻"二字，环境却依山傍水，山清水秀，当晚又结识了他的两位新朋友——武先生和张先生，我潜意识里感觉到这里人好、地好、山水好，子绪躲开了浮躁喧嚣的大城市，带着圣僧苦渡的决心，破釜沉舟，为艺术带发修行来了。

幽雅的地域，宽敞的客厅，子绪完全进入了新的境界，墙上画中题道：

　　三春丽日催开上苑千花，一夜金风颠落罗浮万树。

郭子绪、白庚延与作者阎正

郭子绪、作者阎正与朋友在新华社

低昂枝上雀，摇荡花间雨。

今日得闲静，随手中锋写墨梅，颇觉得意，不知何人可得此佳作尔。

佛祖今日惠我写个清静出来。

子绪虽未皈依佛门，但心底里那份虔诚昭然明镜。我们谈到寺院，谈到出家人，谈及史国良，我喜欢这种轻松自由的无拘无束。喝的是"酒鬼"，自然痛饮不少。花看半开，酒饮微醉，知己千杯，那种感觉实在是美妙极了。

子绪从小爱听梵音，天性爱闻"香"味。每每挥毫，常放开佛堂音乐，点几炷香，只为自己享受这种氛围乃一乐事。不少人在评价他书法作品时说，那其中总时时透出一种"禅"意、一种静气，自然是不无道理的。子绪认为，心性、手性、纸性、笔性、墨性，五性合一。纸笔墨都有佛性，加上人的佛性，一定能创作出超凡脱俗的作品来。

君子之道，学问之道，士先器识而后文章，子绪在这一点上有超人的独到见解与认识。

诗、书、礼、乐、易春秋，对古典经籍的研究，子绪也非比寻常,"功大在诗外"那种深邃的反映在他各式各色的作品中常常表现得淋漓尽致。

子绪算得上是性情中人,一切随心,一切随缘。创作如此,待人亦如此。我特别喜爱他写过的《菜根谭》中的两句话:"处事不求有功,无过便是功;为人不求感德,无怨便是德。"他曾在信中对我说道:"人生,不如意事常八九。往往是坎坷太多。尚望老兄把诸事看淡些。乐观、愉快地活着,这才是真明智。要知道,一切都会消失的,连我们自身最终也将从地球消失。不是吗?所以,少一点'得''失'之忧,只会对身心健康有益。吾兄本比我懂得多多,不必我唠叨也。"

我不能。我火气太盛,过于急躁。但我极其欣赏并努力效仿他的淡泊,生往异灭,人之道也。一天当作一年来过,无量的光明。这方面我与他实在相距太远了。

但我与他也有许多相同之处,如抽烟、喝酒。子绪是一个既抽烟又喝酒的人,且比我有过之而无不及。他喝酒要喝好酒,是那种宁啃鲜桃一口,不吃烂杏一筐的主儿。近时因身体之故,似乎已不大喝,并也开始劝我少喝,但对抽烟的态度就截然两样了,他抽烟抽得如同写字一样,到了出神入化的境地,而且总结出不少谬论,站在一个很高的"高度"看待抽烟。其实,明知谬论,我却是极力赞成,因为我也早已是"禀性难移"了。唯一不同的是,他抽烟要抽自己认准的烟丝,自己拿纸慢慢地卷,慢慢品味。但那种烟丝内地不产,必须要人从香港、澳门地区寄过来或带过来。我便时常替他担心,如果有一天烟丝突然没有了,断了炊怎么办?最近这次去,他告诉我珠海这边也已经有了,随时可以买得到,我顿时大松了一口气,再不必为他这不可或缺的"精神食粮"犯愁了。

子绪的烟酒道行是许多人望尘莫及的,恰恰是他这罕见的"功力",也相得益彰成就了他的事业。据说早些年,他常常抽烟、喝酒酩酊大醉,酒也醉,烟也醉,然后突然兴起,一口气写画上五六个小时甚至整个通夜,挥洒出作品一堆,满地一扔,倒头便睡。说不清多长时间醒来之后,从地上爬起,稍微洗漱,再回过头来静静地一一挑选,不满意的当场撕掉,满意的留下。往往的神来之笔、得意之作、精妙绝品,皆出其中。

这种"战斗"方式有害于身体,却有益于创作。孰是孰非,功过对错,我不能说。我只知远有李白、张旭,近有八大、石鲁,皆"仙人""神人"也,非常之事,非常之人,此为天作之合。

子绪始终认为,当理性认识成熟之后,艺术创作便基本沉浸在真实感觉的迷醉里。这是一种似醒非醒、似醉非醉、似梦非梦的不由自主的、无知无觉的迷幻朦胧的精神境界,这种迷醉的感觉如同陷入魔界,在每一瞬间几乎完全摒弃了理智的控制,进入一种绝对自由自在的精神状态,无比美妙的幽奇幻境由是而生。精彩的作品出现了。作者本人也不知是怎么写出来的,不自觉的物我两忘,一幅瞬间完成的作品也在刹那间变成永恒。

子绪是一个特立独行、很个性化的人,他的境遇、心态有点像石涛、八大的味道。如果拿一个相近的行当,相同时代的人做比较,他很像音乐界的崔健。崔健被称为"中国摇滚之父",却又被排斥在音乐中心主流之外,他接受的都是传统训练,却极讨厌板着面孔的严肃音乐,因而他唱出了划时代里程碑式的《一无所有》。他追求的是那种撕心裂肺、发之肺腑的呐喊,有时便与很主流的东西格格不入。子绪同

1987年，中国影视书画艺术学会在无锡成立，部分艺术家留影

样是接受了很严格的正统教育，有很深的南帖北碑的研习功底，写得一手好隶书，现如今难得见他创作一幅。他眼下的字似乎歪歪扭扭，依照传统标准似乎都不循规入矩，但组织起来，顷刻间，章法布局便显现出惊人的神奇。在"全国第三届书法展"期间，他的这种近乎"返童体"的书艺曾风靡一时，仿效他的中青年书家数不胜数。这种现象曾被人命名为"流行书风"，遭到猛烈的抨击。我实在不敢苟同，什么是"流行书风"？无非是想说流行一时，像"流行歌曲"时髦一阵罢了。总不至于像"流行感冒"一样无足轻重吧？！但现实中的艺术走向并不同于文字游戏那么简单，一种书风或一种书体的生消兴衰不取决于一时的褒贬得失，它有个最严厉公正的法官，那就是时间。时间的推移可以大浪淘沙，作出最终的判决。人们如果还有印象的话，"馆阁体"曾被

【上】郭子绪、施宝华、何家英、阎正在"港澳"拍卖会
【中】郭子绪、阎正、安玲在无锡
【下】郭子绪、杨仁恺、阎正与海南省委副书记观看画展

朝廷看重,尊崇一时,那倒不是"流行书风",历史却毫不客气地将它淘汰了。而郭子绪所谓的"流行书风",它的根子深深扎在中国传统的基础之上,被人称作"时代先驱、书魂墨魂",倒很值得关注它的人们体味探讨。

不管怎样,就是这样一位极具影响力的书法大家,如今也显然游离书界的中心主流之外,世界上的事情就是这样,不合情理,却又在情理之中。我以为做一个艺术家,不要做名人、做官员,搞艺术就要疏名利、远中心。一切书家、画家、音乐家、作家,乃至科学家,千万不可进入中心、主流,一旦在其位,必得谋其政。权位上的争斗,关系上的协调暂且不论,起码从艺坛进入政界,大量的会议、应酬加上工作,便将精力消耗了十之七八,哪里还有时间探讨艺术?即使是专业艺术家,只要身居闹市,无论如何那心态是很难不浮躁的,身在五行中,焉能跳出三界外?其实,在野在朝与艺术的主次没有太大关系,此处不妨以清代"四王"和"扬州八怪"为例,以当时的情况讲,"四王"在朝,绝对是占据中心主流地位,"扬州八怪"偏居东南,与"四王"的显赫不可同日而语,但那只是一时的现象表面,后来的评价就截然不同,直至如今,再没有一个人会认为清代那一个时期,"四王"是主流,占主导地位,"扬州八怪"是支流,是旁门左道了。恰恰相反,所谓占据主流的"四王"只不过是一批因循守旧、毫无新意的保守画匠,他们在朝的地位增加不了艺术上的分量砝码,而"扬州八怪"非但没有因为他们的在野受到轻视,相反,早已被历史认定与"四王"一样是那个时代画坛的主流,不同的是,那是创新发展充满活力的主流,是给后人以更多启迪、学习和借鉴的典范。

时代变了,如今是高科技、高信息的时代,一切都发生了飞跃的质的变化。今天,我们都是站在大文化的同一主流线上,信息传递四通八达,人在哪里似乎不重要,重要的是谁争得了时间,谁就赢得了主动;谁潜下心来,谁就会获得成功。老年人如是,中年人如是,青年人也如是。子绪偏安一隅,虽多了寂寞,却少了干扰,而在艺术上却收获多多,这集子中很大比重的作品就产生在近几年这个偏远地带。

我拿崔健做比,子绪也许不会认同,姑妄言之,权当是一种认识吧!据说他年轻时也搞过音乐,还当过管弦乐队队长,与崔健总算是一脉相通。

《掬水月在手》
郭子绪 作

子绪表面上不善言谈,遇到知己却也能滔滔不绝,不过三句话不离本行。崔健是太音乐了,子绪是太书法了,倘若把人的生活划成百分比,书法绘画在子绪的生活中的比重绝对是百分之百,一个天才加上百分之百的努力,不成功岂不是咄咄怪事?

记得去年子绪突然大病一场,他似乎觉得要死了,在这种时候,他没有考虑什么财产、什么遗嘱,他尽全力把自己的书稿和有关评论他的剪报集中在一起,整整齐齐装进袋子,给我留了一封信,要当地的朋友在他"身后"转交与我。执着如子绪,除了艺术,他心里还能装下什么呢?也算是一个奇迹,他竟然"活"了过来,当他谈起这件事情的时候,虽然轻松地笑着,我心里却冒出一阵冷汗,浮想联翩。如果有朝一日我面临这种时刻,能像子绪这样处理吗?我想还是不能。我事太多,我心太乱,我总是才下眉头,又上心头,我对艺术的投入10%也拿不出来,我不及子绪,到此便泾渭分明了。

子绪是中国书坛难得的奇才。十年不鸣,一鸣惊人,此集便是绝好说明。现为时尚早,再过若干年,如果他还能一如既往,层楼攀援,努力不懈,精益求精,奉书法为生活唯一,视艺术如同生命,义无反顾,勇往直前,想会有人说出"二百年来无此君"的赞誉。他是注定要在中

《辛弃疾诗》 郭子绪 书

《鹤寿千岁》
郭子绪 书

国书画史上留下一页的人。唐代一位高僧曾讲过一段话,大意是:你是一颗稻谷,人们需要的是你的赤裸。摔打你,使你剥去皮壳;揉搓你,使你洁白无瑕,然后送上圣火,烧烤蒸煮,填充那千家百姓的饥饿。子绪,我愿你就做这样一颗赤裸的稻谷吧!

人生的价值不在其年岁长短,人生的名望不在其江湖庙堂。子绪离群索居,未必是浮生寻幽,颐养天年,有近时他书写的条幅为证:"伏久者,必高飞。开先者,谢独早,知此可以免蹭蹬之忧,可以消躁急之念。"

子绪远离了中心的荣华繁闹,反强化出他生命的意义,明眼看世界,白纸上青天,文如其人,画为心声,何劳我再多言?

有诗云:"自古美人如名将,不许人间到白头。"那是天妒人怨,名将美人的悲哀。上苍偏爱、得天独厚,书家、画家截然相反,悠悠长寿则炉火纯青。子绪不老,潇洒如故。想当年金戈铁马,气吞万里如虎。待他日鹤发童颜,壮心不已,再捧出新的辉煌。

2002年8月于湖北美术出版社

他一旦身坐案头便安禅入定，形神俱化，做到了"读书随处净土，闭门即是深山"，犹如一棵大树，一辈子站在一个地方，只为完成一种坚守的使命！

邹传安（1940—　）

湖南省新化县人，中国美术家协会会员，湖南省文史研究馆馆员、湖南师范大学美术系客座教授、湖南省娄底地区文联名誉主席，国家一级美术师。退休前供职于湖南省娄底地区文联，任文联副主席、美协主席、画院院长。

都市深山
——记邹传安

邹传安与作者阎正合影

不少人说,如今是一个不出大师的时代。

理由很多,细想一想不无道理。眼下画画的人越来越多,但画好画的人越来越少。社会上追名逐利的人多了,思考研究耐得住寂寞的人已微乎其微。大量的画集画册像扔出的垃圾一样,堆在各自的门前,各色人等怀揣着不同的心态目的涌进书画美术圈,展览、笔会、宣传、舆论,让文化艺术空前繁荣,画家身价陡然倍增,把原本固守底线的艺术家一个一个拉下了水,入流未入流者也随之水涨船高,艺术家不再清贫。这美好景象的背后,画家张口闭口离不开钱,亲情友情一概不看,粗制滥造充斥社会。苏东坡有诗云:"兴来一挥百纸尽,骏马倏忽踏九州,我书意造本无法,点画信手烦推求。"此乃当前书画界的生动写照。不过他们忘了那是苏东坡,"兴来""无法"是从"沉淀""有法"而来,决不会"老桧虽沾周雨露,断碑犹是汉文章"。然而也有对很现实的现实孰视无睹者,我即认识这样一位,身居闹市如进深山,至今不为世事所动,对艺术虔诚恭谨,对朋友托琴相知。潜心作画,养性修身,不离不弃,始终如一,他的名字叫邹传安。

我与他神交多年,相识数载,走动不勤,记挂颇深,基本就是这样一种淡淡如水的交往态势。

我知道他不晚,大约在20世纪80年代初,他认识我却不早,时间是2000年以后,这其中20年的时间差,让我拿起笔来的时候,唏嘘感叹之下,充满着寄托,充满着希望,这肯定是一位真正意义上的画坛顶级人物。

记得1983年前后,刘砚先生主持中国美术馆的工作,偶然一次我和柏泉两人去看他,他正在审阅一批新进的馆藏作品,我们有幸一块儿观赏,大饱眼福,这其中就有邹传安画的几幅工笔花鸟。大家赞不绝口的应是一幅梨花,晶莹剔透,熠熠生辉,相伴花中的鸟儿,呼之欲出,入微至极,让人由衷赞赏画家的扎实功力,让我在脑海里深深刻下了一道痕迹!自然也让我记下了这位"梨花"作者邹传安的名字。

20世纪90年代,我下海南,入深圳,曾在两次大的展览上看到更多的邹先生精品画作,印象也就添厚了一层。直到刘满衡先生介绍,亚凯引领我见到这位心仪已久,大我3岁的淳厚长者,已经是2004年,距我第一次看到他的作品整整过去20年时间,他笑容可掬地握着我的手,我也笑着更紧地回握着他,第一次见面,跟想象中的画家吻合。就是这样的人,才能画出那样的画,正应了"画如其人"的古来

《醉春》
邹传安 作

《相随无语只自知》
邹传安 作

《花月两无言》
邹传安 作

道理。

  我没有讲过去的往事,相互都没有太多的应酬话语,瞬息之间,我只是眼睛直勾勾地看着他,刹那间有点走神。20年间,曾经一起讨论过这位画家作品的刘砚、柏泉都已先后驾鹤西游,三人中只有我留了下来,我却真切的握住了他灵动的手,那一时刻,记忆中闪动着逝去的岁月,似梦似醒,恍如隔世。

  中国绘画工笔花鸟方面,宋代已是山临绝顶,登峰造极。徐、黄已降,千百年来,芸芸众生中就画者而言,但凡涉及此类领域,谁敢说不是在"宋人院画"屋檐底下讨生活?谁能说不是沿着宋人车辙赶辕马?很多人雄心勃勃,穷其一生,终未跳出如来手心,白首"夕阳西下",接下来只能是"断肠人在天涯了"!

  应该说在艺术范畴,绘画只是狭小的一块,在这一小块"土地"上,前人似乎把要做的功课做完了,把该玩的方法玩尽了，把能想的主意想绝了，把可用的手段用光了。有位画家说，"我们的祖先一点面子也没留给后人，除了让我们感叹他们的伟大创造和给美术史带来的辉煌，他们留下了什么呢？留下了足迹，让我们追溯；留下了作品，让我们去研究。留给我们在这个领域思考、挖掘、改造的余地就非常有限和可怜了，几乎无路可寻。凡是我们想到的、看到的、感觉到的，古人全都涉及了，只要停留在古人的思路中就绝对死定了！"

然而有时应该看到古人还不算不近人情，总还是给后人留着扇未关紧的大门，这位画家说："他从大门缝隙中凝视窥视，惊异地发现了中国仅有的一小块处女地上的人，那是吴昌硕、齐白石、徐悲鸿、黄宾虹、傅抱石、潘天寿、于非闇等，他们奇崛的笔下，给传统的中国画完整地画上了句号。于是他抱着崇拜的心情，没完没了地买他们的书，反复研究他们的作品，不料在学习学习再学习之后，在片刻清醒之际，他意识到这些大师群体是把古人们还留有空隙的大门紧紧地关严了。不但关得严严实实，而且外加大锁和封条，没有人能再撬得开。土地没了，戏演完了。后面的人没了活路，饥肠辘辘只有沿街乞讨的份！"

前述这些话确也让我悲观不已，真的是今人所看到的形式、方法、手段等，古人都做绝用尽了吗？且慢，我也曾花费了一些时日精力，一点一滴浏览古人所留下的重要作品，经典论述及其他方方面面，事实却未必尽然。天地洪荒，苍穹无际，大到宇宙，小至微生，艺术这座大门，无疑包括绘画，关上容易，关严很难，时代走到今天，科技信息高度发达，肯定会有新的创造、新的发现。东方人讲究守传统，西方人希望探未知！如若来一个东西结合，便像列宁所说："牛

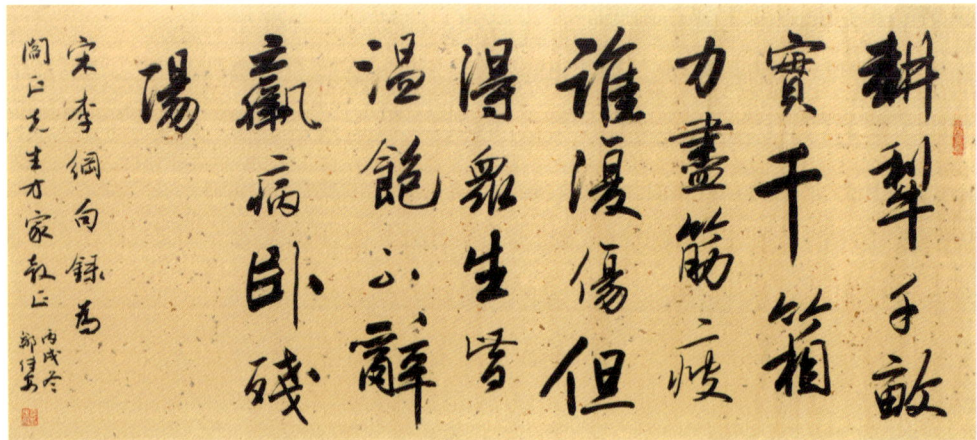

宋 李纲《病牛》诗
邹传安 书

奶会有的,面包也会有的。"人类总要向前迈进,远没有走到"天尽头"。

今天在一切领域的开放变革,不言绝后,但一定是空前的,可以毫不夸张地说,当今盛世,千载难逢,汉风唐韵亦不过如此耳!仍就绘画而言,当今的画家在数量上历朝历代都望尘莫及,说到质量尽管绝大多数为随大流者,然而站立潮头的弄潮儿水平不可低估。邹传安即当今弄潮儿之一也。

邹先生曾说:"我自幼学画,今已须发皤然,数十年间日绘夜思,寒暑不易,小疾未休……开始是临摹前人遗迹,凡一点一画,一勾一染,唯恐不真不肖……继则写生于园圃,凡一花一叶,一蕊一蒂,必着意勾描,每自朝至暮、腰酸指硬,而一一回视笔下形象,皆不及园中诸物,又以为造化天成,凡手俗目,何可追摹?如是老垂五十年,始能够渐傍造物,兴浸古人,于情于理,稍许自由。也不敢便说是迹踵神明之妙,意澈造化之秘,只不过日久眼熟,熟能生巧而矣。"此一番肺腑之言,让闻者无不动容!

邹先生毕半世纪之功,力求冲出古人窠臼,深入生活而来,高于生活而去,如填海精卫,如啼血杜鹃,五十载日月旋转，绘制出大量珍神之作，那都是他身体力行的生命结晶。行内人静心审视之下，会发现许多与历朝绘画之不同处，取材广泛自不待言，出于眼界，他画出了许多古人不曾画过的物象和意境，手法新颖有目共睹。"邹氏图像"中的不少佳作，在古人遗留下来的作品乃至尘封的画册中从未见过。相比之下首要不同的是，古人只重具象的描绘，如一枝一叶，一花一鸟，却往往省略或不在意环境的刻画，花鸟传神，令人景仰，但背景容积率相对薄弱，乃是一大缺憾。只重主体物象，轻视周边环境，此与古人所处时代有关，人事闭塞，孤陋寡闻，反映出的作品花就是花，鸟就是鸟，昼夜不明，阴阳不论，尤其是工笔花鸟，想当然的富丽堂皇，光彩照人，顾此失彼，却丢掉了花开四季，阴晴圆缺的另一面，无疑是天意人功，未全融切。"邹氏图像"中紧紧抓住这一点，着意掌控这一点，随之展现给人们的画面则四季分明，昼夜不同，从一层空间扩展到二度空间、三维空间，用立体的锁链把画家希冀表现的主体环境、季节变换等串联起来，使读者眼目一新，得到了极大的精神享受。如一幅题为《古胄凌烟

唐人绝句
《问刘十九》
邹传安 书

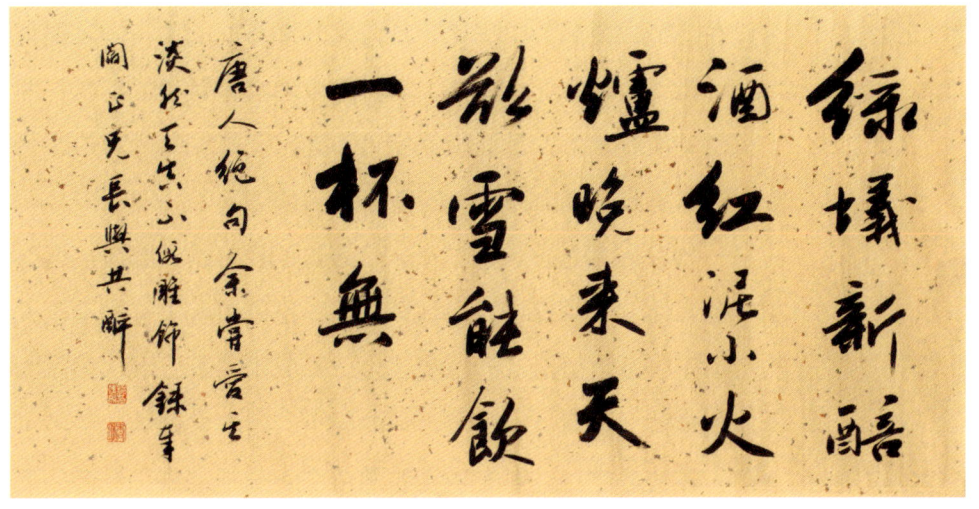

《十里荷香》
邹传安 作

月上时》的巨制力作,画家精心描绘了月夜朦胧中的枯木逢春,一色的寒冷色调,忽明忽暗的月光底下,似隐似现的两三枝淡淡花朵,把古人工笔花鸟中干枯、阴冷的大忌表现得如此典雅绝妙,由不得观者不拍案惊奇。尤其是背景月夜,西画式大幅度泼彩泼墨,使夜色更加深沉神秘,烘托着中国式传统工笔的高超技艺,绘制出的老干新枝备显苍凉悲壮,如睡的花,如生的鸟,与渲染出的氛围浑然一体,营造出《天方夜谭》故事里扑朔迷离的景象。这种中西结合式的描绘手段在"邹式图像"中比比皆是,此乃邹传安先生一大发明创造,精工巧致的纤纤鸟羽,入木三分的盘根错节,汇成一曲中西无声交响乐,足见画家宝刀不老。工笔花鸟画到这个份上,称得起"高山仰止"四个字了。

　　沙漠驼鸟是古人笔下从未出现过的题材,"邹氏图像"中有一件《大漠行》,别具风采地画出了前所未有的工笔大漠场面,石山是山,沙山也是山,画家用赭石、淡绿配以大面积藤黄(藤黄是一种极可怕的颜色,用不好则全画俗不可耐,前功尽弃)。邹先生大胆地用白云分割,划段经营,既突出了沙山的浩渺雄伟，又渲染了驼鸟的生存之地，用画家的话说："不时有些非驴非马的东西出来，虽然从未因此而得到什么荣耀，但这本身已令我心满意足，因为前人并没有将风光占尽，留给我辈仍有无尽天地。"绘制技法是画家没有用笨拙的一粒一粒点出沙质，而用晕染法把近处沙子晕化成一朵一朵小花状，构思及描绘方法妙不可言，想绝了，也画绝了！那画上题曰："极目八荒，沙程敢拟御道，等闲千里，珍禽笑傲龙驹。"画家胸怀，可谓大矣！

《醉春》一类选材，古人画得较多，但翻来覆去寻看古代类似作品，却又找不到一幅像这件如此多层次渲染，多空间烘托的样式来，花儿生动，鸟儿生动，环境也生动，翎毛传情，枝叶传情，月色更传情，属精品中的精品。另一幅《浴鹁图》，俗称"鸟儿戏水"，我也曾见过，不过那是件小写意之类，画不精道，有形却无神，看不出鸟儿与水的关系和感觉，邹氏的《浴鹁图》在技法上明显高出许多，一只鹁鸟头扎水中，另一只则在水上翻腾，欢畅舞蹈，神采奕奕，题曰："曾见宋人有浴禽图，木盆中立一鹁鸽，黑色沉厚，仪态娴雅，当由高手所出，然禽则立而已矣,羽燥眼明,浴意未见也,此后未知有工笔作此，况者意尝跃跃，今试为之，犹自未能尽意，它日更当寻思一羽湿毛沾浴态酣畅之法，一足此意耳！"邹氏谦逊，遮不住笔下出神入化。观者细品，应都会体味到鸟头、鸟嘴触水后的毛发湿润和微闭眼睛的欢乐情态！自古道："有钱难买水颜

《耳鬓厮磨》
邹传安 作

《小写意花鸟》
邹传安 作

色。"说的是画湿之时最漂亮,邹氏有此图,即欲表现水感觉,按当下时髦的"超级访问""超级女声"说法,这件作品就是这位"超级老人"的"超级作品"了。

如今是一个浮躁的世界,而工笔画作为绘画中的"马拉松",需要的是旁若无人,无悲无喜的清心寡欲状态,否则他也该工笔改写意,人物改山水,山水改花卉,怎样有利怎样画了。此对于生活在深圳这座充满活跃、城市喧闹的传安先生来说,居大不易,但他千真万确地"闹市面壁""带发修行",一旦身坐案头便安禅入定,形神俱化,做到了"读书随处净土,闭门即是深山",犹如一棵大树,一辈子站在一个地方,只为完成一种坚守的使命!

每当想到传安先生独对孤灯,冬寒夏暑,便百感交集,感同身受,上苍将他降临人间就为着成就一批伟大杰作而来。

但他自己却说："对我而言，之所以也曾勤于砚耕，区区事业心之外，此中如坐蒲团，如演太极，修行炼性乃是第一要着，画好画歹，原是行程偶拾副产品罢了，何须奢望。"年纪大了几岁的人，把一生追求轻描淡写，区区二字让人油然而生敬意，偶拾副产品之说，则如同穆桂英大破天门阵捎带取了洪州城一般。人若说拿女子比先生有些不恭，我倒不想重复时代不同男女一样的老话，我要说的是邹先生笔下的美丽，是无数女子当然也包括男人都望尘莫及的，他的人生早已炉火纯青，修成正果了。

其实人老未必青春不在，古诗云："若道风流老无分，夕阳不合照桃花。"只要有一颗永远年轻的心，才有可能永远表现着唯美的景象，传世的画图。当然画家常常产生错觉，转了几年又转回原来位置，那是他忘了人生是螺旋式的上升，转回原位不假，但却升高一层，邹先生的事业升有多高，只有旁观者才会看清。

邹先生闹市修行多年，我亦是离群索居久矣，无非是不愿沉浸于灯红酒绿，荒废了自己。记得有人给我讲过一种苍蝇理论，说拿一个瓶子，底对窗户，将几个苍蝇和蜜蜂放进瓶子里，蜜蜂全撞死了，苍蝇却跑掉了。那是因为蜜蜂太执着，只认光明朝着瓶底一个方向飞，而苍蝇灵活，乱跑乱钻得以逃脱。想来想去，我还是宁做蜜蜂撞死，不做苍蝇苟活。其实即便是终生执着又不被撞死，按百年计也不过长河一瞬，毛泽东词曰："人猿相揖别，只几个石头磨过，小儿时节……"历史太长，人生太短，凡努力过了，有无成果，都不枉来世走过一遭，若能像传安先生则更好！

2004 年 6 月 6 日于深圳银湖

他虽为湘人,久居东北,脱却了与生俱来的温润,增添了北国的豪爽粗犷。我看到他那个马上驰骋的虚幻模糊身影,就想到一天一地一圣人来了。我并非把他比做圣人,只是那影像画面与诗意太吻合了。

易洪斌(1943—)

湖南长沙人。原任吉林日报社社长、中共吉林省委宣传部副部长。现为中国美术家协会理事,吉林省美术家协会主席。中国作家协会、中华美学学会、中国书画家联谊会、中华诗词学会会员。

大匠之门
——致易洪斌

易洪斌与作者阎正合影

历史长河绵延流动,大匠之门敞开着。

放眼望去,它无时无刻准备接纳着即将临近的大师巨匠。我静静注视着你,你正一点一点迈着掷地有声的脚步,缓缓艰难地向大门走去……

老易,在文学艺术上称得起才华横溢,触类旁通,他为人又过于低调,不事张扬,以至于多少年来,许多只知其一不知其二的朋友大有人在,我也是其中之一,我常想又有几位能真切完整地了解他呢。

实话实说,在我的朋友圈里,他是我接触最少的一个,但又是心味最近的一个。这是因为他与我之间相近相似之处太多。我们工作相近，他办报纸，我搞杂志；性格相近，都是十足的书生气；年龄相近，我凭感觉两人上下不差一岁，甚至是同年，爱好相近，都舞文弄墨，早年习画中间收手又重新拾起；都事笔耕，连文笔文风都极为相似，当然这也都是我的自我感觉，一厢情愿。若要较起真来，除年龄工作之外，其他还真不好说，虽都是文人，他温文尔雅，一派君子之风，我却脾气急躁，风风火火。说起绘画，他已进入高层境界，我还在老水平线上晃荡……

早先见他的画并不多，只是几幅骏马的印刷品，那时我在海南，他在东北，对他真的不甚了了，更不知他官居何位，只觉得作为画家，他笔下的马群雷鸣千里，惊天动地，于是随手写了篇小文《雷阵》，发了几幅我仅看到的作品而已。嗣后我们相识了，南来北往，开始接触，他来过两次，我去过两次，渐渐熟悉一些，我才越来越感到以前对他的了解太局限、太肤浅，自然就很想再写写我印象中的他。然而了解愈多，认知愈多，就愈发踌躇，天长日久竟成了心病。

他和我的家庭，他和我的父母，猛一看大不相同，其实并无两样。我们的父亲都是教师文人，我们的母亲都很勤劳善良。按他所描绘的家庭，他毫无疑问应是"红五类"，我则是"黑五类"，遭遇不同，经历不同，但所经受的曲折却不会两样。这是那个时代赋予每一个人的恩赐，最终还是殊途同归了。

我们的交往尽管有限，我却会常常在有意无意之间想起他，久久徘徊在眼前。我找不出恰当的词语，如果要说，大概就是一种思念吧！亲人之间、男女之间有这种感觉，朋友之间同样有这种感觉，而且是非常持久的一种。我想写他，蓄谋已久，迟迟未能下笔，是力不从心，把握不准，唯恐凭

《凌空铁骑行》
易洪斌 作

印象写文章,往往失之毫厘,差之千里,写走了样。文人为文人作文,更多了一层顾虑,弄不好露出了马脚,贻笑大方。

论及文字,在他寄赠《凡圣之间》以前,我已在书城发现买过一本,并集中几个夜晚读完了它。不看不知道,一看吓一跳。他大都是洋洋万言的鸿篇巨制,文章立论高屋建瓴,旁征博引清晰严谨,不求文字的华丽组合,层层剥笋,娓娓道来,我作文三五千足矣,上万字者绝少,心里便自弗不如。

近时,《南国艺术》杂志的封面已经定下了他,此乃这本杂志的操刀厨师必有的一道主菜,我是非做不可了。我再一次拿起了文集《凡圣之间》,每天在来去上班的车里,看上两个小时,半个月下来又通读一遍,反复酝酿,九朽一罢,开始集中精力经营了。这一段时间里,总有一抹影像在我眼前晃动,那是他骑在马上的镜头。我不由想起青年时代在东北听说的一个小轶事来。乾隆年间,皇帝出联让大臣王尔烈对,上联曰"江南多山多水多才子";王尔烈对下联是"江

易洪斌

北一天一地一圣人"。这一天一地笼罩了所有的山山水水,一个北方孔圣人,胜过江南无数才子,看来还是北方人更大气、更厉害。如今我在南方偏安一隅,汲取了南方的阴柔,却少了北方的阳刚之气。他虽为湘人,久居东北,脱却了与生俱来的温润,增添了北国的豪爽粗犷。我看到他那个马上驰骋的虚幻模糊身影,就想到一天一地一圣人来了。我并非把他比作圣人,只是那影像画面与诗意太吻合了。

有位前贤曾说过:"无论画家、书法家,首先必须是文学家。"这个定义下得不无道理,近代吴昌硕、徐悲鸿、齐白石、黄宾虹、潘天寿、李叔同,哪一个不是具有深厚的国学功底,往往只因为他们某一方面名气太大,而将他们的根基遮挡罢了。他亦如此,稍有不同的他不是画遮文,也不是文遮画,人们提到易洪斌,首先想到的是他的职务,省报的社长总编、省委宣传部副部长、省美术家协会主席……是他的职务遮住了他的文章,遮住了他的画。不明就里的人还以为大家推崇他是因为他的官位,了解他的人倒觉得那官位并不重要,其实倒耽搁了不少他的艺术实践,如若卸掉官场的职务,无重任在肩,他一定会画出更多、写出更多、生发出更多他自己欣慰,朋友们值得骄傲的好作品来。

我喜爱他的文章,我喜爱他的画,尤其喜爱他画的动物,马先不说,那是他的主打,美誉满载,其他如老虎、狮子、猴子、仙鹤,无一不在他的笔下呼之欲出、栩栩如生。我偏爱他笔下的小动物,像"养在深闺"的小白兔,"小儿时节"的小狗狗,"思沉沉"的小狐狸,"密林深处"的猫头鹰……起初我对他作品内涵的了解并不深刻,待读过那篇"你绝望的眼神让我心碎",我心灵深处受到了极大的触动。他为地球上所有的动物痛心疾首地写道:对于一个有感知能力、有情感活动的生命体而言,他活着是为什么?是命中注定要为另一种生物的生存、享乐而遭受痛苦、牺牲自由、奉献自己的血肉,还是像其他生命那样有权享受生命正常运行过程中应该有的待遇和乐趣?

他讲了一个故事:一个猎人,当他清早从

【上、下】易洪斌、刘满衡、薛玉森等画家朋友与作者间在中国首届公务员画展上

帐篷中刚一走出,就见几步之远对面的草坡上立着一只肥壮的藏羚,他立即转身取来猎枪瞄准了猎物。奇怪的是,那只藏羚并没有逃走,只是用企求的眼神望着他,然后冲着他前行两步,两条前腿"扑通"一声跪了下来,两行长泪从它充满绝望的眼中淌下。就在这一刻,猎枪响了,藏羚一头栽倒,仍保留着跪卧的姿势,两行泪迹久久不干。待到猎人将猎获的藏羚开膛破肚,才发现这是一只母羚,在它的子宫里,静静地蜷伏着一只已经成形的小藏羚,当然也已明白它为什么要屈下笨重的身躯向自己下跪,它是求猎人留下自己的孩子一命啊!

我看完这个故事,心头一阵阵发紧,手脚冰凉,我完全能体会他讲这故事时候的心情。回过头来再看他画的这些可亲可爱的大小动物,突然理解了"文如其人,画为心声"的深层含义。通过他的文章,我感受到了他的善良,他的博爱,我体会到他作为一个艺术家的正直良心。通过他的画,我看到了他对所有动物的珍惜和热爱,那是他一览无余发自心底的声音。

据说那位杀死了怀孕母藏羚的猎手,在剖开母羊肚子看到了那蜷伏的胎儿后,将母子俩连同自己的猎枪一起埋葬在山坡上,从此,他消失在藏北草原上。

一个靠屠杀生命为业的人,在血淋淋的现实面前醒悟了。

我和他一样,非常珍爱小动物,前不久出差多日回来,家里成了野猫的产房,我一开门,一只母猫护着刚生下来的5只小猫抬起头来,一旁卧着的公猫弓起身充满敌意地瞪着我,口里发出"呼呼"的声响,我看着被搞得乱七八糟的房间也惊呆了。但我很快平静下来,为避免它们的恐惧,便不去理会它。尽量先收拾不妨碍它们的地方,我的住室既成了哺乳的产房，我就在外屋沙发上另开辟住处，好在天不冷，也无所谓，两天过后，敌意消失，我才找了一个篮子，垫上枕巾把5只小猫小心地捧进篮子里，提到阳台上，把弄脏的被子一并铺过去，老猫也跟着住上了阳台，我才开始打扫被老猫生育弄脏了的房间。

他写道："糟就糟在人类从来就不把动物当成可以和自己有同样生存发展权利的生命体来看待，从来以君临万物的姿态对待其他一切生命。"

我可以毫不夸张地说，人类对待所有动物，想杀就杀，想吃就吃，在现今的时代，到了无以复加、令人惶恐的程度。

他愤怒地写道，人类为了自己的生命，是以"君子远庖厨"的方式在无情地吞食别个生命。

吃猪肉、牛肉、羊肉……

吃鲤鱼、鳜鱼、鲍鱼……

吃公鸡、母鸡……

吃乳猪、乳鸽……

吃乌龟、甲鱼……

吃熊掌、驼峰、鹿鞭……

甚至吃孔雀、吃老虎……

一张张如无底洞般的牙齿尖利的血盆大口，似要将普天之下的动物吞噬殆尽！

在德国艾科尔野生动物园的一座小木屋的墙上，写着这样一个问题：

"世界上最危险的动物是什么？"

游客们马上就想到的答案是狮子、老虎、毒蛇、鳄鱼等等。

人真是太谦虚了。真正的答案只要打开木屋的门就可以看到。木屋门一旦打开，游客们面对的是一面大镜子，每个

《虎兮福兮》
易洪斌 作

人的尊容都在镜子中纤毫毕现——

人，你才是最危险的动物！

据英国皇家学会主席梅勋爵推算，鸟类和哺乳动物的灭绝速度比历史上千百万年来的平均速度要快100——1000倍。对化石的研究表明，历史上曾发生过5次大规模的物种灭绝。而现在，人类正主导第6次物种大灭绝，其规模不亚于6500万年前的恐龙大灭绝。

不能再这样吃下去了！到南方这10年以来，一辈子想都不敢想的如穿山甲、海龟、毒蛇、海龙鱼、鳄鱼，能吃不能吃的都吃过和见别人吃过了，有些人大言不惭地讲："天上带翅膀的除了飞机不吃，地下四条腿的除桌椅板凳不吃，咱没有不敢吃的。"记得有朋友对我说："不要吃蛇和龟，这种灵性的动物吃了不好，凡是有灵性的动物临死前都会放出一种毒液融进它的血肉里，报复吃它的人类。"我曾在海南去过一家"龟蛇餐馆"，笼子里面困着一大批山龟和各式各样的蛇，每个山龟都有锅盖大小，杀它的时候一个人踩着，另一个人一手拿刀，一手拿棍捅它，捅急了，龟刚一伸头，手起刀落，龟头就剁下来了！杀蛇更残忍，一个人把蛇笼打开一个口，手拿铁钳选准一条，夹住它的七寸部位就拉出来了，蛇再挣扎已无济于事，那人另一只手抬起铡刀，把蛇头往里一放,咔嚓一声,蛇头就飞了,刽子手若无其事的样子,眼里透着冷酷,我却触目惊心,毛骨悚然。从此,我再不动蛇和龟之类的肉食了。是怕中毒,怕遭报应,还是良心发现,我说不清,总之自己不吃了,也劝别人不吃。

当然,我知道他和我的说法和做法在现实面前极其微弱,像诸葛亮明知蜀国没救,努力没用,还要鞠躬尽瘁,死而后已一样,我们努力了。

他在他的作品里描绘了不少人与动物和睦友爱的画面,如《神女应无恙》《智者》《执子之手》,尤其那幅为不少人津津乐道的《相看两不厌》,画一个裸女与老虎相厮相守的奇景,现实之中似乎绝不可能,他借鉴了古代神话"山鬼"的情节,把它变得可能了。美妙绝伦的画面便是他的心声。《仁者》则更直白地通过一个传说故事,表达了作者反复希望表达的心情,他在题记中写道:"一支年代不详,以杀伐为生的武装队伍,不知从何而来、向何而去,没有谁能止住他们坚毅沉重的步伐,当之者必将遭遇一场血战。但是此刻,一个小小的意外却使这些铁石心肠的战士猝然止步——就在他们的脚前,跌落了两只嗷嗷待哺的黄口雏鸟,两条幼嫩无助的弱小的生命……"

作品中的人物其实也使他自己的爱心昭然若揭。

我还想提到的是他所绘制的一批历史题材和与历史有关的作品。像《长恨歌》《圣者》《霜锋铮》那些场面浩大、人物众多的作品,无大功力、无深功底,恐很难画出这些给人带来震撼的巨制。《长恨歌》是人尽皆知的历史故事,他没有简单化概念化地描绘"华清池""马嵬坡""长生殿"一系列故事中的某一个情节,他大胆地将李隆基和杨玉环的爱情传说一股脑儿集中在同一画面上。有人说:"大艺

《仁者》
易洪斌 作

术家与一般人的区别，在于大艺术家是把人们不注意的素材，把人们注意与不注意的素材情节，收集在一起，放在一个框架里。"他恰恰符合这一论点，大胆构思想象，小心组织设计，把百般情意、千般曲折糅在一起，既有他们的恩恩爱爱，又有他们的生离死别，升华到神话了的悲欢离合。他汲取了国画、壁画、连环画、风俗画诸家之长，演示出他笔下独有的《长恨歌》。同样的题材，同样的内容，他画出了历史的沉重和艺术的浪漫，是历史现实主义和艺术浪漫主义巧妙结合的经典之作。还有一批场面虽不复杂，意境却极为深远的作品，如《观沧海》《大士》《先民》。我尤为偏爱他描绘霸王别姬的《此恨绵绵》，有关项羽悲剧的生死之恋，这题材画过的人不少，唯有他画出了英雄肝胆之外，还有一番儿女情长的感觉，我实在想不出还有哪一幅能像他画的这样令人荡气回肠，令人深爱有加。

我特喜欢陆游、唐琬的《钗头凤》，他为此写了文章。我看完这一篇掩卷闭目，感慨不已，唏嘘不已。想起当年母亲带着我在舞台上看到的动人场面，甚至想起了悲凉哀怨的《钗头凤》音乐：

红酥手，黄藤酒，满城春色宫墙柳……

我不知他为什么没有画《钗头凤》？还是我没有看到，

但总算和他心有灵犀一点通了。

国学大师钱穆说："所谓对其本国以往历史有一种温情与敬意者，至少不会对其本国以往历史抱一种偏激的虚无主义，亦至少不会感到现在我们站在已往历史的最高之顶点，而将我们当身种种罪恶与弱点，一切诿卸于古人。"

他正是以一种谦恭平和的心态，审视和评价所有他企望反映的历史人物和历史事件，冷静地再现历史原汁原味，自然就更能赢得观者之心，并与他一起产生共鸣，这也是他的大匠之心，大匠之为，大匠之根本所在。

一位杰出的思想家曾说过："没有伟大的人，只有伟大的构想。"

他的人生构想是在艺术的多个领域有所突破，他已经在现实着他的构想。

绝大多数哲人思想家认为："人生一世，草木一秋。"人生像"白驹过隙"，"朝如青丝暮如雪"，哀叹"人生苦短"。其实在整个动物界中，人的寿命相对来看还是比较长的，这个长度足够完成任何人想要完成的事业，关键在于不同人物不同的追求和实践罢了。

老易，我不知道他有没有过"弹指一挥间"的感受，即使有也可能产生前述所说的"人生苦短"，但那都应是一刹那，一闪念之间，我坚信他的人生主导是积极的、向上的，他的追求是显而易见，实践是脚踏实地的。不然他不可能在广泛领域产生出那样多的有分量的作品，其中不乏惊世之作。我凭着个人的经历，能想象他的呕心沥血，他的刺股悬梁。

人来这个世界走上一回是一种幸福，因为人能够出生就是获得了一次最大的机遇，每个人都不应当辜负这种机遇，他努力，他奋斗了，他的作品是奋斗努力的结果，是艰难困苦的回报，来之不易，得之不易！

　　他在《啊，大师》一文中写道："可以斗胆地说，中国没有意大利文艺复兴三杰那样的艺术大师，过去没有，现在也没有……没有在作品规模的宏大辉煌上都以直观的感性形式咄咄逼人，几乎是以压顶而来的威力让你匍匐的大师。"我完全赞同他的论点。但最近有人考证说："米开朗基罗患有自闭症，所有才能是长期关在屋里才画得那样好。"这人还煞有其事地说："莫奈患有白内障，所以才画出了模糊的印象派，后来戴上眼镜看清楚以后说，'如果世界是这样，我就不画了。'"简直是无稽之谈。

　　我的一位很要好的教授朋友提出"打倒毕加索"！早年也有"打倒徐悲鸿"！"打倒齐白石！"我不赞成打倒我们的前辈，用老易的话讲："很多人看不懂毕加索那些标新立异的作品，这只能怪你智商太低……"毕加索像旋风般一路扫荡并伴陈词滥调而来，日日新月月新，最终以创立立体主义而享誉世界。齐白石则恰恰应了"不在沉默中爆发，便在沉默中灭亡"之理，他的"衰年变法"犹如火山爆发，冲天而起的烈焰岩浆将他的绘画艺术送上一个前所未有的高峰，他亦因而名震大千。当然他们所处的时代，他们的性格，他们的艺术，可能会有这样那样的不足，但终不失他们的优秀，他们的卓越。每个人可以编织自己的人生，干吗要用打倒前人来显示自己的高明？更有一位青年提出中国画穷途末路，矛头对准李可染等一批中国画家，当然也有针对张大千、刘海粟、蒋兆和、傅抱石的，这一片打倒声与"文革"无关，是自始至终贯穿在新中国成立后这几十年间的。我无意与谁辩论，其实根本不需要，已故的前辈，利用了他们的最大的机遇，完成了他们的人生价值，不管怎样讲，即使不论定也已经盖棺。大家的戏唱完了，唱得还不错，不然也犯不着后边的人攻击他们了！但我觉得挥舞大棒的人并没有真正了解他要打倒的人，如果真真切切地了解了那人生，那奋斗，那成就，让他打也不打了！与其想取巧，靠攻击名人出名，不如埋下头来打理些属于自己的东西，让社会认可。

一个人的信念，决定人生的走向。老易的信念是将你编织的美丽的梦变成了现实，他不是凭兴趣，凭天资，他凭的是一种信念支撑的奋斗。一个有信念的人的力量，相当于99个只有兴趣的人的力量，这是他成功的基石。

萨特说："人往往大于他所是的。"爱默生说："你正如你所思。"

对于清楚自己要去哪里去的人，世界会让出一条路来，任由他去。

易洪斌的人生像他挥洒的奔腾的骏马，风驰电掣，生气勃勃，席卷千里，势不可当。谈及他的画马，名作比比皆是，据我所知道的有《诞生》《惊蛰》《天龙八部》《来疑沧海

【上】原中央司法部纪委书记岳宣义与作者在首届公务员画展上
【中】易洪斌与作者在北京"关东画派"画展
【下】易洪斌在常德与作者交谈

《此马非凡马》
易洪斌 作

尽成空》《北风卷地白草折》《啸西风》《大漠那边红一角》《天地英雄气——人间世纪潮》……看着老易所画形形色色的马,我立刻想到的诗句是:

下笔生马如破竹,一洗凡马万古空。

安得壮士挽天河,洗净兵马常不用。

老易画的马绝无披挂,更无绳索,是经过洗礼的马。马作为与人最亲近的动物朋友之一,格外灵性,马的故事太多,可以说是最通人性的,我甚至觉得他画马不是在画一种动物,而是在画人。如《在那桃花盛开的地方》《同饮一江水》,连作品的标题都人格化了。他画的马,也不同于别家字号,是深深打有易家印记的马,无拘无束,无忧无虑,是充分享受自由和平，大野芳菲任意驰骋的鲜活生命。

近有"关东三马"之誉的许勇、易洪斌、郭广业，三人之中的前两人，先后展出于深圳，老易在关山月美术馆，老许在何香凝美术馆，都获得了他们个人未必了解的影响与成功！评价的美誉，有口皆碑，何劳我画蛇添足。

我国美术界的泰山北斗蔡若虹先生生前曾有《采桑子》一词赞曰：

> 造物抒情才子笔。造象无多，造意良多。独弄丹青唱牧歌。
>
> 神在征途形在马。志气嵯峨，格调嵯峨。万里奔腾是米萝。

米萝者，易洪斌也。洪斌画马，实则是画自己。他是马，马即是他，蔡老前贤评语，一矢中的。

2004 年 7 月 16 日于深圳云顶翠峰

他的心态不老,笔下不老,他还远不到"青山依旧在,几度夕阳红"的时候,他对老朋友的真挚感情依如当年,时时处处青春如昨,常常令我感慨不已!

王西京(1946—)

生于西安。国家一级美术师、中国美术家协会理事、中国画艺委会委员,陕西省文联副主席,陕西美术家协会主席,西安中国画院院长,西安美术家协会主席,第九届全国人大代表,政协西安市第十届委员会常务委员。

西望长安

——记王西京

王西京与作者阎正合影

西安是我的出生之地,也是我朋友众多的地方。在画家圈子里,王西京则是我最亲近、最交厚的一个。

西京性情敦厚,为人内向,他青少年时代甚至中年之后都并非一路鲜花、风调雨顺,他半生奋斗的路途上,坎坷远远超过了平坦,这也是我们相知相近、相互关怀的一个相通点。

西京生性酷爱绘画和文学,喜欢读书,涉猎极广,初中时代就做了相当数量的读书笔记,能借到的书他都要借来读一读,那时要搜寻到一些绘画资料相当不易,唯有便宜的小人书,成了他最初的摹本。说起绘画,我和他一样都是画连环画出身，但他的勤奋、他的才华、他的业绩、他的成就，在同龄人当中，无人可比。

画界有些人似乎对连环画"出身"不屑一顾，甚至嗤之以鼻，殊不知，中国的人物画大家中，很多人都是同等出身，程十发、姚有多、颜梅华、刘国辉、张义潜、冯远、施大畏都曾画过大量的连环画，至于贺友直、顾炳鑫、戴敦邦、华三川、王弘力、钱笑呆等干脆说就是连环画家。他们所受到的热爱程度，决不亚于当今那些"玉米""粉丝"追逐歌星的热情，只不过是时代不同形式不同罢了。

少年时代的王西京，几乎所有的星期天都在图书馆、阅览室里，每每夜幕降临，他才恋恋不舍地离去。嗣后，他考上了西安美院附中，眼前的世界豁然开朗。他白天晚上拼着命地画，恨不得再生双臂，臂生双手，恨不得一天48小时。星期天同学放假回家，他却带着干粮，背着画夹，沿着樊川的原坡、田埂、渠岸和村庄步行写生，苍天所覆，大地所载。几十里往返，皆生活也。这些点滴积累，这些早年劳作，为他今天的辉煌，打下了最厚重的基础。在"十年浩劫"中，有的改行了，有的消沉了，有的赶时髦了，他依然故我，我行我素，凭着矢志不渝的热爱，悄悄背后反复临摹了宋武宗元的《八十七神仙卷》、唐吴道子的《送子天王图》以及元永乐宫壁画……这些临摹的成就——在他日后的创作成果上——他的"线"，即中国画的灵魂——起了决定性的作用。

【组图】年青时期的王西京，王西京伉俪与女儿

20世纪80年代初,朋友们怂恿我在北京搞一次"藏画展",我便拿出了长安画派石鲁、赵望云、何海霞、叶访樵、张义潜、王子武等人的近百幅作品。当时王西京正在创作一大批历史人物,为这个展览,他特意送来了六七件精品,为那次展览增色不少。也正是那个展览,让不少人大吃一惊,使北京画坛初步认识了年轻的王子武和王西京。西京的那批画,除《献寿图》给了朝鲜的金日成,还有几件作品分送《光明日报》和《人民日报》等新闻单位,不管画作现藏于谁的手中,都堪称画坛经典。

【组图】20世纪80年代初王西京与作者阎正在西安

1984年,我写的《石鲁传》完稿,几家报刊开始连载并准备出书。我找到西京请他为这本书画插图,他那时还在《西安晚报》,每日忙乱不堪,但却一口答应。没有几天工夫,6幅插图完成。我接过来一看,这哪里是插图?每一幅都有三尺整纸那么大,简直就是一批精美的国画作品。后因与石家有约,此书迟迟未能出来,我只选过其中一幅用做《东方艺术》杂志封面。21年过去,今年如有幸出书,虽迟一些也可对西京有个交代了!

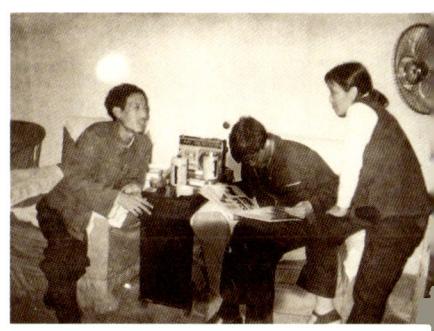

1986年,我任洛阳书画研究院院长,于涛、白庚延、石宪章、刘相训和广东一批朋友赶来庆贺,王西京应邀也来了,我们在一起白天画画,晚上喝酒,足足欢聚了四五天。当时我不太会喝酒,每天晚上都是成箱成箱的啤酒往上搬,西京海量,专拣软柿子捏,我是主家,也不能示弱,就跟他拼,结果有一天晚上我喝了19瓶

《石鲁传奇》插图
王西京 作

啤酒,上了800趟厕所,西京给我起了个外号"下水道"。这一喊不打紧,整整喊了10来年,到千里之外的东北、海南、深圳人家都知道这外号,西京一下子让我名扬塞北江南了。西京好几幅有名的作品也是在那时候诞生的,最著名的有《蒲松龄》和一批钟馗,记得西京回去以后给我一封信,大意是他要出一本画集,想用那幅《蒲松龄》,因画了几幅都不如意,便想把在洛阳画的那张要回去。范松声主任一听就急了:"这画那么好,又题了画院的上款,怎么能给?"我说:"叫你给你就给,西京亏待不了咱!"画便寄过去了,不多久,一本精美的《王西京画集》寄来,封面正是那幅《蒲松龄》,画面上赫然题着"洛阳书画研究院"存念,随着画集西京又寄来了三张画,我对范松声说:"你看!一张换三张,还给咱的画上了封面,给你两张,我留一张,你赚了吧!"他情不自禁地喜笑颜开。

1987年,我和西京一帮朋友到无锡开会,中途大家相约挥毫,白庚延、郭子绪、洪丕谟、张绍文和王西京等"武林高手"都各显神通,各露风采,我是组织者,只管指挥,

不知哪路神仙喊了一声,非要让我来一幅石鲁的泼墨,百辞不许,我只好当众泼了一回,叫好起哄声中,老白拿过笔说:"让我补几笔。"三下五除二,一幅画成了。子绪顺手正要题字,西京一把夺过笔说:"我来!"随即写下一段诙谐幽默又很有纪念意义的文字,题曰:"丁卯深秋,庚延、阎正、安玲、西京、亚婷同客太湖之滨,墨戏寄兴,阎正泼墨,庚延补成,西京写题,安玲盖印,亚婷收藏,皆大欢喜,以志友情。"亚婷是王西京夫人,这一题引起哄堂大笑,亚婷自然收了起来。过后白庚延打欠条又从亚婷手中借出,不久我又从庚延手中"赖"走,那时的我们,几乎就是一家人。一片欢笑声里,这作品记录下"恰同学少年,风华正茂"那美丽年代的难忘情怀。

这期间安玲因公差去了一趟西安,顺路看望西京,晚上在西京家里喝茶聊天,谈起往事,勾起西京情思,援笔画了一幅《卧雪赏梅茶当酒》,上题"此乃阎正君也,龙岁之春安玲相与长安,夜话感怀,漫笔遣兴,并记长安,西京。"安玲带回家付与我,让我夜不能寐,感慨良久,朋友还是老

《泼墨山水》阎正、
白庚延、王西京、
李亚婷、安玲合作

的亲哪!

记得有一年我去西安，正逢召开"全国人大"会议，想到他要开会，便没有告知他，临走和张山、炳南等朋友一起吃饭，正要动身去酒店，炳南递过手机说："西京找你!"我接过电话未及解释，他不高兴地问："来西安怎不告诉我?"还是不等我开口又说："你现在就过来，我在画院等你，咱一块儿吃顿饭。"我不好意思地说："人太多了，去了不好招架。"他问："人多是多少？"我说："有一二十个呢。"他说："都过来，摆两桌不就行了!"我把西京意思说给张山、炳南，他们说："既是这样，就听西京的，不然他要怪你的。"于是，我带着大队人马浩浩荡荡开了过去，西京早已安排好了两桌酒宴，宴席未及一巡，西京女儿抱了一瓶"茅台"过来说："俺妈让给阎伯伯送瓶酒来。"我顿时热泪盈眶，无以应对，两手空空带这么多人，酒桌上喝的是五粮液，家里又送来茅台，讲什么都多余了。西京说："亚婷送的酒你带上，咱还喝桌上的吧!"过后我才知道，下午西京已去人民大厦报到，第二天飞去北京开会。听说我来，匆匆请假赶回为我安排了这场酒宴，来去往返够他紧张的了。我不知用何种言辞能表达自己当时心中的感动!

又有一次，在西京家中做客，西京翻着东西随口问："你搞收藏的，我这有一堆手

【组图】1987年阎正、王西京与朋友们在无锡

【组图】王西京、李亚婷、白庚延、石宪章、于涛、徐文达等朋友与作者阎正在洛阳

稿你要不要？"我也随口说："要啊！我有白庚延、何家英、李孝萱的手稿，也有郭子绪、王子武的手稿，加上你的，我将来搞个'名家手稿展'。""行，你只要不嫌烂，把这一堆拿去吧！"我拿过来看了一下，有他为我画《石鲁传奇》插图的草稿，有画钟馗、李时珍、苏武、屈原的手稿，有《霸王别姬》《贵妃出浴》的草图小稿，各式各样的纸张，大小不一的规格，最小的只有巴掌大，有的纸已经很脆了。我小心翼翼地整理到一块，他说："你还真当回事了？"我说："当然当回事了，这都是将来研究你的资料。"他笑了，"也不能光给你这些破破烂烂的，把这张大的也给你吧！"我一看是西京巨作关于"戊戌六君子"的《远去的足音》，铅笔稿画完了，大块衣服也全画完，只差面部和手没有画，是张近乎完稿的作品。我满心欢喜，也小心翼翼地叠了起来。

随后我将这批草稿一一排列归类，托裱起来。《收藏界》杂志连载《石鲁传奇》的时候，我将这部分草稿中石鲁的部分伴着插图正稿也都印在了杂志上，至于《远去的足音》——"戊戌六君子"的稿样，我太喜欢了，不愿意它仅是未完稿，加之西京已完成了80%，所余不多，我专门抽一整天的完整时间，盥手焚香，参照着西京已出版的印刷品，把最后的面部和手精心落墨完成。子绪兄来时看到，甚为欢喜，遂请他为题，他信笔写下"远去的足音，王西京画，郭子绪题"，让这幅画稿也完整了。本来就是西京的代表作品，我与他画风相近，代勾扫尾，既无利益驱使，又无名誉之争，加我的名字恐有窃誉之嫌，也无必要，就只请子绪兄落了他俩的名字，挂在自己画室也算是个纪念。后有个展览会借去充斥门面，大肆渲染价值几何，给我带来极大的不快。此乃题外话，无须多言。

王西京、李亚婷在洛阳

1991年，我到海南主理海口的一家国企艺术公司。王西京千里之遥，第一个赶来给我捧场，此时的西京身价已上涨百倍，书画的行市极为走俏。他来到已很给面子，哪里还有非分之想，不料西京主动提出要给我画几天画。他去三亚走马观花匆匆转了一圈，回来后立即实施，大大小小真的给我画了十几张，其中《羲之爱鹅》《五禽戏》都是难得的神来之笔。随后白庚延、郭子绪、柴建方、王朝瑞陆续赶来倾力挥毫，让我在海南岛站住了脚。

1995年，新华社海南笔会，我列请了

《远去的足音》
王西京 作

【上、下】1995年王西京与阎正、施宝华、何家英在第二届"港澳"拍卖会上

16位成就卓著的画家，名单中第一个就是王西京，这不仅是按姓氏笔画排列，更是从心里认为他为我所邀请的第一个著名人物。不巧的是正值笔会时日，他出车祸受了点伤，未能成行。然大报小报、广播电视已铺天盖地地宣传出去。我也只好拿出手中仅有的西京藏品支撑局面。笔会结束，我的藏品也散失殆尽。嗣后，西京稍有好转还是赶到海口，我个人虽受损惨重，心里却有说不出的安慰。

光阴荏苒，瞬息之间我们似乎都老了，其实真老的是我，他绝对不老，那不仅仅是他比我小五六岁，更重要的是他的心态不老，笔下不老，他还远不到"青山依旧在，几度夕阳红"的时候，他对老朋友的真挚感情依如当年，时时处处青春如昨，常常令我感慨不已！

西京赤诚待人，不只像对我这样的老朋友，即便素昧平生之人，也常常显示他的宽厚。记得1998年他在深圳博物馆举办个展，一件不大不小的事，给许多人留下了难忘的印象。开幕那天，西京陪我看画，指着一幅《大千观荷图》对我说这幅6米长、2.4米宽的白描大画，耗费了他很长时间，荷花荷叶的穿插摆布，层层叠叠，费了不少心思。其实他不说，我也能体味到这件巨制所费的心血，毕竟是同行，我反复仔仔细细地看过。从艺术上讲，这是传统绘画线描方面的惊世之作，是一幅纯由线组成的交响乐；其旋律跌宕起伏，妙不可言，画家通过他洞察的眼、神奇的手、巧妙的笔底运动，把寻常的荷花荷叶，千姿百态描绘得酣畅淋漓。风动之中，仿佛使人置身荷塘之上，悠哉乐哉，惬意至极。行内人士认为，此画是线描方面的一大贡献，是传统线描的集大成者，是划时代的里程碑。历史上的《八十七神仙卷》也不大，至今还没有过这样大的国画线描作品，这称得起是王西京的扛鼎之作。我几次走到这幅画面前，都有一股清气迎面扑来，越看越觉得不忍离去，以它的尺幅，以它的成就，我所见所闻决无出其右者，且笔笔有交代，处处见功夫，线描作品画到这份上，可以说达到了一种极致，有"山临绝顶我为峰"之感，但偏偏就是这样一件珍贵的巨制出了意外。

在闭幕那天，我在展厅门口，等广州赶来的朋友看最后一眼，先听走廊上吵吵嚷嚷，开始并不在意，后来听说是那幅大画被人损坏了。我匆忙过去询问，当事人是一位退休干部，一脸沮丧地把过程讲了一遍：他非常喜欢西京的画，听说要撤展，第三次又赶来，路上太渴，他买了一筒可乐，一边看画一边拉盖，可能太专注了，匆匆走动时间也长了，他全然忘记了易拉罐摇晃会产生气体，正巧走到《大千观荷图》画前，他下意识拉开了罐，只听"嘭"的一声巨响，可乐的气体把饮料蹦起了几米高，一阵气雾中，洁白素雅的巨制画面上溅满了一片褐色斑点，他和所有在场的人都惊呆了。工作人员抓住他不让走，他腿都吓软了，哪里还走得动？这件作品在北京

《羲之爱鹅》
王西京 作

王西京、阎正与时任新华社国内部主任在王西京展会上合影

展出时,有人出价80万,西京一口回绝了,如果是今天上千万也不在话下,这祸闯大了。我听后也气愤不已。若是一幅小画或一般作品还好说,你怎么偏偏把饮料溅在这件特殊的大画上?可乐不但有色,有糖分,而且有腐蚀剂,时间长了要霉变,看来这画是非重新揭裱清洗不可了。西京的朋友说:"哪这么容易?裱这么大画的案子都没有,当初四五个人花一个月时间在地上裱成的。怕天干画崩,一会儿一洒水,这可好,重新揭裱也得几万,画也受损了。"当事人倒满诚恳:"倾家荡产我也要赔!"工作人员冲他一句:"你赔?你赔得起吗?"这件事真够棘手的。

　　西京过来了。把肇事者请到一边,他怕朋友在场,不好处理,便有意避开大家和那人聊天,事后的结局却大出他人意料,西京不但没有指责,没有抱怨,反过来倒安慰肇事者,让他以后看画注意就行,不必说赔字。这件事就算了结了。西京觉得:"出了这么大的事,双方都难受,对方是退休干部又是残疾人,哪有能力赔这幅画,再说,他几次来这里,说明他喜欢我的画,是我的知音,正好交个朋友。不必提其他了!"这番出自西京之口的肺腑之言,饱含着一种超越大度的宽阔胸怀,如沐明月、如沐春风,还用得着我加什么多余注释?一位艺术家坦荡的人品性格还有必要用那些苍白的语言去渲染吗?

　　二三十年过去了,王西京已成了在西安乃至全国屈指可数的画坛人物,尽管只要我知道并能赶上的活动总去参加,但毕竟机会越来越少,每一次见面,西京还如往昔总是一把抓住我,劈头一句就是:"你还活着哪?"这也是西京和我独有的问候方式。说真的,在这个圈里,我身体一直不算好,所谓"老友一咒十年旺",再多见几次面,我真的要成"寿比南山不老松"了。记得上回见面西京抱怨我:"这些年你跑哪去了?怎么也联系不上。"其实不是联系不上,是没什么事我不愿打扰他,他在明处,够忙的,许多成就、活动都有媒体报道,知道他好着就很高兴。至于我偏安一隅,做着我力所能及的工作,有机会见上一面挺心满意足,干吗再给他忙中添乱。事实也如是,大场合见面,不停地有人寒暄,想说句悄悄话也不可能,有时午宴晚宴连起来,西京不让走,我就心里发毛,倒不怕好酒灌醉了我,而是看着林林总总各色人等对西京趋之若鹜,我心里明白,想再有块属于我和他二人世界的净土已是奢望,而王西京在千头万绪的应酬中,总不断匆匆拍我一下说上几句贴心话,还如当年一模一样,做朋友做到这种程度,也不枉今生相交一场了。

2006年,西京60岁庆宴在西安举行,我应邀带爱人赶去祝贺。宏大的宴会厅被各地来的朋友熙熙攘攘挤得满满当当,足有七八百人之多,这里用"星光灿烂,若出其里"来形容,一点也不过分。我看到那阵势便没有去签到处签到,也没有去和西京打招呼,只是悄悄走进大厅,与碰到的老友吴三大、赵振川说了几句话,便找个角落里的空座

《钟馗嫁妹》
王西京 作

2007年，作者阎正到西安中国画院做客

坐下了，既没有签到，宣读宾客名单时便没有我的名字，当然更没有机会到台前讲话和与寿星寒暄了。爱人怕我受冷落，轻轻拉下我的手说："今非昔比了！"我也轻轻地说："这么大的事，我们来了就好！"直至晚会结束，我和安玲要走了，西京不知道怎么发现了我们，撇下一堆应酬，径直来到我身边拉着就走，他的车已停在门口，我正犹豫，他拉开车门让我先坐到他的位置，再让安玲坐我旁边，他去前边坐进副驾驶的位置，车启动了。过后有朋友对我说："那天西京风光无限，满场寒暄，但关键时候就分出远近了！临出门一看到你，马上撇下所有的领导、宾客，唯独拉上你两口上了他的车，不一样就是不一样啊！"想想也是，论地位论名气，人家比我都大多了，但西京有情有义，还是恋旧啊！

20年前，坚韧执着的王西京历尽千辛万苦，把一幢别有风采的建筑竖立在十三朝古都的南郊土地上。我记得第一次走近这幢建筑，首先映入眼帘的是胡耀邦题写的"西安中国画院"六个大字，镶嵌于楼上在阳光下熠熠生辉，我和所有的朋友都为他高兴，为他喝彩，为他祝福。弹指一挥，西安中国画院迎来了成立20周年，王西京摆开画院的全部阵容，先后在西安、北京举办了两次大规模的展览，令西安和北京的画界同行耳目一新，给中国画坛带来了极大震动，受到学术界众多人士的高度推崇。

我和西京都属于那种见面没有过多言辞，不见心里又始终想着的那种朋友。多少年来，看过不少写西京的文章，好

王西京作品

像都没有写出我想说的话,有分量的也不多,我是搞文字的人,发稿在即,也只能如此了。西京前面的路还很长,我一时半会儿也死不了,期望以后写西京的文字能从容些,相对稍微满意些。

也许是巧合,也许是天意,恰恰在西安中国画院建院20周年之际,中央电视台播放了王西京的人物专访,西望长安,想着西京所走过的路,这时候便更有特殊的意义。

2007年8月16日写于深圳银湖

2010年8月10日改于北京华威里

他那永远喜庆的笑脸像他做人的标志一样，勒石刻字似的印在我的记忆之中，几十年如同昨日。

王明明（1952— ）

生于北京，山东蓬莱人。1978年考入中央工艺美院未入学，同年调入北京画院从事专业创作。现为国家一级美术师，北京市文化局党组成员、副局长，北京市美术家协会主席，中国美术家协会副主席，北京市美术系列高级职称评委会副主任，北京市人大代表。全国政协委员，政协第十一届全国委员会常务委员。北京画院画家、副院长、常务副院长、院长。

松风明月
——王明明白描

王明明与作者阎正合影

在周恩来总理的直接关照和亲自过问下,北京中国画院(今北京画院)于 1975 年成立,半个多世纪以来,始终是中国美术界的"华表"象征。

20 世纪 80 年代初,有一次轰动一时的中日联展,代表日本的是日本南画院,代表中国的就是北京画院。在那次展览上,北京画院有一件画屈原的《招魂》巨制,引起人们的注意,它的作者是一位刚至而立之年的年轻人,北京画院后来的院长就是当年那位年轻人——王明明。

其实北京画院院长只是王明明众多头衔中的一个。他的职务很多,细数几个主要的:全国政协委员,北京市文化局副局长,中国美术家协会副主席;2010年被任命为国务院参事室副主任,2011年被聘为国务院参事。在当今中国艺术家的圈子里,王明明已进入一个很高的从政层面,他的地位和影响力与日俱增,名重一时,已非常人可与比肩了。

大约在20世纪70年代末,我与王明明相识,并曾经有过许多年的亲密相处,关系非同一般。然而以文为生的我,在嗣后数十年间以数百万计的文字生成里,却极少提及他的名字,个中原因是他升迁的速度太快,快到迅雷不及掩耳,未能缓过神来,他已高入云霄了。他不像年长于我的启功、沈鹏、周思聪、王子武等人,虽都是艺坛重镇,写起来却得心应手,没有精神负担。即使当年我总把两人拉到一块的王西京,如今也已天壤。正像我避讳多言另一个晚于明明的后起之秀何家英,就是恐有攀龙附凤,拉大旗做虎皮之嫌,文字回避便是最好的办法。

今日突然要写明明也是事出有因,论年纪,我已七十有二,出于天性爱画,半个世纪积攒下石鲁、何海霞、叶访樵、

《李白诗意》
王明明 作

《垂钓图》
王明明 作

王盛烈、张义潜、王子武、张仁芝、白庚延、郭子绪、易洪斌、赵华胜、王朝瑞、王西京、何家英、李孝萱等师友的一大批作品,王明明也占有很大比重。犬子尽心,要为我举办一次"知遇知音——阎正绘事50年友朋书画纪念展",并出一本文集,我自是非常乐意。既要办展出书,王明明便是一座不可回避的山峰,画展上没有他的作品,就缺少了一大块内容;文集中没有他的章节,便不完整。他是我生命及艺术道路上重要的同行者。

于是,我在煦日临窗之际,写下"王明明白描"五个字,闭目静思,气定神闲,心无旁骛地搜索了三四十年间的岁月年轮,希冀将陈年往事从斑驳陆离的光影之中清理出来,一片光,一剪影,如同一粒粒记忆珍珠,用我老朽的枯笔穿线,尽其可能地连接在一起,如此而已!

我认识王明明比其他人晚。20世纪70年代末期,张仁芝先生寄来一信,特意提到王明明,并附寄了明明的一幅小品《垂钓图》,此画人物轻松随意,线条自如灵动,搭眼看

【上】王明明在作画
【下】《独坐幽篁里》
　　　王明明 作

去,山手不凡。我非常喜爱,当即将画小心翼翼地收藏起来,至今仍是我压箱之物,"王明明"三个字由此也融进我的脑海里。不久,我去看望张仁芝,同时见到了王明明,他的年龄更让我大吃一惊!那时我30多岁,明明却只有20多岁,我小仁芝8岁,却大明明8岁,正卡在中间,我与仁芝情同莫逆,仁芝与明明交情笃厚,无形之中仁芝老兄作为桥梁,把三个不同年龄段的朋友紧紧地连在了一起。

我当时在地质出版社编杂志,出版社位于西四地质部大楼内,北京画院在南锣鼓巷,张仁芝家住白塔寺,明明好像住帽儿胡同(具体地址已记不太清),总之相距都不太远。我便成了他们画室的常客,除去每月的写稿编稿,大部分时间都跟他们凑在一起,说常客都是客气,除去睡觉,我几乎每天长在那里,画画、聊天,天天如此,说不尽的话题,画不完的画,记得有个词句叫"长相守",形容我们那几年的友谊,毫不为过!

记得我与明明见面的第一天,便一见如故,好像认识了许多年,毫无陌生之感,明明待人温和谦诚,他那永远喜庆的笑脸像他做人的标志一样,勒石刻字似的印在我的记忆之中，几十年如同咋日。那次我们几乎聊了一个整天，临走明明从屋内拿出一张五尺整张的《李白诗意图》送我，潇洒的笔墨，恰如其分地描绘了李白诗中的月夜情景，看得出他画画时心里那种宁静，右上角题着我们熟悉的诗句："床前明月光，疑是地上霜，举头望明月，低头思故乡。"他拿起毛笔在印章上方补题了我的名字，诗画相得益彰。我接过来爱不释手，回到寝室挂到墙上足足兴奋了一个晚上，至今也算我藏品中的扛鼎之作！

1982年，我第一次将前面提到中日联展中明明的《招魂》，发表在我所编《青年科学家》杂志封底。那个年代很讲论资排辈，将一个刚过而立之年的青年画家作品发封底，好多人不认同，我也是力排众议，舌战群儒，但画家总是要靠作品说话，而不是靠年龄，我在作品旁边附了一篇评介短文，正是他非同凡响的巨作，给了我说话的极大底气！

那一年，明明陆续为我画了《伯乐相马图》《秋林共话图》和《江边话别》。特别有一天，我与明明闲聊之中，他画了一张小画；那是一片竹林，一轮明月，一个抚琴之人从竹丛中回

1981年作者阎正在王明明《招魂》草图前留影

《伯乐相马图》
王明明 作

过头来。我看着他,他看着我,明明题了一首唐诗:"独坐幽篁里,弹琴复长啸。深林人不知,明月来相照。"那一刻我们一定都是无意识的,他信手画,我随意看,末了他题上"阎正同志雅正,明明戏写"。我便收了起来,并无什么特别之处。许多年后,远在海南越过花甲的我整理藏画时,翻出了这张小画挂在墙上,看着这画,读着那诗,骤然触动了我某根神经,一阵凄凉袭上心头,画中的人和诗引起了我的感慨,仿佛明明提前20年为我画了当时的心境,让我在游离孤寂的客居生活中感到了一丝温暖与亲切。我当即拉过一张纸,抄下了这一首诗,并猛然竭尽全力地喊上几嗓子,心里便渐渐舒展了许多。在以后的日子里,我反复书写过一遍又一遍,正是这首诗,给我漫长伏案的白天与黑夜带来了难得的共鸣与安慰。

与明明多年交往的日子里,他赠我的作品中不少都带有"秋"字,除前边提到的《秋林共话图》之外,还有《秋林漫步图》《疏林晚秋图》《秋实图》等等。他笔下的秋天景色丰富多彩,但又不失清雅之气。他似乎格外偏爱秋季,对秋色情有独钟,古人的秋天万木肃杀,萧条清冷,在明明画中全然看不到。他多画松风明月,生机盎然,一股暖流从画中徐徐蔓延开来,使我感受到的是丰硕、收获、友情、热情。30多年过去,按18岁一代人,已两代人来过,而每一幅作

•松风明月• 265

《秋林漫步图》
王明明 作

《疏林晚秋图》
王明明 作

品所留给我的故事都历历在目,长长久久未可忘怀!

明明对我的友谊不止于他个人,他的父亲母亲和姊妹对我以及我的爱人孩子也都关爱有加。说到他的母亲,那是印象中最慈祥的母亲。我多次去他家中吃饭,有时带上一大家跑过去,突然多了四五张嘴吃饭,老人一点也不急,不大会儿工夫像变戏法似的摆满了一桌子菜,尽管都是些白菜、豆腐之类,稍配上鸡蛋和少许荤腥便色香味俱全,然后一个一个把饭给孩子们盛上。不懂事的孩子总是狼吞虎咽,吃得盘空碗净,在那种艰苦的岁月,招待着我们这种不速之客,并不是一件轻巧的事,她却永远是慈眉善目地笑着。凡是到过明明家的人都会有相同的感觉。由此想到明明的待人亲和,有很大程度是母亲的遗传。

1982年前后,我受文化部直属文化艺术出版社委托,主编《中国当代书法大观》,当时的社长兼总编辑王致远老师只给我安排了舒同、启功、沙孟海、沈鹏四个顾问,为了避免争论,不设编委会,等于我一人主事。四位老先生除去沈鹏还时不时征求一下意见,其他三位我很难经常打扰,而其后真正当了顾问的就是明明的父亲王念堂老人,有很长一段时间,我几乎不找明明了,整天钻到明明家里,跟老人探讨书法界的情况。老人写一笔好字,对书法极有研究,受他影响,明明的弟弟卫明也精通书法。除去各省的领军人物,老人还为我推荐了顿立夫、吴未淳等不少大家,也给我提出了不少建议与应该注意的地方。我按老人提出的意见,一一都做了修正。

每逢周末,我爱人带孩子来看我,也坐在一旁听老人给我讲书法上的事情,偶尔也会插话问上几句她不懂的问题,老人看她是真喜欢,便送了她一帧只有两个纸烟盒大的小楷书法，精致极了。她怕我要，便珍秘地藏起来，让我垂涎了好久。《中国当代书法大观》出版以后，她专程给老人送书，老人又给她一幅大一些的书法条幅，她挂出来炫耀了几天，写的是首《浣溪沙》，我记了下来：

漠漠轻寒上小楼，晓阴无赖似穷秋，淡烟流水画屏幽；

自在飞花轻似梦，无边丝雨细如愁，宝帘闲挂小银钩。

太美了！我以自己的亲身感受，专写了一篇大块文章《王念堂老人与他的儿女们》刊登在《退休生活》杂志上，只是因为受篇幅限制，发表时删掉了不少内容，搞得文章面目全非，让我难受了好长时间。那时还是年轻资历不够，若在当下恐没人再会删节我的文字！致使不少珍贵的资料失去了，可惜！

1985年以后，我到电视台，拍片多了，见明明时间少了，但抽空总还去看看他。每次去，他总会给我画上一张，那次他画了幅《山色空蒙雨亦奇》之后，我说你给题个"安玲藏画展"吧！他笑了："怎么着，嫂子也要开分店了？"我说："不是，我整天忙得脚不沾地，市里让我展览顾不上，就让他们看看安玲的藏品也行！"明明信手写下"安玲藏画展"五个大字说："嫂子以后可以与你分庭抗礼了！"我说："是啊！"刚要收起来，他又拉过一张纸说："干脆给你也写一幅，你俩就扯平了！"说着他写道："故

《浣溪沙》
王念堂 书

安玲藏畫展

【上】王明明题"安玲藏画展"

【组图】1987年，筹办陆康、王明明书画展

不积跬步无以至千里，不聚小流无以成江海，阎正兄存，明明。"意外收获，我喜不自胜。

　　1987年澳门陆康来河南筹办书法展，陆氏为海上名宿陈巨来入室弟子，在澳门、葡萄牙以及葡属国家名气很大，但在国内却知之甚少，闲谈之中，他流露出想找个国内名家联合办展，帮衬一下，主办方博物馆也有这个意思。名家很多，但谁肯为一位不相识的书家帮衬呢，我立刻说出："我想到一个，王明明！"陆康与博物馆领导一听异口同声应道："太好了！"但他们又顾虑重重地问："能行吗？"我大包大揽："我与明明没说的，放心吧！"话一出口，我就有些后悔，万一明明不答应甚至找个借口推辞怎么办？我这人就丢大了！当时我正在拍一部电视剧，又脱不开身，于是匆匆写了封信交给安玲，让她到北京画院找明明,爱人一脸茫然地问:"去了我怎么说?"我看了她一眼:"什么都不要说,把信给明明就行了!"我心想办成办不成,她先去铺垫一下,让明明知道有这件事,等我一忙完再去就好说了,实际上根本没指望她能有结果。不料爱人头天夜里去,第二天半夜就赶回来了。我一打开门,看着满头大汗的安玲背着抱着的全是画,我傻了!爱人喜笑颜开地又推又搡:"你堵着个门发什么神经,还不赶快叫我进去!"我猛地缓过神来:"快快,快进来放下!"安玲把画都堆在了床上,我忙问她:"明明见了你怎么说?"爱人理了理画,"什么都没说,他看了你的信,直接问要多少画。""你怎么说?""我哪知道啊?让明明自己看着办,明明就挑了一堆画,39幅。""怎么39幅,还有整有零?你没弄丢一幅吧?""我弄丢一幅你还不杀了我啊,明明怕我扛不动就这么多了!"我忙问:"给人家打条了吗?"爱人说:"打什么条?他也不让啊!"那一刻我真的被明明感动了!对一个素昧平生的陆康,仅凭我一封短信,就立马拔刀相助,我不知是该哭还是该笑,语无伦次地敷衍着爱人,我不知用什么样的言语才能表达当时的心情。"对了!"安玲突然想到什么说:"出门的时候,传达室问我拿谁的画,我说王明明的!那人大惑不解地看着我出门,眼睛都直了!"是啊!谁能一下子拿走明明这么多画啊!

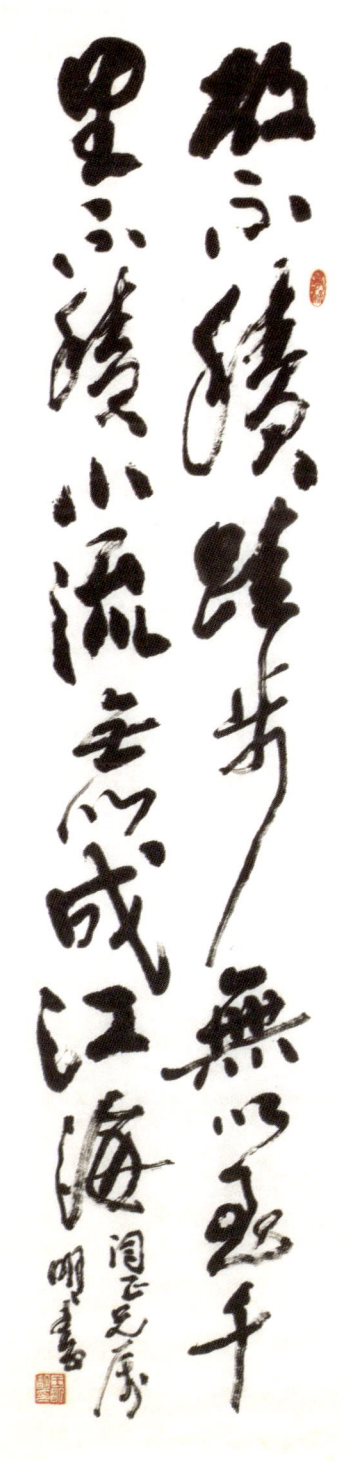

王明明书法作品

有了明明的鼎力相助,那次联展非常成功,以至于陆康走向世界,荣耀欧亚的纪念画册也印上了这浓重的一笔!展览一结束,我片刻不停和爱人从博物馆展厅直奔车站给明明送画,一到画院我马上说:"完璧归赵,我俩送画来了!"安玲说:"你数一数吧。"明明笑了笑说:"数什么呀!嫂子辛苦了,给你幅画做酬劳吧!"扭身从柜子里拿出幅《蕉石读书图》,在原题旁边加了"安玲嫂存念"几个字,随后又拿出一幅,题上我的名字。我说:"怎么着?还有我的份?"明明看看我:"你才是最辛苦的!"我除了高兴,还是高兴了。

20世纪80年代末期,出了一件惊心动魄的大事,王明明与梁长林作为中国青年代表团赴法国巴黎,好像是在去往里昂的路上出车祸了,有死有伤。我得到这个消息吓坏了!四处打听,后来得到确切消息,明明他们到巴黎后,日程安排非常紧,巴黎活动刚结束,里昂的两位画家夫妇开车接他俩连夜去里昂,大概是过于疲劳,也可能路况不太好,总之出了车祸,梁长林和里昂那位画家死了,画家夫人伤了,明明在后边睡着了,可能太疲倦,摔出车外都没醒。最后检

【左】《幽石读书图》
【右】《绿荫》
王明明 作

查一点事没有,在料理完梁长林后事,明明回来了,我匆匆赶去看他,见到他劈头就问:"没事吧!"明明还是笑着:"没事!差一点回不来,你留我的那些画就成遗作了!"我手一挥:"胡说!我可不要遗作!大难不死必有后福!"张仁芝说:"这回明明能活100岁,还得给你这地主老财干活!"我说:"活1000岁,当上王爷就不干了!"大家都笑了。

王明明与作者阎正

后来法国方面给补偿了些钱。经历了这场事,明明也想开了,好像是花了9000块钱买了辆"菲亚特",那车很小,半圆形,连司机只能坐两个人,有点像甲壳虫,我说它像"磕头虫",开起来一蹦一蹦的像磕头。明明刚买回来,我那天正好要回出版社,明明说:"我送你!"我说:"好啊!"能坐上明明的新车,我太兴奋了,于是明明打开车门,先把他驾驶员的椅子往前按趴下,我钻到后边,他再把驾驶椅扶正,坐好,我俩一蹦一蹦地上路了。现在你想着那种车会很可笑,但当时我们那美丽的心情,绝不亚于现在开一辆劳斯莱斯的自豪,后来明明还开着这辆"菲亚特"带我到长安街走了一遭,这是我乘坐自中国改革开放以来的第一批私家车,宽阔的十里长街,微风拂煦,那时几乎看不到几辆车影,当天就我们这一辆"磕头虫",一蹦一蹦地从天安门前跳过,我心中的幸福感和满足感油然而生。

20世纪90年代中期,北京画院搬到团结湖新址,明明也成了画院的领导,我偶尔还去,但去的次数就少多了。当

2001年王明明与作者阎正在中山

时香港有本《中华收藏》杂志,原是启老题字,后准备改版换个题字,我想到明明,找他题了,恰巧案旁放着一本《智取生辰纲》连环画,封面一打眼就知道是明明画的,打开一看果然不错,内页是罗中立所绘,封面王明明。我随口说:"五六十年代我也画连环画,看着这小人书就非常亲切!"他随手拿过来在封面上题了"阎正兄雅正,明明",递给我,"送你了!"我接过来:"这可得好好保存!"放下笔他问我忙些什么?我说:"一天到晚瞎忙,也没空画画了!"他笑了笑,"给弟兄们留饭碗吧!你干那么多事,就别画了!"听他的一句话,我真的打消了画画的念头,足足有10年没再动过一笔!

再后来听说他当上了北京画院副院长、北京市文化局副局长,想到他忙便没再去找过他,慢慢画开始值钱了,我更不去了。直到2000年过后的某一年,我去荣宝斋看展览,意外与明明相遇,近30年过去,两人都很感慨,我说:"你当了领导!还有空画画吗?"他说:"画,挤时间画!"我说:"当这副院长够忙的吧?"他摇摇头:"都是繁杂事,分房子,调工资,计划生育什么的!"我说:"别干了,还是画画吧,你不画可惜了!"他说:"是啊!就准备不干了!"我说:"对,你不忙了,朋友还能走动走动!"随后分手,未再见面。

不久,报上见到消息,王明明不但没有不干,还去掉副字升成院长了。

随即我又听到一个说法,说王明明准备辞去副院长职务,仍做专职画家,不料,辞职报告上午递上去,下午有事想要

《秋林共话图》王明明 作

【左】《霸王别姬》
【右上】《散花图》
【右下】《张衡观象图》
　　王明明 作

个车，办公室推三阻四，到底没给派，明明一怒之下收回辞呈，先把那个管车的免了，接着又干了下去，还升成正职了。这消息有点八卦，但从另一方面说明，我们那次会面，他讲的都是心里话。当不当领导是身不由己的事，但一个画家希望多点时间画画，倒是千真万确的！

　　时势造英雄。有人说按职务推算，王明明已经到部级领导了。我说明明当到再高的位置，我都不奇怪，性格即命运，明明从年轻时代，一脉相承的性格及为人处世，他还可以走

《秋实图》
王明明 作

得更远，前程无可限量！

至于画家，那是他的本行，想丢也丢不了的，政界位置暂且不论，然他在美术界的地位已经是巍然屹立，不可撼动了！

2014年5月9日于北京平西王府

家英的作品，那叫一个美！这种美不是甜腻，更不是媚俗，这些年轻女性所散发的气息，是清纯文雅的美，是阴柔恬淡的美，是朴实亲切的美，泥土芬芳的美！家英的作品中处处显露出大匠气象，天然、睿智、爱心、童心、这一切都是千修百劫得来，能人所不能！在工笔人物表现女性魅力的层面，何家英的作品无人可以匹敌！

何家英（1957— ）

生于天津，河北任丘人。当代著名工笔人物画家，1980年毕业于天津美术学院并留校任教。现任全国政协委员，中国美术家协会副主席，中国艺术研究院工笔画研究院院长。

真水无香
——何家英白描

何家英与作者阎正合影

何家英所以成为何家英,不全在他的艺术,更在于他的为人与性格。

画坛巨匠黄宾虹给学生讲的第一句话就是:"画画先做人,画品如人品。"十个字听似简单,做起来便绝非易事。家英事业的辉煌,正说明他做人的成功。

何家英的艺术有目共睹,1995年,我在海口接受海南电视台采访时曾说:"何家英代表了中国工笔人物的最高水平。"20年过去,直至今日依然如此。正如秦征前辈在20世纪90年代初写道:"何家英,其画其人,天赋澄明,心地清纯。笔底人物呼欲出,联袂漫步画中,心相倾,意相

年轻时代的何家英

迎,梦里几度,落花淡淡风。"说到性格,他谦恭、诚恳、平和、恬淡,为人温文尔雅,按当今词所说:给人以正能量是不言而喻的!说到做人,他坦荡率真,不遮不掩,我们在一起相处的日子里,往往聊天聊到兴浓处,他也会像我一样张牙舞爪,兴高采烈,忘乎所以!然而绝大多数时间,他还是一个极为宁静的人,骨子里有一股文人气,耐得住寂寞,也承得起荣耀,凡事沉得住气,不喜张扬,很本色的,如果非要用几个字概括他,那就是:真水无香。

我与家英相识于1981年。头一年我刚在北京搞了"阎正藏画展",这是"文革"以后首次个人收藏展,曾轰动一时。郭子绪看后邀我到辽宁美术馆巡展,从沈阳回来的路上,白庚延要我在天津停一下,在美院内部搞个小型观摩,当时有郑庆衡、霍春阳、吕云所、杨德树、陈冬至等一帮朋友聚在一起,看着我带去的石鲁、何海霞、王子武、方济众等画家的作品,议论着,品评着,惬意非常。这时白庚延拉过一个年轻人说:"给你介绍个美院才子,何家英!"我一眼看去,他20出头的年纪,眉清目秀,长得文文气气,紧紧握着我的手说:"白老师的学生,何家英!"人真是有气场的,有些人见过一次感觉不对,便寒暄而止,乃至终生老死不相往来;有些人一见面就非常亲近,我与家英就是,第一次见面便毫无陌生感,像心里很近很近似的。我更紧紧地握住他的手说:"家英,这名字太好了,毛主席的秘书也叫家英,人秀才,他叫田家英,你叫何家英,两个才子,我喜欢!"一圈人都笑了!我一把搂过他说:"刚在北京展览上看过你的《春城无处不飞花》,画得好啊!"何家英连忙说:"画得不好,您多指教!"我摇摇头:"好就是好,不好我也不会说好,你这么年轻就画那么好的画,前途无量啊!"从此我们认识了。

教授们都争着为我"添箱"赠画,除去上述这些朋友外,白庚延还送来了院长陈因以及老教授王颂余和孙琪峰的作品,这想不到的收获让我喜出望外,也就在这时,何家英悄悄拉拉我说:"我也送你一张吧!"我说:"好啊!我挺喜欢你的画的。"打开一看,是一张《春城无处不飞花》的局部画稿,那时家英正画工笔巨制,作品难得送人,而《春城无处不飞花》又刚刚获奖,我接过画幅,格外珍惜。这是我得到他的第一幅画,至今仍是我的压箱之物。

《春城无处不飞花》
何家英 作

嗣后,我们接触频繁起来。家英留校任教,与白庚延同一办公室。我多次到天津美院,接待我最多的就是他们两个人了,我们经常在一起天南海北,云里雾里地闲聊,脾气秉性极为相投。1984年,我从政府调电视台工作,画家上电视绝无仅有,我定下采访白庚延,又怕主持人不懂画问不到点子上,于是亲自充当主持人,向白庚延提问,那天不知怎么回事,拿起话筒一张嘴突然结巴起来:"白白白……"白了半天也说不出后边两字,老白看着我,大眼瞪小眼,摄像的刘春明憋不住笑了,我抓住个出气筒:"笑什么笑?看好

【左】阎正采访白庚延
【右】阎正与何家英

你的机器！"刘春明小声嘟囔着："当头的还要当主持人，哪有结巴嘴提问的！"老白和我再也憋不住，仨人笑成了一团。何家英知道这事后，一见面就"白白白"我瞪他一眼，"白个屁呀！是白老师和你说的吧？那么严肃的场合，他跟我挤眉弄眼的，我能不结巴吗？"我俩也笑得前仰后合。突然何家英拉过一张纸为我画了一幅漫画像，上写："大导演阎正，多才多艺，著书立说，收藏名人字画乃最大癖好，实为艺术家之良师艺友，家英并记于津。"他信手的一张漫画，我却像宝贝一样珍存至今。

我当时就有一种预感，这个年轻人将来一定会出人头地，甚至超过他的前辈。于是，他送我的画，大到整张宣纸，小到一巴掌的手稿，即使无意的戏耍之作，我都有意收藏起来。

那是一段美好的日子，我与白庚延、何家英朝夕相处，白庚延上课，何家英陪我；何家英上课，白庚延陪我，这让我始终处于一种兴奋状态。有一天正说得起劲儿，家英突然喊一声："阎老别动！"于是我保持一个姿势，他极快地在一张纸上勾画了一张速写，我成了他的模特。当然，给他当模特的不只我一个人，有一次我爱人跑来看我，刚进门放下箱子，何家英正好在画什么，马上换了张纸说："别动！我给你画张像！"

我爱人还没顾上喘口气,就站在箱子旁边给他当起了模特。家英画完,我爱人笑着说:"给口水喝呗,刚进门就让别动!"我说:"家英经常让我别动!正说到兴头上,他一个别动,话头就断了,等他画完我也不知刚才聊到哪了!"白老师一挥手,"这又不是开中央全会,聊哪哪是,重开话题!"不知谁开个头,话题又起了,不论白天黑夜,有时太晚,家英撂下一句:"不陪你们,我得去睡觉了。"我和白庚延聊困了就在办公桌上和衣而眠,反正天也不冷,不知不觉就睡着了。有一天,白庚延提笔写下了"长相忆"三个字对我说:"你将来名气大了,可别忘了咱们这个时候啊!"我说:"没准家英名气比咱俩都大!"白庚延说:"那更好啊,他更不会忘了你和我了!"

何家英漫画

何家英写生

《长相忆》
白庚延 书

《望断天涯路》
何家英、白庚延
合作、郭子绪题

又是一天白庚延正去上课，轮到我和家英在一起。我看书，他画着什么，铃声响了，他匆匆扔过来一张小画说："你随便补两笔吧！我上课去了！"我接过一看，是一个上身背着书包的小孩，有点意思，我正琢磨着，白庚延进门了，我没理他，他问了一声："嗨！看什么哪？这么聚精会神？"我说家英递来一张小画，让补两笔。他过来一看，"这还不好办。"随手拿起毛笔蘸了点赭石画了一片水，这小孩便站在河边了，他刚要题字，我说，"别别，你一题字又老套了，我回头让郭子绪题，你盖个章就行了。"说着便精心精意把这张小画卷了起来。许多年以后，我去广东看望郭子绪，拿出了这张小画让他题字，他思忖片刻，写下："望断天涯路。何家英画，郭子绪题"。这张小画算完整了！

其实白庚延有两个得意学生——何家英、李孝萱。我每写一个总要带上另一个。但与李孝萱见面完全不同：那一天，老白、家英都上课去了，我一人坐在办公室看书，进来一个学生模样的少年，他不打招呼，我也没有理他，他满屋子乱转，我仍没理他，他走到一幅王子武的画前自言自语的品头论足，我终于忍不住了，数落他两句，他毫不示弱的回了两句，我火气上来，大吼一声："这是老师的办公室，你给我出去！"

他马上回了一句:"这是我的办公室,你出去!"我迷惑了,问他:"你是谁?"他答:"我李孝萱!"我急的当胸给他一拳:"你说你李孝萱不完了,干吗演这出戏!"他说:"我与何家英在白老面前是一样的,看你亲何家英亲的样,我就看不惯!"我说:"何家英头一天就见了,你一直也没照面呀!"他说:"我有气,就故意来找事!"我说:"嗨!那你也不用这样呀!你办公室在哪?"他说:"什么在哪!就在隔壁吗。原来俺仨一个屋,后来我划出一间,就成他俩一个办公室了!"我说:"走!去你那看看!"他领着我到了隔壁房间。那一天,李孝萱为我画了一天一夜,大大小小有二三十幅吧,随即他又将他的《唐山大地震》手稿,巨幅《松鹤图》一并送我,第二天早上我抱着回到这边,白庚延问:"一夜没睡呀?"我讲了和李孝萱那场戏,白庚延笑了:"那就是李孝萱,在你的历史记录里与何家英是完全不同的两种出场方式!"

出于学术、爱好的原因,家英、孝萱与我的儿子望野也成了很好的朋友。家英的成就自不待言,望野的鉴定也是独树一帜,家英爱好瓷器,望野这方面是强项,后来我与他见面少了,他们的接触倒多了,实际上延续了我和他们的友谊。

与家英相交的头10年,就在一种轻松欢快的时光里匆匆划过了。他的画越画越好,越画越精,喜欢他画的人也越来越多。还如秦征先生讲:"而立已过,又近不惑,阅世求艺,不再风风火火,也无意落拓寂寞,曲径寻幽,又谨防丢失了自我,唯其我

何家英与望野在天津美院

何家英手稿

行我素,偶有顾盼,流连伫步,默然不语,如艾如诉,却赢得知音无数。"说到知音,我自认为是读懂他的人中的一个。他致力于工笔画创作,一年一张,平时画得也不多,给我的都是些零星小稿,最小的如邮票小型张一样;但也有一张大的《丽日》第一稿,时间是20世纪80年代末,他没有题字,我后来仍请子绪兄题了"悠悠岁月"几个字,算是那10年间家英给我的最大收藏。其实大也好小也好,我都极为珍爱,它饱含的是一种情意,我能留下来,最后还给国家,回馈社会,就是艺术品本身的最高价值了。

20世纪90年代初的一天,家英来电要我去京西宾馆看一幅新作,从电话语气中可以想见,他又有一件精品大功告成。我当时正在为《中国书法大辞典》奔忙,但还是放下电话带着爱人立即驱车赶往京西宾馆,尽管知道他有佳作问世,然而看到作品的一刹那还是骤然张大嘴巴,好长时间合不拢口。这是一件近4米长,82厘米高,名为《落英》的工笔作品,这也是我见过他全部作品中最大的巨制。画中如雪梨花翻飞满纸,一个白衣蓝裙少女蹲在地上捡花瓣,美极!美极!极到我这个专搞美术评论的人竟哑口无语,想不出任何词汇来表达当时的惊艳!家英静静地说,为画这张画,他来北京已好多天,画完了才想起给我打电话让来看看。平静的话语,

《悠悠岁月》何家英作、郭子绪题

掩饰不住他的喜悦，家英当时的心情，有点像鸭子划水，水上平静，水下翻腾。他内心一定为这件得意之作而狂喜，只是以他的性格，不表露出来罢了，我只好用我的方式抡起拳头狠狠地打他两拳，那就是我当时的心情！

家英的作品，那叫一个美！我看到《落英》又想到他的《酸葡萄》《红苹果》《秋冥》《初雪》《清明》，这种美不是甜腻，更不是媚俗，这些年轻女性所散发的气息，是清纯文雅的美，是阴柔恬淡的美，还如《米脂婆姨》《十九秋》《凝雪》那种朴实亲切的美，泥土芬芳的美！家英的作品中处处显露出大匠气象，天然、睿智、爱心、童心，这一切都是千修百劫得来，能人所不能。在工笔人物表现女性魅力的层面，何家英的作品无人可以匹敌！

1994年，我进"港澳"拍卖。10月，得知家英的一件作品在深圳上拍（这是他的作品第一次进拍卖会），我马上找吴总商量派小何与王莺两个人赴深圳，以高于底价的价格拍回。家英闻之后，坚持要退回拍卖款的一半，我说已拍过就算了，不必再提，家英很感激，"港澳"也不吃亏，以后的增值便是好心有好报。

1994年年底，我作为"港澳"拍卖的主持人，为征集作品，第一个先想到白庚延，第二个就是何家英，当即征集了白庚延的一幅《长河旭日》，何家英的工笔和小写意两幅人体。那时人们尚不知拍卖是何物，更没有参照，一切都是摸着

"海南港澳'95中国书画名家精品拍卖会预展"合影

《读书少女》
何家英 作

"海南港澳'95中国书画名家精品拍卖会预展"合影

石头过河,大家都不懂,许多事情便只能由我一个人定,尽管有这样那样的不足,但那次拍卖,杨仁恺、刘九庵、秦公、朱乃正、章津才、沈鹏、秦征等前辈题词并亲临现场,把关举牌,场面宏大,意义深远。何家英也在那次拍卖中脱颖而出,随即澳门个展,广州个展,深圳拍卖,海南联展,何家英的名字迅速蹿红,年龄和事业都如日中天。为此,我的兴奋不亚于何家英本人,因为我认定的又一颗新星腾空而起了。

这期间,我与白庚延、何家英曾一起受邀随钟本基先生赴海南三亚尖峰岭,一块儿与黎族姑娘跳竹竿舞,我们三人也一块儿月夜坐在沙滩上,扯着喉咙唱歌。当然也有闹别扭之时,在尖峰岭我与白庚延生气——立马下山,不玩了!何家英追出半里地拦下我,好言相劝,等我消了气,又陪我在山里拍了不少照片。后来我装相册,专门标明"何家英摄影",竟由生气留下意外的纪念。还有一次因白老弄丢了石鲁先师画作,他在郑州办展时我拒绝出席开幕式,别人不敢跟我联系,何家英却直接来电话,毫不客气地问:"阎老,关键时候掉链子,怎么回事?"我也直言不讳地讲出原委,家英听后才不怪我!

当然,我与家英也有闹别扭的时候。拍卖时家英送来两

《秋思》
何家英 作

《荷花女》
何家英 作

【组图】白庚延、何家英夫妇、作者阎正与钟本基同游海南

张画，拍出了一张小的，还有一张大幅工笔的，因举牌未到底价未出于。按规定，我和吴总都坚持未拍出作品一律退回，但当时家英年轻，不是老先生们难说话，与"港澳"关系又好，更有一条是有人觉得为何家英宣传，便不遗余力，又是整版报纸又是电视广告，没拍出这张画干脆留下，算是留给"港澳"做纪念了。我一听急了，家英的画是经我手拿来的，不还回去就失了信义，怎么可能？于是，立即把画要到了自己手里，原想过些日子去北京完璧归赵，不料一忙起来没顾上，再者当时海南北京跑一趟也不像现在这么方便，结果忙中出岔子，闹出一场误会，让我老大不高兴，便写了封大泄肝火的信给家英，家英随即复信：

　　阎老师：

　　接奉大札，心情十分沉重，我一生最怕的事情，莫过于对不起朋友，特别是因误会而伤和气，更是让人别扭。

　　……

　　咱们认识大概有14年了。14年前，别人都在追新潮的时候，你对我看到了希望，给予我莫大的鼓励，这都是一种缘分，也是"英雄所见"吧。14年后的今天，我们仍在为一个文化目标而努力，这一点是任何一个理论家所不能比拟的，因此，您倾注了全部心血为我宣传，这一点让我不能只用感激来表达心情，因为这次不是您为我做些好事的事，而是您我白老师等都是为一个目的而奋斗的战友，这14年的交情是不同于任何一个人的……

> 何家英
> 一九九六年五月十二日

这封用毛笔写的信很长，很长，又加盖了印信，把我感动得不行！我立即回信，表示歉意，随即干脆放下所有的工作，喊上安玲扛上像炮筒一样的画卷，专程给家英送到北京，了却了这桩心事！

我这人是一个非常简单，一根肠子看到底的人，火来的快，去得也快，误会一消，马上加倍补偿。正好5月23日家英又来一信提到他寄往《美术观察》的稿子还未发，我立即让卜边编辑把稿子找出来，立即签发，我能为他做的，也都尽量做到极致吧。

专程送大画一事，千里迢迢、上下飞机，家英也为我的真诚感动了！当即说一定画两张小画送我，我说："不急！别刚给你送回大画，你马上给两张小画，挺那什么似的！"他说："如果不是你坚持，也许这画就没影了！"我说："咱们之间没有如果！有空再画，全凭心意。"

一晃到了1997年春节，家英寄来一张贺卡，我喜欢极了，很高兴地回了一信，家英又复：

> 欣阅大札，不胜荣幸，信中所言，情真意切，一枚小

小贺卡，竟让兄如此珍惜，真让我感动倍至。

本许诺不久送您拙作两张，因去年底事务太多，迟迟没有如愿，春节去山东过的，不幸患了眼疾……诺言未付，深感不安，今忍痛回函，暂求得您的谅解，一旦有好转，一定尽早奉上，望兄海涵。

信中也提到寒碧与我写文章及周汝昌题字之事，时间已是1997年3月12日了。

匆匆又是几年，早些时，忙中偷闲还想着他许我的两幅画，渐渐地家英身价猛涨，我突然不想了！画这东西对于我和家人来说，从没把它当成钱。这也是许多年来我把他和其他朋友的作品保存完整，没有拿去换钱享用的根本所在，即使有些友好拍卖场拿去撑门面，最终也一定举回来！既没把画看成钱，当画已经值钱的时候，就要注意了。他有他的承诺，我有我的本分！决不会影响感情。所以后来又见之时，便决不旧事重提。我这一生，不欠别人就好。所有的这些故事俱往矣了，留下书信也留下了温暖，在今天我仍有说不出的眷恋，连闹别扭生气都显得那么美好。

又几年后的一天夜里，突然接到何家英一个电话，他告诉我，他已被推选为全国政协委员，到北京人民大会堂开会，

【上】何家英与阎正合影
【下】何家英书法

我祝贺之余也很感慨，说明他心里还有我；但又有一丝忧伤，我们恐怕再不能像当年那样天马行空、自由自在地有说有笑，鸿雁传书，那样的日子永远一去不复返了！

果然，随着他的名气越来越大，职务越来越多，便再也没有见面，直到2012年北京友人在唐山举办"喜庆十八大名家书画展"，我作为总顾问去到唐山，意外碰到了10年未见的何家英，他几乎没变，只是更成熟，更练达了。中午，市领导请吃饭，我因展会事务未去，他几次让领导派人来请，虽然我最终未能赶去，但心里很安慰，何家英毕竟还是有情有义的恋旧之人。

【上、下】
何家英摄影

我早年没有写他，是因为他还年轻，觉着来日方长；后来要写他，他则名声鹊起，迅雷不及掩耳，没等缓过神，他的地位和他的画价已攀升到可望而不可即的地步，没法写了！屈指算来，他成名也有十几年，这期间有不少报纸杂志要我写写何家英，我一概婉拒，个中原因与拒写王明明一样，恐有攀龙附凤之嫌。今年要在北京保利做一个"知遇知音——阎正绘事50年友朋书画纪念展"，并附出一本文集，书中缺了何家英、王明明似乎缺了一角，正好杂志也要何家英的内容文字，于是旅途中匆匆凑成这篇文字，"一仆二主"，两全齐美了。

2014年4月5日清明节于北京

李孝萱那种藐视一切又无可奈何的种种心情，就在我与他相识的一天一夜里展现得淋漓尽致。我从心底里爱上了这个小我一大截的年轻朋友。

李孝萱（1959—　）

生于天津市汉沽区。1982年毕业于天津美术学院中国画系，分配到天津塘沽区图书馆工作，1985年调入天津美术学院中国画系任教至今。现任天津美术学院中国画系教授、写意人物画工作室主任，研究生导师，中国美术协会会员。

大疆无界
——漫话李孝萱

李孝萱与作者阎正合影

开场先说一件事。前不久有一个朋友去天津看望李孝萱，走到天津美院大门口，李孝萱迎了出来，一只手向他打招呼，另一只手抓住手机在喊叫。对方可能是哪个杂志或报纸的编辑，好像是在编发重要稿件前和画家本人通通气，李孝萱大声在说："调查我？你打听打听，在中国只要会喘气的，哪个人画得过我？"说这话真够狂的，去看他的朋友在一旁会心地笑了！

李孝萱乃性情中人，口无遮拦，大大咧咧是出了名的，但他讲的话应该说也是心里话，那不是自负，更不是吹牛，即便说过了头也算不得狂妄。他是艺高人胆大，实力强，底气足，说话不隔墙，了解他的人对这一切言语都见怪不怪了。圈外人不说，在圈内除去他的脾气不论，他的艺术成就有口皆碑，没有不佩服的。然而，也许正是因为他的脾气，他的"眼中无人"，他的"目空一切"，让他的名声远播受到了一些影响，但也只是时间问题，等到他像我这个年龄，等到他的年轻气盛消失，只剩下了炉火纯青的时候，他就会被更多人接受和喜爱了。

眼下喜爱他的人并不少。我写他，自然是推崇他、喜爱他，心里有感觉，笔下也轻松，但是分不太够。如果说范曾也喜爱他，这分就不小了。据说，范曾经常请他去画画，他俩合作的几幅都很有意思，只是我与范曾没有交往，但荣宝斋出版社专门为他俩合出了一套《范曾、李孝萱画选》，每人5幅，

各有千秋。在中国能与范曾并肩合作的人，据我所知寥寥无几。大名家卢沉在高等院校教师作品展中专找李孝萱的作品，理论权威郎绍君数年前就为李孝萱写了一部专著外带另一本书的序言，那就不是轻而易举的事了。

借郎绍君的话说：20 世纪以来，中国水墨画面临的主要课题是"如何才能现代"，许多的艺术家为此作出了不懈的探索，到 80 年代，伴随着经济乃至思想文化的改革开放，这种探索呈多元化趋势，涌现了一批优秀的青年画家。他们力图兼容中西，涵纳古今，以更开阔的思路和更加个性的方法，从不同的方面推进水墨画的革新，李孝萱就是其中的佼佼者。

所谓"佼佼者"即出类拔萃、非同凡响的人物，李孝萱当之无愧。人云大凡古今之佼佼者，辄有不寻常处，而此盖

《格言词意图》
李孝萱 作

李孝萱在作画

源于其非凡之思,愤愤之志,壮烈之举也。此言对孝萱来讲自是非斯莫属。

中国的文明史,官方说法为五千年,其实何止这个数字,学者近时考证要再向前推进两千年,至于从地下挖掘出土的有关器物种种来看,再向前推五千年甚至更长也未尝不可。记得家父曾编著过一本书,大意是在我们这个人类之前还有一个人类,文化的发展,科技的进步,在所有文明达到巅峰时刻,人类自己把自己毁灭了。然后经过万年、亿年、几亿年,人类又从头开始,演绎着上一个人类曾经上演过的种种故事直到如今,所以世界上才会有复活节岛等许多不解之谜。本文不想探讨人类史,只想说人类历史的起源首先是艺术史,不必说几个人类和上万年时间,仅以一个人类有史记载五千年计算,从岩壁上出现绘画到秦汉魏晋南北朝,唐宋金元明清,延至民国,紧缩在绘画这一狭小领域,古人把要做的功课早做绝了,把该玩的方法早玩尽了,眼下人们所能看到的形式、方法、手段甚至所谓特技等,尽管大都贴着创新之类的标签,实际都是在翻旧重复而已,无非自己不知,别人不晓而已。

李孝萱说,在漫长岁月中产生的艺术,其背后的精神支撑,别说研究学习了,恐怕有的连听都未听说过,能够知道点"齐东野语"就算有学问了……我们的祖先一点面子也没有留给后人,除了让我们感慨他们的伟大创造和给美术史带来的辉煌,他们留下了什么呢?留下了足迹,让我们追溯,留下了作品,让我们去研究。可给我们在这个领域思考、挖掘、改造的余地就非常有限和可怜了,几乎无路可寻。凡是我们

三条屏
李孝萱 作

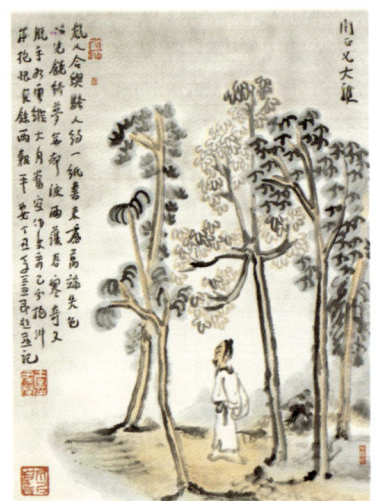

李孝萱仿古人物

想到的、看到的、感觉到的，只要停留在古人的思路中就绝对死定了，古人全都涉及了。

李孝萱认为古人还不算不近人情，还总算给后人留着两扇未关紧的大门，使他从缝隙的凝神窥视中，惊异地发现了中国画仅有的一小块处女地上的人，那是吴昌硕、齐白石、徐悲鸿、黄宾虹、傅抱石、潘天寿等，他们奇崛的笔下给传统中国画完整地画上了句号。于是，李孝萱抱着崇拜的心情，没完没了买他们的书，反复研究他们的作品，不料在学习、学习、再学习之后，在片刻清醒之际，他意识到这些大师群体是把古人们还留有空隙的大门紧紧地关严了，不但关得严严实实，而且外加大锁和封条，没有人能再撬得开！土地没了，戏演完了，后面的人没了活路，饥肠辘辘，只有沿街乞讨的份儿。一晃又过了几十年，忽又有批现代辫子军打出"新文人画"的旗帜，要搞复辟，然而，连打旗的人都没了腰杆，那旗肯定是褪了色的，说穿了是"新瓶装老酒"，从这个意义上讲前些年有人说中国画"穷途末路"也不是没道理了。

据实而言，李孝萱钦佩在当下的混乱关头，能有一批执着于历史的承担和高远向往的人,但他不大赞成"新文人画",原因有二:一则"新文人画"中的好画家很少,根本驾驭不了大而化之的哲学命题,从现象上看,躲开美术史的视线,他们的作品确有某种存在价值,一旦对照传统"文人画"就显得太逊色、太苍白了;二则"新文人画"并不"新",既不新就失去了可比性,不能解释它新在哪里,是"新文人画"无法回避的问题和新文人画家的困惑。所以,当有些人说李孝萱的传统题材画得不错,应该加入到"新文人画"队伍。他婉拒了,他自称文盲,不敢和奇货可居的文人们相提并论。否则,他毋宁让人说他是"新文盲画",心里反倒踏实些。

其实说这话的人不是无知,便是故意褒贬。多少能了解一点李孝萱的人都知道李孝萱善画不假,重点也不少,但他的重中之重是"都市水墨"。可以毫不夸张地说,他把百分之八九十的心血、精力都花在了这类题材上。尽管很多人不理解,包括我这个自认为是他的至爱亲朋,也还算懂得画的人,对他这类题材也不大明白。我比较喜欢他的"重返伊甸园"系列,但讲不出所以然,至于其他不了解他的来龙去脉的人,想让人家清楚并说出个子丑寅卯是太不容易了。李孝萱之所以也画了一些被称为"新文人画"的老传统,那也是不得已而为之,有些干脆是游戏消遣。按他自己的话说,居然有吃错了药的人拿走这些画,慷慨地掏出口袋的银子分给他几两聊补家用,以慰老婆的愁绪。他万万没有想到,歪打正着,他的正品没人欣赏,副产品却让他发了点小财。穷人乍富,土包子开花,他不知是该喜该忧。

李孝萱自小多灾多难,6岁丧父,一年后"文革"开始,被抄家,当校长的祖父被打倒。抄家那天,大雨滂沱,他依偎在母亲身旁,在大雨中淋了一天一夜。祖父长期压抑,平

【左】《伯乐相马图》
【右】《格言词意图》
李孝萱 作

反时乐极生悲，突然发病致死。童年时的他体弱多病，从小学到中学，都是往返于学校与医院之间。他从小喜欢画画，常在捡来的传单背面画这画那，大哥曾有意培养他，摆着花瓶让他写生，听老师说画石膏像进步快，便把所有能画的东西都涂上白粉。

1976年唐山大地震，他是这场巨大灾难的目击者和幸存者。灾难中人们都惊恐、呻吟、麻木以及真诚的友爱让他刻骨铭心。

1982年母亲病故，随后是亲如父亲的两个叔叔去世，紧接着是奶奶、姨母也离开了人间。那一段时日，他几乎是往来于火葬场和坟地、阴界阳界已经模糊，睁眼闭眼都是亲人的影子。

从灾难深重的阴霾中走出来的李孝萱，一出道就不顺利。毕业创作他画了一幅《1976年7月28日晨》，即《唐山大地震》，因画中多有裸体惹了麻烦。这小子胆大包天，竟敢在光天化日之下画一堆不穿衣服的人，被公安局"扫黄打非"给抓了起来，罪名是制黄贩黄。天津美院听到消息，派了白庚延和陈冬至两位教授到塘沽据理力争，告知公安局这是美院最优秀的一位学生，画人体是艺术不是制黄，公安局最终放了人。李孝萱出来后也算是因祸得福，他没有再留在塘沽，而是直接进入美院，成了一位大学教师。

了解到李孝萱的出身经历，对他的性格体会、作品的荒诞便能多一点理解。李孝萱一度常梦到母亲，惊醒后蒙头盖脸暗自哭泣。他爱在黑暗中思考问题，讨厌阳光，喜欢下小雨，郁闷时爱盲目地瞎走或骑自行车漫无目的地乱串。平时糟蹋身体，有病又恐惧惜命。他性格上矛盾，表现在作品中也充满了诡异。那多是在"水墨都市"中所倾注的心力，与所谓"新文人画"相差十万八千里，风马牛不相及。

10 年前我就想写李孝萱，但迟迟未能下笔，因为李孝萱是一位非常有思想，读书很多，性格反差又大的人，弄不好"马尾巴吊棒槌——抡不到正点上"，还不如不写。今天写他是又过了这许多年，感受深多了，加上将来文集出版，他与何家英是我生命历程和书中绝不能少的两个人，先过李孝萱的荒诞难关，家英的优秀就容易多了。说他荒诞，是他正品创作的种种形式。他不是毕加索，也不是梵高、莫奈，他就是李孝萱自己。他是用他独特的绘画语言，大胆描绘城市的繁华、臃肿、喧嚣、浮躁和他内心世界的点点滴滴。正如水天中所说："李可染先生去世前曾

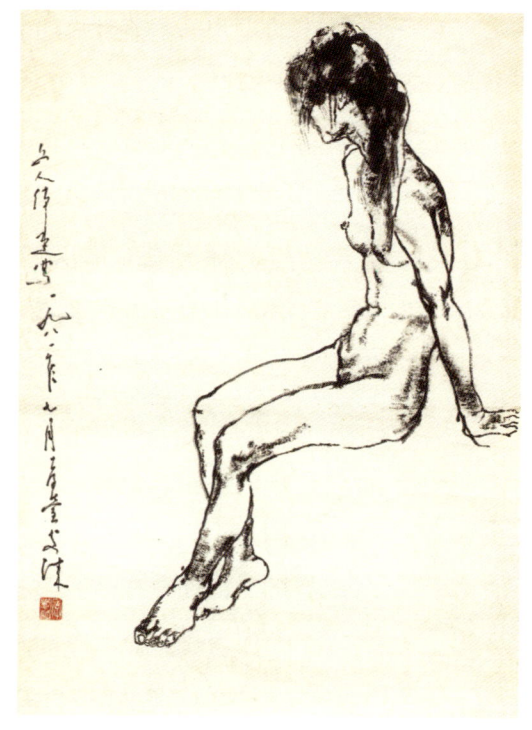

《人体速写》
李孝萱 作

李孝萱与作者阎正

说:'中国画太伟大,作为一个中国画家,只要稍添一点东西就了不起。'当然这是李先生的谦虚,但也说明许多问题。就李孝萱的社会地位和成就来说,当然和李可染先生相比,还有段距离,他今后发展的路还很长,但在这一点上,他用中国水墨画表现中国现实生活,以他独有的方式给中国画的发展增添了一点东西。"我非常赞成水天中的最后一句话,尽管李孝萱的传统绘画经营得很好,包括他的巨制和仿古小品看起来精彩至极,但那都谈不上是他的主流,不是他的"主力部队",为了生存,为了迎合,为了消遣,甚至为了媚俗,即使外人认为雅得不得了的上上品,都不是他的最爱。他真的是"早知不入时人眼,多买胭脂画牡丹"的主儿,不能当真的。在他内心也不占太大比重,尽管我也要迎合,也要评价几句他这方面的成就,但真正给中国画发展添了点东西的,还是他的"都市水墨",无论今后怎么变,怎样说,这点是肯定不容易置疑的。

李孝萱在美术界称得起鹤立鸡群,把"才华横溢"四个字加在他身上再准确合适不过了。无论读书写字做文章,他都高人一等,非同凡俗,时常令人惊讶赞叹。就画论画而言,不必对号入座,说他是人物画家或山水、花鸟画家,都不准确。他似乎无所不能,无所不会,人物、山水、花卉、走兽、工笔、写意,乃至大写、小写如此等等,绘画中不存在可以难住他的。即便从未涉猎过的内容,只要他想画,出手成"章",决不含糊。他不像有些画家,在家勤学苦练,出外当众表演,不知的也满哄人,熟知的一看又是"老三篇",谁知道这"老三篇"是下了多大功夫才背熟的。如有好事者让画个"第四篇",恐就局面尴尬,弄不好当众出丑了。李孝萱则不会,任何题材对于他似乎都能得心应手,轻车熟路,除去他自己满意不满意,不存在画好画不好之说。画艺被他几乎融进血液,融入生命之中了。上苍生下他就是画画而来的。有人说我把李孝萱神化了,不是的,李孝萱也并非与生俱来就画得这样精彩,他确实经历了艰辛跋涉的过程,只不过它超人的悟性,从理论到实践把中国绘画这一整套学问搞懂了、弄通了。所谓一通百通,真正领会了中国绘画的真谛,便对一切内容形式上的表现不在话下了。这是好多人,包括画到七老八十都没有弄懂这一行当奥秘的人所不可比拟的。

《仿黄胄作品》
李孝萱 作

李孝萱是一个矛盾着的混合体,既傲慢又谦恭,即浮躁又执着,既游戏又严肃,既外露又深沉。从任何一面评论他都有失偏颇。这种矛盾性的形成与他的沉重经历大有关联,立体地认识他,才有可能理解他的一言一行,所作所为。

李孝萱今年满打满算47岁,早在20年前,不到30岁的他说:"我的画现在不用讲,100年以后再说!"我当时还骂他:"扯淡!100年以后,大家都死了,谁知道怎么说?"现在我信了,根本用不了100年,甚至在我的

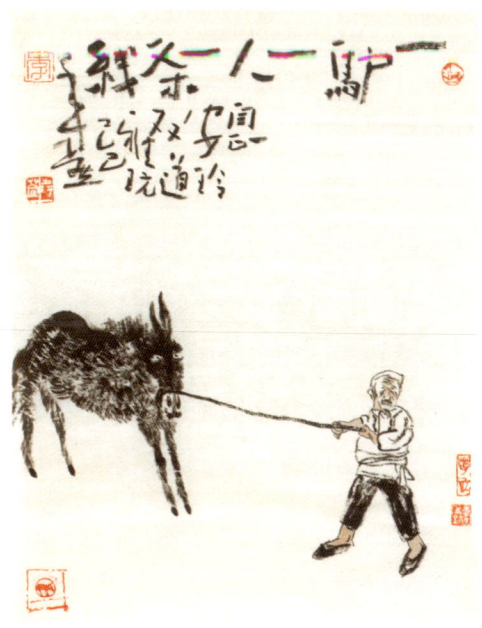

小品两幅
李孝萱 作

晚年，就能看到李孝萱得到应有的推崇和评价。

他个性的独特，使我和他一相识就极具戏剧性，也使我从第一次见面，就领教了他矛盾性别的差异和厉害。那是1981年，我在北京办展，移地东北路过天津，在美院小驻，与王颂余先生及白庚延、霍春阳、郑庆衡、孙建平等友相聚。当时他们对我说：美院有两个才子。于是我第一次听到何家英和李孝萱的名字。何家英当时在场，我们立刻见了面，何家英送给我一幅《春城无处不飞花》的人物小稿。先前我已看过这幅作品的展览，实话实说，对何家英的印象好极了。嗣后又几次去天津美院，主要是找白庚延，而何与白又恰在一个办公室，接触自然也多，关系也越来越近。有一天上午，白与何都去上课了，我一人在办公室里看书，进来一个年轻人，看着墙上一幅王子武的画就自言自语地品头论足，根本无视我的存在。我有些不高兴了，问他："你有事吗？"他说："没事。"我说："没事你干吗？"他说："不干吗？"

我说:"这不是你叨叨的地方,你给我出去!"他说:"我出去?你出去!"我说:"凭什么我出去?"他说:"这是我的办公室!"我愣住了,忙问他是谁?他说他是李孝萱!我不客气地打了他一拳,问他你知道我是谁?他说当然知道。我大惑不解,你既然知道,干吗要这样?他说他故意的!我气坏了,一边推搡着他一边说,早听到你的名字,老是没见着,没想到咱俩是这样见面?李孝萱也换成了笑脸,他说我对何家英亲热有加,对他睬也不睬,心里有气,就来这么一

《宋人诗意》
李孝萱 作

下,加深点印象!我笑了,"你这家伙,装得还怪像哩!"他说:"其实当下的画家,我最佩服王子武,乱评他是有意激怒你!"我说:"我把你当成个捣蛋的学生了,你的办公室在哪?"他说:"就在隔壁,原来三个人在一起,后来打了一道墙,留白老师和何家英,把我隔出去了。"我点点头,"难怪你说这是你的办公室。"他说:"要不到我那边看看。"我当然乐意,立刻跟他去到隔壁。房间不大,四处堆满了画。他抱出一卷一卷的巨作让我看,我整整看了一上午,像《唐山大地震》《闻一多》《水墨都市系列》等李孝萱很著名的代表作,都是那一个上午看到的,我震惊了。这是怎样的一个人哪!他让我看到的作品,水墨、素描、速写、临摹等各类手稿几乎可以堆成小山,作品的种类形形色色,作品的精绝无以言表,我俩一边看一边聊,不知聊了些什么,不知讲

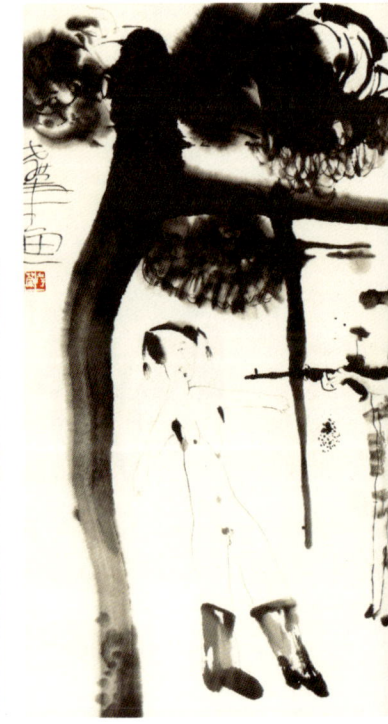

了些什么，总之我走遍大半个中国，看过无数个画家的画室，没有一个画室能像那一天那样让我眼花缭乱、目瞪口呆、茫然不知所措！太激动，太兴奋了！我记不清那天晚上吃饭了没有，总之白庚延喊我也没过去。孝萱说要为我画一夜画，我陪着他，他也真给我画了一夜，最后还是我逼着他停下，否则不知道要画多久。那一夜他给我画了几十幅，有条幅，有小品，有大有小，但那种驾驭绘画的熟练程度，那种思路之敏捷，内容之怪异，题字之洒脱，速度之快使我终生难忘，是我从此再也没有经历过的场景。

　　过后孝萱对我说，这样画画不算什么，他经常是这样整夜整夜地画，画都堆在了这里。我脑子里突然想起徐青藤的诗："满舡珍珠无处卖，一把洒向枯藤中。"李孝萱那种藐视一切又无可奈何的种种心情，就在我与他相识的一天一夜

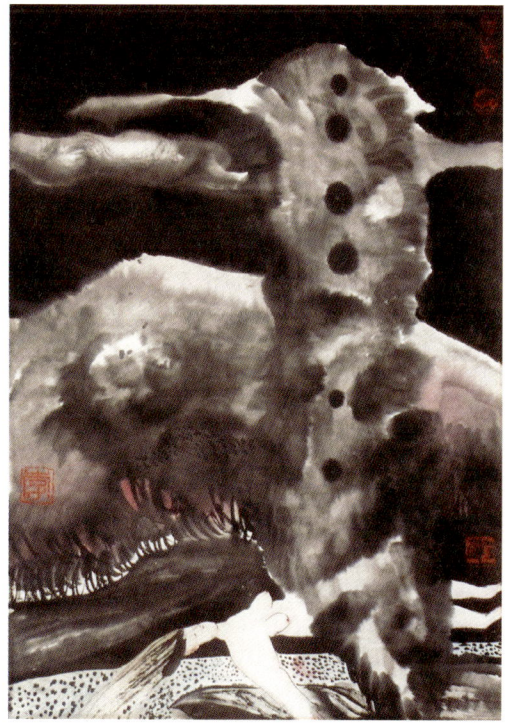

《无题》系列
李孝萱 作

里展现得淋漓尽致。我从心底里爱上了这个小我一大截的年轻朋友。

以后我们交往多了，但还是不清晰理解他的思想，便对他说能不能也画点精细漂亮的，能不能也合点时宜。他说他不是不能画，实在是不愿意。为此他特意翻出一幅工笔的《傣族少女》。我意外又看到了他的另一面。但他说："我不愿意画这种甜腻的东西，太没劲！反正仅此一幅，送你了！"不管他怎样讲，我仍如获至宝地珍藏至今。当然，也许当时得到他的作品太容易，离手时也就不大在意，但凡有朋友说喜欢，我就送，总想着也是替孝萱宣传。夫人却气不打一处来："不要老把李孝萱的画送人，告诉你，我谁都不喜欢，就喜欢李孝萱，你要再敢随便送人，别怪我翻脸！"夫人发火，我也再不轻易拿画显摆了。如今李孝萱的画已几万一平尺，可我也不多了，大都做了"宣传"。市场之类我始终搞不懂，对平方尺的字眼始终厌恶也弄不太明白，但我希望那些得到过李孝萱作品的人要珍惜，有些东西真个是失不再来了！

【上】《宋人小品》
【下】《工笔小品》
　　李孝萱　作

去年过年，我专程去天津看他，他的办公室墙上贴满了条子，诸如"要画者莫开尊口"之类，他笑着说："不得已而为之，应景的。"我心里明白那不是给我这样老朋友写的，但仍是感慨万千。现在画家"入乡随俗"，市场严酷，形势所迫呀！

说到市场，李孝萱的困惑一定不比我小。过去常言"文人不谈钱"，几乎是谁和我谈钱就和谁翻脸。时至今日，南居十多年，谈起钱来仍然浑身不自在。李孝萱的心情绝对不会比

《傣族少女》
李孝萱 作

我好,他也是一个一沾着钱字就脸红,一提画价就像触动了哪根神经似的,恨不得找茬儿骂大街。其实他和我"一路货色",明明很需要钱,很想要那钱,但就是说不出口,地地道道的"伪君子"。有时硬着头皮和人家搞价,又常常是说了不算,算了不说,价钱谈好了,他因舍不得好画又反悔了,常常弄得大家不开心。好多年前,那时市场刚开放,听人说,他的一套"唐人诗意小品"被一位台湾商人买走,每幅1000

元，下了进账两万多。要知道那时每人每月的工资才几百元，这一笔巨款足够可观。然而台湾商人刚把作品买走，他就后悔了，难受地唠叨好几天，吃不下饭，睡不着觉，我听了都觉得纳闷，李孝萱也真是的，你画得又快，卖价又高，卖了再画嘛，有什么难受的！现在想起来那批画是够可惜的，不说价格翻了几十倍，确实那是批精品，且不会再画了。这位商人也真够有眼的。市场经济原本残酷，有些画家讲简直是"逼良为娼"，愿意也好，不愿意也罢，画商找上门，为稻粱谋，不谈也得谈，于是艺术家成了生意人，李孝萱痛苦极了。为换钱画画心里说不出的别扭，胡涂乱抹一通，看不过眼随手撕了，画出好画又舍不得了；更痛苦的是，他进入市场晚，有的画别人又不理解，价格就卖不高了。何家英一平尺好几万，他的一平尺才几千，心里极度不平衡。这跟何家英没关系，又不能去骂何家英，尤其他最恨什么平尺不平尺，画的好坏，价格高低怎么能按面积大小来计算呢？这样一来，他就有点胡搅蛮缠，他的道理在市场上根本没法"流通"，于是人家觉得他这位爷没准，找都不敢找他了。前几年有胆大的找到他，也是乘兴而去，败兴而归。听说买家按他的市场价2500元一平尺，想买他的画，他问何家英多少？答曰：6000一平尺。他一琢磨在夹缝中求生存，不行！我的画不比何家英差，低一点可以，低多了免谈。他6000一平尺，我5000一平尺。来人说去年还2500，今年怎么一下子5000了？李孝萱说：

《女娲补天》
李孝萱 作

"我比他们画得都好，8000一平尺都不贵，5000是客气了。爱买不买，不买拉倒。"来人和他论理，他干脆把人家轰出门外。那人站在门口傻愣半天，他在屋里大喊："你爱买不买，我就5000一平尺。哈哈哈哈！"那人不可思议地摇着头离开："疯了疯了，李孝萱疯了！"不错，当时看着李孝萱是有点神经不正常，硬把财神爷给轰走了，不是疯了是什么！今天回过头来看，李孝萱应该是他的财神爷，如果他当时忍气吞声买下一批画，李孝萱表面嘴硬心里却会感激不尽。过后缓过劲来，依他的刀子嘴豆腐心，再补给几幅也不是没可能，而且会成为长期朋友，到今天他手里的画会成多少倍地增值。如今看来倒是他把李孝萱这个财神爷给放跑了！当时李孝萱表面上笑，心里一定苦不堪言，而现在那人想起来，追悔莫及的该是他了。

《女娲补天》
李孝萱 作

　　谷、米、饭、酒，到最后进入最高层次，酒里已经看不到具体实物，五粮液已分不出高粱、大米、小米了。李孝萱的艺术走到今天应已成酒，他对画是真真切切地融会贯通了。作为挟全才以执教于高等学府的教授、硕导、教研室主任，李孝萱决不保守，倾囊而出传授给他的弟子们。鲁迅曾说，中国人习惯"摹已有"，西方人总爱"探未知"。中国人带徒弟，传授方式局限，缺乏横向交流，容易"坐井观天"，师傅出于自我保护，总要"留几招"，代代相传。李孝萱不留招数，自我保护更不需要，决不让学生"坐井观天"，堂上堂下随时沟通。所以，他才自豪地说，每次讲课，屋里屋

李孝萱、阎焰与何家英

外连窗台上都挤满了学生。除学生之外，学他仿他的不在少数，但大都有其形而无其神，这是因为他的画内涵丰富，想全盘端走他的衣钵是太难太难了。

李孝萱是个自命不凡的人，但他又厌恶其他人的自命不凡。那是因为他的不凡是真，多数人的不凡有假。正因为他这种性格，免不了说话尖刻，恃才傲物，应该说，李孝萱是成功之人，但他功成名就，名声与他的艺术相去甚远，于是委屈、不满、牢骚时有发生，甚至免不了言辞偏激，但那都是就艺术而艺术，往往是对事不对人。他未必不想发财，但绝对不想当官，他的一切言行作为，都是围着艺术转圈。或早或晚，他在美术史上留下一页是注定了的。这样看来，他所说的"100年以后再看"也不为过也。

最后这次见他，他像小孩子过家家似的，在我临别时拿出一叠扑克牌大小的画片，那是用钢笔画的各种人物，国外画商定的，100美金一张，挺喜欢人的。他悄悄说，我不敢当着面给他们画，十几分钟一张，一上午就可以画一堆，他们就会心里不平衡，不愿意了。那劲头好像是诱惑我什么，我义无反顾扭身告辞。我相信，如果说要几张甚至要一摞玩玩是几分钟的事，我没有。我希望他能严守自己定下的信条："要画者莫开尊口"，不要因为我这个老家伙又坏了他的规矩。

我爱李孝萱，爱他是一位真正的心无旁骛的艺术家，爱他是近乎童真信口开河、无遮无拦的爽快人，爱他是明明想钱却故作姿态的"伪君子"，爱他是墙上贴了条子见到友人又说了不算的"失信者"。真的，他和我许多地方都极为相像，

《高情不入时人眼》 李孝萱 作

都是喜怒露于形色的外向之人,这也是我们交往至今一直友善的原因所在吧!

  大疆无界,海阔天空,李孝萱的世界足够大的了。他未知天命已叱咤风云,名噪一时。随着岁月的转换更替,他还要在绘画这片领域里驰骋多年,他的艺术随着他的名声日益拓展升华,冲天直上,飞黄腾达。如吴、齐、徐、黄、付、潘诸前人妇孺皆知之誉,已是指日可待……

            2006年国庆节于深圳银湖

后记

六十岁生日如同昨天,七十岁生日骤然降临,白驹过隙,十年一瞬,人的生命就在这时间飞速转动中消失得无影无踪。

七十大寿,由儿女与亲朋们分别在北京、深圳、郑州、西安隆重地操办了一回,留下了很多美好的回忆。

然近十年很不寻常,我的挚友旧交,走了一大批。稍微数一数,有天津的白庚延、太原的王朝瑞、西安的石宪章,还有刘炽、李德伦、于涛、卢震鸣、张绍文、范松声、杨仁恺、刘九庵、黄养辉、冉祥正、吕云所等等,这其中有我的前辈,但大多是同时代人。这些极要好的朋友的离去,让我痛彻心肺!按以往惯例,每位朋友去世,我总要写点纪念文字,但有一年,于涛、卢震鸣、石宪章三人先后病故,随之白庚延、王朝瑞也是一前一后,我便有些反应不过来,扔下了手中的笔。待七十一岁生日刚过,与我相依为命大半生的老母亲驾鹤西去,我头顶的天轰然坍塌,在我跪送母亲离家的那一刻,心情悲痛到了极点!

我的人生大幕已拉开整整七十二年,何时落下,不得而知,我突然生发出一种紧迫感,趁着身体还能动,为朋友、为自己做点什么。我只知我的身体日渐衰弱,像老机器用久了一样,每到清晨都有一种很不好的感觉困扰着我，不一而足！

好在我有一个温馨的家庭，有相伴几近金婚、含辛茹苦的妻子，业有小成的三个儿女，媳妇女婿也很孝顺。

尤其小儿，业内成就远高于我，是举家的骄傲，他提出要为我及我的朋友们办一个展览，出本"文集"，合拍了我的心声！

七十年来的风风雨雨，文章写了不少，但"文集"只出过一本。我更是爱画之人，自己画，也收藏画，数不清的师友，不舍不弃为我写画，半个世纪积攒下了为数可观的佳作珍品。多少与我一样爱书爱画爱收藏的人，在环境发生变化时，把"废纸"变成钱，而且是很多钱之后，不少珍秘从本人或后代手中流出，把画变成钱，变成车，变成房子、别墅，把多年的积累享乐殆尽。

我和妻子儿女没有效仿这种时尚潮流，至今仍守玉如初，依然故我。家中锁画的钥匙常年挂在妻子腰间，须臾不离。当年守护着这批书画，至今还是这批书画，时代的骤变与画的量变质变似乎与我们关系不大！如今定下"知遇知音"纪念展。儿子对我说："你这是唯一一个与钱没有任何牵连的书画展览！"

当我静下心来，整理书画、照片、文章的时候。看到了世事变迁，物是人非，很多熟悉的身影都不在了！唯有留下的书画和照片，保存了逝去岁月中勃发的英姿，欢乐的笑语和美妙的时光。

"我见青山多妩媚，青山见我应如是。"我与诸多师友的交往常常就是这样，淡淡的君子之交，要数一数，太多不敢说，几百人总是有的。许多写过的文字已忘记了，查找出的数以百万计，因受种种限制，先出一本，若精力及各方面条件允许，就一本一本出，一个展览一个展览办了！此为开篇而已。

年初舍弃了最后一个固定的差事，我迁去了京城北郊燕山脚下的北七家平西王府一带，心中安闲了不少。

山中无甲子，岁月不知年。

突然我可以静下心来，回顾一下走过的路；专心致志的筹划自己的文集、展事；从从容容看看这一幅幅画中锦绣。朋友的馈赠常让我唏嘘不已，感慨万千。

多少年来，总有人劝我"干嘛老抱着金饭碗要饭"。我其实并不认同！一则我从没要过饭，靠我自己的辛劳挣我的薪水足以养家；二来我没什么金饭碗，无非一堆书画，往昔的一堆老纸而已！那年月书画不值钱，如今值钱了又与我何干？还是张义潜当年送我画上的两方压角章刻得好："一文不值"、"千金不卖"！前者那就是涂过墨的宣纸一张，不爱画的人，一文不值；后者对嗜画的人来讲，你若珍惜，那就千金不卖！这是真爱！留下来回馈社会就对了！

我至今仍是两袖清风，始终没成大款。生活简单的有些寒酸，但并不缺钱。我们老俩口和三个儿女家庭的资用足以糊口。还是儿子理解我,"画家把画看的比命还重,人家把命交给了你,你不珍惜就有愧于朋友了!"

我所有的这些收藏,说到底就是一幅幅画一张张纸吧。1980年在北京首展时,大家也都会是我这种感觉。眼下即使已价值连城,在我眼里还是一幅幅画一张张纸,珍贵的纸而已,它是我精神上的满足和幸福,一旦变现,钱是有了,幸福就没了!

人要有感恩之心,我感恩那些逝去和健在的艺术家朋友们,给了我一生的幸福和爱。

这个友朋前辈用生命热血和旷世激情编织成的画卷就要在大家面前展开了。不必用什么价值去衡量它,它带给你的震撼一定比金钱的力量要大的多!

感谢王京生先生拨冗书序,及所有为此展付出辛劳的各位良朋和社会俊彦,感谢北京中艺艺术基金会、保利艺术博物馆、望野博物馆。

谨致谢忱!

阎正振董再拜
2014 年 5 月 1 日前夕